Wolke de Witt

Sturm im Zollhaus

LEDA

Dieses Buch ist Fiktion. Alle darin geschilderten Ereignisse sind frei erfunden und auch Ähnlichkeiten mit wirklichen Menschen wären reiner Zufall.

Wolke de Witt
Sturm im Zollhaus
Ostfrieslandkrimi

1. Auflage 2008
ISBN 13: 978-3-934927-77-3

Leda-Verlag, Kolonistenweg 24, D-26789 Leer
info@leda-verlag.de
www.leda-verlag.de

Lektorat: Maeve Carels
Satz: Heike Gerdes
Titelillustration: Carsten Tiemeßen
Druck und Gesamtherstellung: Aalexx Druck GmbH, Großburgwedel

WOLKE DE WITT

STURM IM ZOLLHAUS

OSTFRIESLANDKRIMI

LEDA

Dienstag

1.

Offenbar war er doch eingeschlafen. Eben war da noch das schläfrige Piepsen der halbwüchsigen Blässhühner gewesen, die kleine Falten in das glatt gebügelte Wasser des Hafens plätscherten, und das leise Lachen und lautere Quietschen von der nahen Wiese, auf der eine Handvoll bunthaariger Halbwüchsiger Maumau spielten. Jetzt waberte ein anderer Ton in Romans Ohren, brachte kein angenehmes Auftauchen aus dem Tiefschlaf in den konturlosen Dämmer des Aufwachens, sondern Adrenalinflut und Herzklopfen.

Mit einem Ruck setzte Roman Sturm sich auf und stieß sich schmerzhaft den Ellenbogen. Was war das für ein Klang? Krankenwagen? Polizei? Nein, unverkennbar Feuerwehr. Stöhnend erhob Roman sich, registrierte mit kurzer Verwunderung und langsamem Erinnern, dass er in der Plicht des schmucken Plattbodenschiffchens stand, auf dem er sich vorhin träumend ein bisschen Seglerromantik geborgt hatte und dabei auf der hölzernen Bank eingeschlafen war. Die Nacht war hellblau – noch oder schon wieder? Er suchte den Mond, fand ihn nicht mehr und sah am Bugspriet vorbei eine dunkle Rauchfahne vor dem Blaugrau des Himmels. Ein langer Schritt brachte Roman aus der Illegalität seines Nachtlagers zurück auf die ausgedörrten Planken der Uferpromenade. Er grub mit noch immer kribbelnden Fingern in seiner Hosentasche und fand schließlich den Schlüssel für sein Fahrrad, das er am Geländer der Promenade angeschlossen hatte. Eben gucken, was da brannte.

Der Rauchgeruch wurde intensiver, je mehr Roman sich dem Postamt näherte. Als er um die Ecke bog, sah er das Löschfahrzeug und einen Streifenwagen auf dem Schotterstreifen neben dem massigen Zollhaus stehen. Der alte Backsteinbau trug heute einen rauchgrauen Schleier. Gegen den heller werdenden Himmel zeichneten sich dunklere Wellen ab, malten exakt die Struktur der Dachpfannen nach und zerfaserten leicht an den Kanten zwischen den turmartigen Zinnen. Beinahe ehrfürchtig verharrte Roman, ehe er sein Fahrrad an den Parkscheinautomaten lehnte und durch die Rabatten mit langen Schritten auf das Zollhaus zuging.

Rund um den Feuerwehrwagen herrschte zwar geschäftiges Treiben, aber keine besondere Aufregung. Denkmalschutz hin oder her – der alte Kasten war zumindest unbewohnt und außer bei den vielen Veranstaltungen und heftigen Parties am Wochenende war nur tagsüber Betrieb. Dass an so einem lauen Sommermorgen jetzt doch ein Krankenwagen gemächlich die schwarz-gelbe Gefahrentonne auf dem Bahnhofskreisel umkurvte und auf den Parkplatz einbog, war reine Routine. Fein. So konnte Roman den Budenzauber zum unverhofft frühen Dienstbeginn wenigstens genießen.

„Roman. So früh schon zu Bein?"

In seiner Verkleidung mit der orange leuchtenden Jacke und dem kränklich hellgrünen Helm hätte er den stämmigen Ahrend Berghaus beinahe nicht erkannt.

„Ja, du. Muss ja." Warum viele Worte machen. „Wollt ihr nicht langsam mal löschen? Obwohl: Sieht ja auch schön aus."

Berghaus erwiderte Romans Grinsen. „Geht gleich los. Sobald ich den Schlüssel habe. War gestern hier 'ne heiße Fete oder warum kokelt die Bude? – Nu mach ma hinne", raunzte er in Richtung Auto, in dessen Handschuhfach ein anderer Helmträger kramte. „Wollen das Teil doch nicht zu heiß werden lassen."

So früh kann es gar nicht sein, dass so ein nettes, kleines Feuer ohne Publikum stattfindet, dachte Roman. Eben war zwischen Bahnhof und Post noch tote Hose, jetzt standen mindestens ein Dutzend Leute je nach Schamgrenze unterschiedlich dicht ums Zollhaus und immer noch kamen Gäste. Bunte Mischung. Ein paar Pendler mit Aktentaschen, ein dicklicher schwarzgelockter Junge im schwarz-rot geflammten

Hemd über der Jeans, Frau Nachbarin mit Dackel und diverse Motorboottouristen mit Klapprädern und bunten ballonseidenen Jogginganzügen. Die Bahnhofspunks waren mitsamt ihren schwarzen Hunden auch plötzlich aufgetaucht und hielten sich cool im Hintergrund beim Brunnen.

Man sollte ein Kassenhäuschen aufstellen, dachte Roman.

Der Motor des Löschfahrzeugs röhrte lauter, anscheinend war der Schlüssel aufgetaucht und das Löschen konnte losgehen. Berghaus, inzwischen mit Atemschutzmaske noch schlechter zu erkennen, verschwand durch die endlich offene grüne Stahltür im Zollhaus. Die Fenster im zweiten Stock wiesen nach Westen, doch jetzt leuchteten sie orangerot auf, als spiegelte sich die Morgensonne darin.

Roman winkte den uniformierten Kollegen heran, der rauchend an der geöffneten Autotür lehnte.

„Wir sind heute mal wieder interaktiv“, verkündete er. „Lass uns das Publikum ins Theater einbeziehen, ist schließlich ein Kulturzentrum, das hier brennt.“

Der Lange trat die Kippe aus, rückte die Mütze zurecht und steuerte die Gruppe auf dem Parkplatz an. Der Junge im Flammenhemd, der eben noch gebannt auf das brennende Haus gestarrt hatte, wich zurück, löste sich aus der Menge und schwang sich auf ein Fahrrad, das am Parkscheinautomaten lehnte.

Es dauerte die entscheidende Sekunde zu lange, bis Roman reagierte. „Hey! Mein Rad!“ Er setzte zum Spurt an.

Der laute Ruf „Einen Arzt!“ stoppte ihn, als wäre er gegen eine Wand gelaufen. Aus dem Augenwinkel sah er sein Fahrrad noch über den Bahnhofskreisel verschwinden, als er sich bereits umwandte und zurück über den Schotterplatz rannte.

„Wir brauchen sofort einen Arzt!“ Ahrend Berghaus war in der Tür aufgetaucht. Seine Stimme klang verzerrt, was nicht nur an der Sprechmembran der Atemmaske lag. In seinen Armen hielt er ein Bündel. Fassungslos starrte Roman auf das rosige Gesicht und die schweißverklebten dunklen Haare des kleinen Jungen, den Berghaus jetzt behutsam auf eine Trage gleiten ließ.

Während die Sanitäter eine Decke über den leblosen Körper breiteten und eine Sauerstoffmaske auf Mund und Nase des Kindes drückten, überschlugen sich die Gedanken in Romans Kopf. Spielende Kinder hatten schon manchen Brand gelegt, das war nichts Ungewöhnliches. Wirklich ungewöhnlich war, dass der Junge einen weißen Schlafanzug mit braunen Teddybären trug.

***

„Stopp!“ Berghaus packte Roman, der an ihm vorbei ins Haus stürmen wollte, am Arm. „Mit der Brandermittlung wartest du schön, bis wir hier fertig sind.“

„Aber verstehst du denn nicht?“ Ärgerlich schüttelte Roman die Hand seines Freundes ab. „Der Kleine trägt einen Schlafanzug!“

In Berghaus’ Augen hinter dem Visier dämmerte Begreifen. So unbewohnt, wie sie geglaubt hatten, war das Zollhaus offenbar doch nicht.

„So gehst du da aber nicht rein.“ Energisch drückte er Roman Sturm einen orangeroten Packen vor die Brust und widerwillig zog der die steife Schnittschutzhose und die hitzefeste Jacke an. Der Helm war ein wenig zu groß, aber da konnte man jetzt nichts dran ändern. Berghaus half Roman, die Pressluftflasche auf den Rücken zu schnallen, und koppelte das Schlauchstück an die Maske. „Beeil dich aber. Wir haben nicht viel Zeit.“

„Wie lange reicht die Luft?“

„Eine halbe Stunde, aber das ist nicht das Problem. Der Bau …“

„Ja, ja, ist ja gut“, kappte Roman ungeduldig den Vortrag. „Los jetzt.“

***

Das Zollhaus war riesig. Siebzig Meter lang, fünfzehn breit, drei Stockwerke hoch. Wenn sie da drin Menschen finden wollten, kam es wirklich auf jede Minute an. Keine Zeit, umzukehren und die vergessenen Stiefel anzuziehen. Im Laufen streifte Roman Sturm die Schutzhandschuhe über, dann folgte er Ahrend Berghaus durch die grüne Stahltür und stand unvermittelt in graugelbem Nebel. Das Treppenhaus am Nordende des Zollhauses war schon unter normalen Bedingungen düster, jetzt aber war die Finsternis nahezu undurchdringlich. Unwillkürlich hielt Sturm den Atem an, als sich im Schein seiner Taschenlampe fettige Rauchschwaden vor dem schlierigen Visier seines Helms ballten. Dann erinnerte er sich an die Pressluftflasche und atmete mühsam gegen den Widerstand des Ventils an.

Er versuchte, sich an seinen letzten Besuch im Zollhaus zu erinnern. Mindestens 800 schwitzende Leiber. Dazu eine der bekanntesten Deutschrock-Bands, die aus Spaß bisweilen unter dem Pseudonym *Nackt unter Kannibalen* auftrat. Lange her. Wie viele Stufen waren es bis zum ersten Stock mit dem langgestreckten Saal? Er glaubte, sich an vierzehn zu erinnern, stolperte aber schon bei zwölf ins Leere.

Ahrend Berghaus war längst außer Sicht, hören konnte Roman nichts außer dem Zischen der Pressluft und dem Pochen des Pulsschlags in seinen Ohren. Sein nackter Fuß in der offenen Trekkingsandale stieß gegen etwas Weiches. Roman zuckte zusammen, der Schweiß explodierte schmerzhaft prickelnd aus allen Poren. Darf einem Kriminalkommissar der Angstschweiß ausbrechen? Wen schert das. Widerstrebend bückte er sich. Hund, Katze, Maus, Pferd? Erleichtert erkannte er einen kleinen Plüschbären. Er hob ihn auf und schob ihn in die Jackentasche.

Wo sollte er suchen? Wo würde er schlafen, wenn er ungestört im Zollhaus übernachten wollte? Im Untergeschoss eher nicht, dort waren außer der Theke und der Bühne nur die Garderoben des Backstage-Bereichs. Außerdem kamen Berghaus und die anderen dort vor Roman hin, denn dort hing auch der Löschschlauch.

Im ersten Stock waren am einen Ende das Café und am anderen die Druckwerkstatt der grafischen Gesellschaft untergebracht, die Halle dazwischen wurde für Kunstausstellungen genutzt. Rückzugsmöglichkeiten bot diese Etage nicht.

Die Schlussfolgerung gefiel Roman ganz und gar nicht. Er musste am brennenden Mittelgeschoss vorbei ganz nach oben. Nur dort unter dem Dach lagen kleinere Räume, die selten genutzt wurden, denn die aufwendige Sanierung des alten Kastens hatte noch nicht jeden Winkel erreicht.

Jemand rempelte Roman unsanft beiseite, zwei Schemen verschwanden im orangegrauen Schein, der aus dem Café drang, hinter ihm verschmolz der Wasserschlauch mit dem Dunkel des verqualmtem Treppenhauses.

Roman quälte sich weiter, Schweiß biss in seinen Augen und kitzelte unter den Achseln, das Atmen wurde immer schwieriger. Er zwang sich Stufe um Stufe nach oben, leuchtete mit der Taschenlampe jeden Schritt aus, war teils enttäuscht, teils erleichtert, dass er noch immer niemanden fand. Endlich hatte er das obere Ende der Treppe erreicht. Rechts von ihm war eine Tür. Toiletten. Kein Mensch darin. Der Rauch war hier oben so dicht, als sei zwischen den Partikeln kein Platz mehr für Sauerstoffmoleküle. Der Lichtstrahl der Taschenlampe zeichnete eine gelblichweiße Spur von nicht mehr als zwei Armlängen und wurde dann verschluckt. Roman erinnerte sich an Autofahrten zwischen ostfriesischen Dörfern in seinem alten Wagen ohne Nebelscheinwerfer. Das Fernlicht mauerte dann eine gelbe Wattewand vor die Scheibe und man hatte ohne die blendenden Lampen bessere Chancen, nicht in einem der schnurgeraden Kanäle links und rechts der Straße abzutauchen. Er knipste die Lampe aus, steckte sie ein und tastete sich weiter. Ein Piepen im Helm lenkte Romans Aufmerksamkeit auf das Kästchen an seinem Gürtel, das den Luftvorrat überwachte. Wie viel Zeit blieb ihm, bis … was geschah? Kurz wünschte sich Roman, er hätte Ahrend Berghaus ausreden lassen. Aber letztlich spielte es keine Rolle. Wenn hier oben noch die Familie des kleinen Jungen war, den Berghaus im Treppenhaus aufgelesen hatte, musste Roman versuchen, sie zu finden. So einfach war das. Und so schwer.

Seine Schienbeine stießen unvermittelt an eine harte Kante. Rechts und links bot sich seinen tastenden Händen ebenfalls Widerstand. Ach ja, das Theater. Die Rückenlehnen der Besucherstühle stellten sich ihm in den Weg, schienen sich im Schutz der Nebelmasse hin und her zu schieben, um ein Vorbeikommen unmöglich zu machen. Blind tastete sich Roman an der Stuhlreihe entlang, bis er endlich freien Raum erreichte.

Wieder ein Hindernis, weich diesmal, nachgiebig. Roman zog einen Handschuh aus und ertastete Stoff, Stangen, die fedrige Weichheit einer Stola. Er stand im Fundus des Theaters, hier war Sackgasse. Roman unterdrückte einen Fluch und wandte sich um, zurück Richtung Zuschauerraum. Übermäßig ordentlich schien die Theatergruppe nicht zu sein, selbst auf dem Fußboden lagen Kleider und Perücken verstreut. Mit dem Fuß wollte Roman ein Kostüm beiseite schieben, doch das war überraschend schwer.

Erst als er sich niederkauerte und mit der bloßen Hand weiche Locken fühlte und glatte Haut, wurde ihm klar, dass hier keine Theaterrequisiten verstreut lagen. Vor ihm auf den staubigen Dielenbrettern lag ein Kind. Ein Mädchen mit langen Locken. Offenbar hatte er die Schwester des bewusstlosen Jungen gefunden. Sie regte sich nicht.

Romans Herz raste, das Pressluftzischen schnitt in seine Ohren. Als er den schlaffen Körper des Mädchens vom Boden aufhob, überflutete ihn die Erschöpfung in einer heißen Welle. Wie lange konnte er die ungewohnte Anstrengung durchstehen? Die Hitze, das mühsame Atmen durch die Maske, die steife Schutzkleidung. So musste sich ein Taucher fühlen, in einem verschlickten Hafenbecken oder einem Klärtank. Vielleicht auch ein Astronaut. Weltraumspaziergang auf einem Planeten mit vielfacher Erdmasse. Sonnenseite. Bescheuert, dass er jetzt an so etwas dachte.

Luft. Er brauchte endlich wieder Luft. Mühsam kämpfte Roman gegen den Zwang, sich den Helm vom Kopf zu reißen, die Maske vom Gesicht zu zerren, tief durchzuatmen. Seine Beine zitterten, das Vibrieren schien sich über seine Füße bis auf den hölzernen Dielenboden zu übertragen. Er ließ das Kind zurück auf den Boden gleiten.

Die Kleine brauchte Luft, dringender noch als er selbst. So schnell wie möglich raus mit ihr. Nein. Sauerstoff. Jetzt zerrte er sich die Maske doch vom Gesicht, keuchte und hustete, als der Rauch in seine Nase kroch, in seine Kehle biss wie ein hungriges Raubtier. Doch der Taucher, James Bond wahrscheinlich. Rettet das hilflose Opfer mit der Luft aus der eigenen Flasche, echt heldenhaft. Aber bei dieser Scheißmaske funktionierte das nicht, da musste man die Luft raussaugen, und das Mädchen atmete nicht oder nur schwach. Ehe ihm schwarz vor Augen wurde, drückte Sturm sich die Maske wieder selbst auf das schweißnasse Gesicht, atmete gierig ein. Er füllte so viel Sauerstoff in seine Lunge, wie er irgend konnte, dann hielt er die Luft an und beugte sich über das Kind. Er bog den Lockenkopf der Kleinen in den Nacken, um die Atemwege freizubekommen, legte seinen Zeigefinger von unten gegen ihre Unterlippe und presste seinen Mund fest über die kleine Kindernase. Seine Lungen fühlten sich an, als würden sie platzen und es war eine Erleichterung, die gestaute Luft endlich abzugeben. Bloß nicht zu viel Druck, dachte Roman, ihre Lunge ist viel kleiner als meine. Der Brustkorb des Kindes hob sich leicht. Roman Sturm kämpfte gegen den Reflex, sofort wieder einzuatmen, und schob sich erst das Schlauchstück der Atemmaske wieder in den Mund. Noch mal das Ganze. Sein Herz klopfte, er war am ganzen Körper nass. So hatte das keinen Zweck, wenn sein Kreislauf schlappmachte, kamen weder das Kind noch er selbst hier lebendig heraus. Er setzte die Atemmaske wieder auf. Dann schob er den linken Arm unter die Schulter des leblosen Mädchens, den rechten in die Kniekehlen, und richtete sich taumelnd auf.

Das Kind in den Armen an sich gepresst, stolperte Roman aus dem Theaterraum zurück ins Treppenhaus. Betonstufen, eine nach der anderen. Die letzten Stufen fiel er fast hinab, als das Zittern seiner Knie das alte Zollhaus hinter ihm einstürzen ließ wie ein Kartenhaus.

2.

Im Büro zischelte und röchelte die Kaffeemaschine. Es roch nach Rauch, aber das lag an Lükkas Filterzigarette. Der schmucklose Raum barg noch immer die Reste der Wärme von gestern oder schon die Hitze des neuen Tages. Trotzdem hatte das karge Büro heute etwas Anheimelndes für Roman.

„Na, auch schon da?“ Lükka drehte sich nicht um, sondern klickte sich durch ihre Mailbox. „War's 'ne heiße Nacht gestern?“

Morgenroutine mit Lükka Tammling. Im Dienst stets gründlich und mit vollem Einsatz bei der Sache, nach Feierabend offenbar immer auf Achse – nach dem, was sie so erzählte, mal mit Nachbarn, mal mit Freundinnen aus dem Handballverein. Immer was zu berichten bei Dienstbeginn und immer begierig, von Roman zu hören, was bei ihm abging. So ging das seit Jahren, seit sie zusammen in diesem Büro saßen. Je nach Stimmung absorbierte Roman ihre lebhaften Schilderungen oder er fuhr die Schilde hoch und ließ das Plaudern daran abgleiten wie Phaserbeschuss. Heute tat er ihr nicht einmal den Gefallen, freundlich zu brummen, sondern widmete sich der spuckenden Kaffeemaschine.

Erst als Lükka das bewusst wurde, drehte sie den braunen Wuschelkopf, stieß sich mit dem linken Fuß leicht ab und drehte den quietschenden Bürostuhl mit elegantem Hüftschwung um hundertachtzig Grad. Ihre kräftigen, geschwungenen Augenbrauen hoben sich, als sie den Kollegen mit wachsendem Erstaunen musterte.

„Warst du grillen?“ Sie schnupperte. „Und wie siehst du überhaupt aus? Hast du in deinen Klamotten geschlafen?“

Roman goss sich bedächtig Kaffee ein, ließ zwei Würfel Zucker in den bedruckten Porzellanbecher gleiten. Spock und Kirk hatten auch schon bessere Tage gesehen. Irgendein Depp hatte seinen Becher in die Spülmaschine gestellt. Die Föderationsuniformen waren verblasst und an Spocks linkem Ohr blätterte die Farbe. Misstrauisch roch Roman an der Milchdose, die schon seit ein paar Tagen offen auf dem Regal stand, und molk daraus fünf kräftige Strahlen in den Pott. Erst als er seinen Kaffee umgerührt hatte, konzentriert, als gäbe es keine anspruchsvollere Aufgabe, und der erste Schluck brennend die Speiseröhre passiert hatte, erwiderte er Lükkas Blick.

Jetzt einfach sagen: Mir hat einer das Fahrrad geklaut. Verlegen grinsen, Lükkas gutmütigen Spott ertragen. Ostfriesischer Volkssport und so. Wohl bei Urlaubsbeginn nicht genug Akten von den Kollegen aus der Soko Rad auf den Tisch gekriegt. Wär schön.

„Nein. Nicht gegrillt. Und ja. In den Klamotten geschlafen irgendwie schon." Er nahm noch einen Schluck Kaffee, dann schob er einen Stapel der staubgrauen, pissegelben und schnitzelrosa Pappendeckel beiseite, die seine Kollegen vor Urlaubsantritt beim ihm deponiert hatten. Sie würden sich nicht freuen, wenn sie all ihre Pappendeckel unbearbeitet wieder zurückbekämen, das war sicher. Aber ebenso sicher hätten sie sich eh nicht bedankt und ohnehin hatte der Brand die Langeweile des ostfriesischen Sommers verzehrt und damit die Pflicht, Ordnung in die unerledigten Papiere der Kollegen zu bringen. Wenigstens etwas. Roman platzierte die linke Hinterbacke auf der Ecke seines überfüllten Schreibtischs. Dabei sah er an sich hinunter. Kein Wunder, dass Lükkas Augenbrauen fast im Haaransatz verschwanden. Er sah selbst für seine Verhältnisse übel aus. Die knielange Hose war zerknittert und fleckig, auf dem braunen Schienbein schillerte ein flächiger Bluterguss. Er drehte seinen Fuß. Aua, deshalb feuerten seine Füße so – die Zehen schienen nur noch aus Brandblasen zu bestehen. An feste Schuhe brauchte er in den nächsten Tagen nicht zu denken. Das war ein Problem, denn mit seinen Sandalen war nicht mehr viel Staat zu machen. Die Sohlen waren angeschmolzen, die vorderen Ränder von der Hitze gewellt. Roman klammerte sich einige Augenblicke an diesen Gedanken, aber es half nichts und er riss sich zusammen.

„Ich war im Zollhaus", sagte er endlich und wunderte sich, dass seine Stimme halbwegs vertraut klang.

Wenn das möglich war, wanderten Lükkas Augenbrauen noch ein paar Zentimeter höher.

„Da war doch gestern gar kein Programm." Informiert wie immer, wenn es um Action ging. „Die nächste Party ist am Freitag."

„Die wird wohl abgesagt", entgegnete Roman trocken. Er begann zu erzählen, stockend zuerst. Zu frisch war die Erinnerung an die dramatischen Ereignisse im Zollhaus, an den verzweifelten Kampf um das Leben des kleinen Mädchens, das er aus dem einstürzenden Gebäude getragen hatte. An das Kopfschütteln des Notarztes, als er mit einer fast liebevollen Bewegung das Tuch über das Gesicht des wie schlafend daliegenden Kindes auf der Trage gezogen hatte.

Lükka hörte ernüchtert zu, notierte sich hin und wieder Stichpunkte in ihrer sauberen, kleinen Schrift, effizient wie immer.

„Und ihr habt keinen Hinweis darauf gefunden, wer diese Kinder sind?", fragte sie, als Roman seinen Bericht abgeschlossen hatte. Sie ging hinüber zu dem niedrigen Regal, um sich einen frischen Kaffee zu holen, und schob unterwegs automatisch Romans Schreibtischschublade zu, die mal wieder zwei Fingerbreit offen stand.

Roman schüttelte den Kopf. „Nichts bisher. Außer, dass sie anscheinend keine Deutschen sind, sondern Türken, Kurden oder so. Was unter dem Schutt noch an Hinweisen zum Vorschein kommt, müssen wir abwarten."

Allzu viel würde es vermutlich nicht sein. Nach dem Einsturz des Gebäudes hatten die Flammen den frischen Sauerstoff gierig aufgesogen und sich mit neuer Wut auf Holz, Papier und Stoff gestürzt. Ahrend Berghaus und seine Kollegen hatten es glücklicherweise geschafft, das Haus zu verlassen, ehe die gusseisernen Stützen der Innenkonstruktion der Hitze nachgegeben hatten und das Zollhaus in sich zusammengefallen war. Aus den Trümmern hatten sie die Leiche eines älteren Jungen geborgen, vielleicht zwölf Jahre alt.

„Hoffentlich kommt der Kleine durch, den Ahrend zuerst im Treppenhaus gefunden hat. Dann erfahren wir wenigstens, wer er ist und wo seine Eltern sind." Erwachsene hatten sie trotz gründlicher Suche nicht entdeckt. Roman rieb sich die stoppelige Wange und fuhr sich mit den gespreizten Fingern durch die schwarzen Haare. Ascheflöckchen rieselten auf den Schreibtisch, die Spitzen der langen Strähnen waren gekräuselt und verschmolzen. Er grub in der großen Hosentasche nach seinem Haargummi, um die versengte Mähne in einem Pferdeschwanz zu bändigen, und hielt das Plüschtier in der Hand, das er im Zollhaus gefunden und nach dem Umziehen zusammen mit der Taschenlampe in die geräumige Tasche seiner Shorts geschoben hatte. Ein kleiner Eisbär war es, knapp zwanzig Zentimeter lang, mit einer blauen Schleife um den Hals und leicht verpeiltem Gesichtsausdruck, als hätte ihm gerade einer die Eisbärin unter dem pelzigen Bauch weggeklaut. Fürsorglich pustete Roman die Asche aus dem weichen Fell. „Schwer entflammbar", las er mit schiefem Grinsen vor, ehe er das Spielzeug auf den obersten Aktendeckel setzte. „Ein ganz wichtiger Zeuge. Möchten Sie zur Sache aussagen? Ich würde gerne ein Tonband mitlaufen lassen."

Lükka atmete verstohlen auf und erwiderte das Lächeln. Kriminalkommissar Roman Sturm war auf dem Weg der Besserung.

3.

„Über zehn Jahre Arbeit – alles zum Teufel." Die kräftige Frau mit den kurzen, braunen Haaren war sichtlich erschüttert. „Sie glauben gar nicht, was wir hier alles an Arbeit reingesteckt haben. Und an Geld natürlich auch."

Roman Sturm glaubte es durchaus, denn er hatte das Zollhaus gesehen, als die Sanierung nach fünfzehn Jahren Leerstand eben erst begonnen hatte. Hunderttausende hatte man seitdem verbaut, bis das Dach neu gedeckt, Klos und Bühnen eingebaut und überhaupt alles so weit hergerichtet war, dass in dem denkmalgeschützten Gründerzeitbau gefahrloses Leben und Feiern denkbar war. Anfangs hatte es in dem siebzig Meter langen Gebäude nur einen einzigen Wasserhahn gegeben. Allein das gläserne Foyer und der Fahrstuhl im Kranturm hatten fast hundertzwanzigtausend Euro gekostet. Eine beachtliche Leistung, sicher, aber Roman hatte keine Lust, jetzt die gesamte Umbaugeschichte über sich ergehen zu lassen. Zum Glück kriegte Vera Reifschneider die Kurve.

„Wer hat uns das bloß angetan? Haben Sie schon eine Spur?"

Sie schien so felsenfest von einer Brandstiftung überzeugt, dass Roman überrascht die Stirn runzelte.

„Es kann sich genauso gut um einen technischen Defekt …", begann er, doch die Vertreterin des Zollhausvereins schnitt ihm das Wort ab.

„Wir haben alle Brandschutzbestimmungen erfüllt, fragen Sie im Rathaus nach! Bis auf die Rauchabzugsklappen im Dach war alles fertig."

Genau diese Klappen hätten vielleicht verhindert, dass das Treppenhaus zur Todesfalle wurde, dachte Roman. Vielleicht hätten sie aber auch die Luftzirkulation so angekurbelt, dass der Brand noch schneller und noch heißer gelodert hätte. Die Kinder wären dann nicht erstickt, sondern verbrannt.

Roman dachte an den Eisbären und seinen kleinen Besitzer, der im Kreiskrankenhaus noch immer bewusstlos auf der Intensivstation lag, und spürte Wut hinter seinen Lidern prickeln. Scharf fragte er: „Und Sie wollen mir tatsächlich weismachen, Sie hätte nicht gewusst, dass eine mehrköpfige Familie in Ihrem Fetenschuppen wohnte?"

Lükka warf ihm einen warnenden Blick zu. „Frau Reifschneider ist zwar Mitglied im Vorstand des Zollhausvereins, aber nicht die Einzige, die fürs Zollhaus zuständig ist. Ich meine: war", sagte sie ruhig.

„Das hätte ich nicht treffender formulieren können", konterte die Frau spitz. „Nein, ich hatte keine Ahnung", wandte sie sich wieder an Roman. „Wahrscheinlich wusste auch sonst keiner von uns was davon. Sie müssen unbemerkt ins Haus gekommen sein."

Schwer vorstellbar, fand Roman. Bei Wüstenspringmäusen war das möglich und auch schon geschehen. Aber Kinder? Und dann gleich so viele? Eher nicht.

„Wir haben zwei der Kinder im Dachgeschoss gefunden", berichtete er.

Vera Reifschneider schob die Unterlippe vor. „Da oben ist das Ostfriesland-Radio untergebracht und natürlich unser Theater und die Besuchertoiletten." Sie hatte sich eindeutig noch nicht mit der Vergangenheitsform abgefunden. „Und nach hinten raus haben wir die Seminarräume eingerichtet. Die werden jetzt in den Ferien natürlich nicht genutzt. Sonst ist da nur noch unsere Rumpelkammer mit Gerümpel und Requisite." Sie überlegte. „Wenn ich irgendwo unterschlüpfen wollte, würde ich da wahrscheinlich reingehen. Wir wollten in den Räumen irgendwann eine Hausmeisterwohnung einrichten."

Lükka hatte mitgeschrieben und klappte ihr Notizbuch zu. Als hätte sie nur auf dieses Signal gewartet, erhob sich Vera Reifschneider. „Wenn wir so weit durch sind, gehe ich jetzt wieder an die Arbeit. Sie haben sicher Verständnis – ich habe noch viel zu regeln. Unsere Chefin und die anderen Vorstandsmitglieder müssen informiert werden, soweit sie nicht noch im Urlaub sind. Den überregionalen Zeitungen muss ich mitteilen, dass die Thedighausen-Ausstellung nicht stattfindet, und mir überlegen, was ich mit den Leuten mache, die schon Karten für die nächste Veranstaltung gekauft haben."

Sie eilte aus dem Zimmer und Roman sah ihr nach, das Kinn auf die zur Faust geballte Linke gestützt.

„Warum lässt du mich so auflaufen?", fragte er und funkelte Lükka aus seinen mandelförmigen Augen an, die vor Ärger fast schwarz wirkten. Seine schwarzen Haare, die er in der Mittagspause nach dem Duschen mit der Papierschere von den verkohlten Spitzen befreit und damit auf Schulterlänge gestutzt hatte, umrahmten sein dunkles Gesicht. Lükka hatte einen Moment lang die Vision eines Apachen, der gleich das Kriegsbeil ausgraben würde oder wenigstens den Klappstuhl, auch wenn seine Vorfahren keine Indianer gewesen waren, sondern von Hawaii stammten. Sein Großvater war nach dem Zweiten Weltkrieg als amerikanischer Soldat nach Deutschland gekommen und hatte sich in eine junge Deutsche verliebt. Ihr zuliebe war er geblieben und hatte mit ihr hier eine Familie gegründet. In seinem Enkel Roman fanden sich noch genügend Gene der indianischen und polynesischen Ahnen, um Spekulationen zu entfachen, woher diese rabenflügelschwarzen glatten Haare, die milchkaffeebraune Haut stammten und die dunklen Augen, die im Moment so zornig blickten.

Mittlerweile kannte Lükka Roman gut genug, um sich von seinem finsteren Blick nicht einschüchtern zu lassen. Sie wusste auch, dass sie seine Frage nicht zu beantworten brauchte, denn im Grunde kannte er die Antwort. Er war unnötig scharf zu einer Zeugin gewesen, die gerade buchstäblich vor den Trümmern ihrer Existenz gestanden hatte.

Trotzdem hätte sie mehr Interesse an den Kindern zeigen können als an ihrem verdammten Kulturzentrum. Aber vielleicht stand sie ja unter Schock.

4.

Wer hat einen Vorteil? Wenn du einen Täter suchst und er dir nicht den Gefallen tut, dir gleich vor die Füße zu stolpern, ist das die wichtigste Frage. Hast du das Motiv, kannst du meistens deinen Kunden bald einsacken. Schulbuchwissen aus dem ersten Semester Fachhochschule, sicher, aber Roman hatte das schon oft bestätigt gefunden. Und die verbreitetsten Motive waren Eifersucht und Habgier, bei Brandstiftung gern in der Form von Versicherungsbetrug. War das denkbar? Roman beschloss, sich zunächst um diese Frage zu kümmern und das Projekt „Zollhaus“ und die Situation des Vereins unter die Lupe zu nehmen, während Lükka sich durch die Vermisstenkartei klickte.

Auf den ersten Blick deutete nichts darauf hin, dass der Verein sich durch einen warmen Abbruch aus der Gülle ziehen wollte. Finanzielle Probleme hatte es in der Vergangenheit genügend gegeben; um das herauszufinden, war nicht viel Recherche nötig, nur ein Blättern im Zeitungsarchiv. In der letzten Zeit hatte das landesweite Rauchverbot auch die Zollhausumsätze geschmälert. Der Versuch, alle Türen aufzumachen und dadurch den Raum zu einer überdachten Freifläche zu machen, war vom Ordnungsamt rasch beendet worden.

Trotzdem lief seit der letzten Bürgermeisterwahl offenbar alles einigermaßen rund. Der Verein hatte der Stadt den alten Kasten abgekauft und bezahlte jetzt die Kreditraten, die Finanzlöcher wurden alljährlich mit satten Zuschüssen aus dem städtischen Haushalt gestopft und die vielen Großfeten spülten anscheinend genug Geld in die Kasse, um die Kultur zu finanzieren, mit der Vera Reifschneider so gerne begründete, warum das Zollhaus mit Steuergeldern gefördert werden musste. Roman seufzte, es wäre ja auch zu einfach gewesen.

Dirk Baukloh roch er, bevor der Kollege vom Rauschgift sich durch die Tür schob und „Moin, Kollegen“ trompetete, denn Baukloh war vor Dienstbeginn wie üblich in einen Bottich mit Rasierwasser gefallen. Entweder waren seine Geruchsnerven durch den Dauerkontakt mit Marihuana und anderem Dope abgestumpft oder er war Opfer des Werbefernsehens und versprach sich von der chemisch-animalischen Note eine höhere Trefferquote bei Frauen.

„Seid ihr an dieser Brandsache dran oder surft ihr nur wieder im Internet?“ Baukloh beugte sich über Lükkas Schulter und lehnte sich wie unabsichtlich gegen sie. Lükka drehte ihren Stuhl gerade so weit, dass Dixi Baukloh aus dem Gleichgewicht geriet. Auf seinen Wangenknochen erblühten scharlachrote Flecken, die überhaupt nicht zu seinen kupferfarbenen Locken passten, aber er schlenderte betont lässig zum Regal hinüber. „Ist doch ganz easy, wieso haltet ihr euch überhaupt so lange mit dieser Kiste auf?“

„Erleuchte uns, oh Allwissender!“ Roman verschränkte die Hände hinter dem Kopf und lehnte sich bequem zurück. Das war das Schöne an diesem Stinker: Er war er immer für unterhaltsame zehn Minuten gut. Schließlich war Dixi Baukloh der Größte, der Superbulle aus der großen Stadt und überhaupt nur deshalb noch nicht beim LKA, weil er die Provinzkollegen nicht so nahe der holländischen Grenze mit den Drogenschmugglern alleine lassen konnte. Na gut, eine Nase für Shit hatte er, aber die hatte der Cockerspaniel Hermann schließlich auch und der kam bei den Kolleginnen zudem deutlich besser an.

„Die kleinen Eselstreiber haben es sich da drin richtig gemütlich gemacht wie zu Hause in Anatolien oder wo diese Ölaugen auch immer herkommen“, verkündete Baukloh. „Und dann haben sie ein Lagerfeuer angezündet, um eine Familienportion Hammelhoden zu grillen. Und dann – baff.“ Beifallheischend sah er sich um. „Ist doch klar, oder?“

„Sonnenklar“, entgegnete Lükka, die gerade den Posteingang ihrer Mailbox studierte. „Und weil das in Anatolien so üblich ist, haben sie das Feuerchen mit ein paar Litern Nitroverdünner angezündet. Deswegen haben Katenhusen und Müller auch eben gemailt, dass sie im Schutt größere Mengen Brandbeschleuniger nachgewiesen haben.“ Sie schlug sich auf die Oberschenkel, griff ihre Zigarettenschachtel und erhob sich. „Ich für meinen Teil brauche dringend ein bisschen frische Luft!“

5.

Als Roman die Wohnungstür hinter sich zuzog, fühlte er sich wie ein Hähnchen im Backofen. Noch auf dem Weg zur Balkontür zog er das durchgeschwitzte T-Shirt aus und ließ es achtlos fallen. Er streifte die verschmorten Sandalen ab und fühlte den stacheligen Nadelfilz des Teppichbodens unter seinen Füßen, die in einem wenig besseren Zustand als die Schuhe waren. Fast kam es ihm vor, als kräuselten sich die Haare auf seinen Armen in der Hitze, und die Haut in seinem Gesicht schien sich in prickelnden Blasen abzulösen, sogar den Duft von gebratenem Fleisch glaubte er zu riechen. Er schüttelte sich und die Blasen verwandelten sich gnädig in beißende Schweißtropfen, die in seine Augen rannen. Hastig zog er die Rollläden hoch, mit denen er wie jeden Tag vergeblich versucht hatte, die Hitze auszusperren, und öffnete die Balkontür. Was hatte er anderes erwartet? Im Sommer war es in dieser Wohnung unter dem Dach nicht auszuhalten. Schon ein paar Sonnentage reichten, um die Raumtemperatur auf fiebrige vierzig Grad hochzutreiben. Nur vergaß er das regelmäßig, während er im Büro schmorte und sich seine zwei Zimmer mit Küche und Bad kühlträumte.

Aber er kam zumindest regelmäßig an die Luft, frisch oder nicht.

Unterm Dach in der Rumpelkammer des Zollhauses war es bestimmt nicht weniger heiß gewesen. Wie hatten die Kinder das ausgehalten? Und wie lange? Weder er selbst noch Lükka waren heute einen Schritt weitergekommen. Die Vermisstenkartei hatte nichts hergegeben, nicht in Niedersachsen und auch nicht in den anderen Bundesländern. Vor Dienstschluss hatten sie noch eine Anfrage an die niederländische Polizei abgeschickt, aber ohne große Hoffnung. Niemand schien die drei Kinder zu vermissen, niemand auch nur von ihrer Existenz zu wissen.

Angenommen, sie waren tatsächlich unbemerkt ins Zollhaus

gekommen. Weiter angenommen, sie hätten sich wirklich da oben auf dem Dachboden zwischen eingestaubten Möbeln und alten Klamotten mucksmäuschenstill verhalten, was für so kleine Kinder eine reife Leistung wäre, so blieb doch eine Frage offen: Wovon hatten sie gelebt?

Wasser war weiter kein Problem, das konnten sie auf der Besuchertoiletten des Theaters holen. Aber irgendjemand musste sie mit Essen versorgt haben, ob mit Dirk Bauklohs Hammelhoden, mit Dosenravioli oder auch nur mit Brot und Käse.

Roman bemerkte auf einmal, wie hungrig er war. Der Bratengeruch, den er seit dem Betreten seines Wohnofens in der Nase hatte, war real. Er drang aus der Küche des Restaurants im Erdgeschoss nach oben, das Gyros und Souflaki für den Abend auf Vorrat produzierte, und Romans Magen knurrte. Der Kühlschrank gab willkommene Kälte frei, die Roman länger genoss, als die Inspektion seiner Vorräte es rechtfertigte. Drei kaum verschrumpelte Knoblauchzehen. Ein Eckchen Camembert, das Roman nach kurzer Betrachtung in den Mülleimer fallen ließ. Ein Becher Joghurt, immerhin, nur eine Woche überfällig, dafür mit einem Aludeckel, dessen Wölbung eine kurz bevorstehende Explosion verhieß. Trotzdem öffnete Roman den Becher und tunkte die Fingerspitze in die weiße Pampe. Das Zeug prickelte auf der Zunge und gesellte sich ohne weitere Umwege zum Käse.

Also zwei Optionen: Bis acht mit knurrendem Magen warten und dann unten in einen Grillteller investieren oder doch noch einkaufen. Roman entschied sich fürs Einkaufen, zumal auch der Kaffeevorrat für morgen früh nur noch eine dünne Plörre hergeben würde. Romans Laune verschlechterte sich. Ohne Fahrrad würde das eine echte Expedition werden, denn Leer hatte die vermutlich einzige Innenstadt, in der es seit Jahren keinen Supermarkt mehr gab. Romans Auto stand passenderweise gerade in der Werkstatt und wartete auf ein neues Getriebe.

Nach drei Kilometern zu Fuß, mit einem halben Dutzend

leerer Flaschen im Rucksack, hatte Roman im Geist alle Varianten schwarzer Pädagogik durchgespielt bis hin zur Prügelstrafe für Fahrraddiebe. Seine finsteren Gedanken mussten ihm anzusehen sein, denn der rundliche Junge in der Leergutannahme zuckte zusammen und starrte ihn mit großen, erschrockenen Augen an, als Roman die Flaschen auf den Tresen stellte. Romans Gewissen regte sich, legte sich aber sofort wieder ins Körbchen, als er unter dem blauen Kittel einen rotgeflammten Hemdkragen hervorblitzen sah. Sieh mal einer an, das war doch der kleine Mistkerl von heute früh, der sein Fahrrad geklaut hatte! Mit einiger Anstrengung unterdrückte Roman den Impuls, den Burschen am Kragen zu packen und kräftig zu schütteln. Statt dessen fragte er ganz ruhig: „Wo ist mein Rad?"

„Draußen im Fahrradständer." Der Junge richtete sich auf und sah Roman halb schuldbewusst, halb trotzig an. „Ich wollte es heute Abend zurückbringen. Wirklich. Ich bin doch kein Dieb!"

„Ach nein? Deswegen hast du mir auch das Fahrrad geklaut, weil du so ein braver Junge bist."

„Ich hatte es eilig."

Genau das war der Punkt, der Roman interessierte, aber hinter ihm ballte sich inzwischen eine Traube von Einkaufswagen und darin begann es ungeduldig zu grummeln. Sichtlich erleichtert reichte der Junge Roman den Pfandbon und wandte sich den Bierkästen des Blümchenkleides zu, das sich jetzt unnachgiebig wogend zwischen Roman und den Tresen drängte. Achselzuckend drehte Roman sich um und schlängelte sich zwischen den anderen Wartenden hindurch. Um den Jungen würde er sich später kümmern, er wusste ja jetzt, wo er ihn finden konnte. Und dann würde er ihn nicht nur nach dem Fahrradklau fragen. Bevor der Polizist heute früh auf den Jungen zugesteuert war, hatte der es schließlich gar nicht eilig gehabt, sondern mit den anderen Gaffern das Feuer beobachtet. Entweder wusste er etwas über den Brand oder er hatte etwas anderes ausgefressen, denn an einer Uniformallergie litt er vermutlich nicht.

Im Markt war noch erstaunlich viel los, die Verlängerung der Öffnungszeit bis neun Uhr zahlte sich offenbar aus. Immerhin hatte der Inhaber des Ladens schon mal davon gehört, dass Eigentum verpflichtet, und steckte einiges in soziale Projekte, kümmerte sich um Kinderschutz, Behinderte und Kultur. Gehörte er nicht sogar dem Zollhausverein an? Doch, ziemlich sicher sogar. Auf dem Weg durch den Supermarkt ließ Roman den Blick durch die Gänge streifen, aber ausgerechnet heute war der Chef nicht zu sehen, nicht einmal in der Weinabteilung. Dafür sah er den Jungen wieder, der mit einer großen Plastiktüte den Stand mit den türkischen Spezialitäten verließ. Wenigstens hatte er ihm nicht auch noch das letzte Fladenbrot vor der Nase weggeschnappt, wie Roman beruhigt sah. Das packte ihm der nette Iraker bedächtig wie immer in eine Tüte, füllte ein Schälchen mit Zaziki und wartete gelassen, bis Roman sich für eine besonders rücksichtslose Olivensorte entschieden hatte – gefüllt mit ganzen Knoblauchzehen, Lükka würde sich morgen nicht freuen.

„Da habe ich heute ja gerade noch Glück gehabt." Er schenkte dem Iraker sein freundlichstes Strahlen. „Ich dachte schon, der Junge aus der Flaschenannahme hätte das letzte Brot geholt. Wie heißt er noch mal? Ahmed, oder?"

Der älteste Trick, aber der Händler fiel darauf rein, obwohl er, wie Roman wusste, in seiner Heimat zwanzig Jahre lang als Lehrer gearbeitet hatte. Trainingsrückstand, eindeutig.

„Chalid? Nein, der hat nur eins mitgenommen." Er hatte den Beutel mit Romans Einkäufen ordentlich zugeknotet, knipste den Kassenzettel an die Tüte und reichte sie über die Theke.

„Wissen Sie, wo ich ihn erreiche, wenn er nicht arbeitet?", fragte Roman im Plauderton. Der andere blickte ihn scharf an, dann lächelte er entschuldigend, sagte freundlich: „Ich spreche nicht gut Deutsch, Herr Kommissar", wünschte einen schönen Abend und machte sich geschäftig daran, die Reste seiner Waren zusammenzupacken.

***

Der große Platz neben dem Postamt war nicht wiederzuerkennen. Das ganze Gelände umgab ein zwei Meter hoher Bauzaun aus rostigen Eisengittern, hinter dem die Spurensicherung den Tag über im Schutt gewühlt hatte, um zwischen Unmengen von Ziegelsteinen, verbogenen Eisenträgern, verschmorten Möbeln und Elektronik alles auszugraben, was sie der Brandursache und dem Brandstifter ein Stück näher bringen konnte. Roman wagte keine Prognose, wie lange es dauern würde, alles auszuwerten. Schon ein ganz normales Wohnhaus brauchte seine Zeit, und die Reste des Zollhauses waren entmutigend.

Detlev Katenhusen, der sich eben aus seinem weißen Papieranzug schälte, sah Roman aus rotgeränderten Augen an und schüttelte auf die Frage nach neuen Erkenntnissen müde den Kopf.

„Du kannst keine Wunder erwarten, mehr als arbeiten können wir nicht.“ Er wies auf den riesigen Schuttberg. „Dass wir Brandbeschleuniger entdeckt haben, weißt du ja schon. Aber das ist ja eine unserer leichtesten Übungen. Was es genau war, findet das Labor in den nächsten Tagen heraus. Auf alle Fälle haben wir an verschiedenen Stellen was gefunden. Geht gleich morgen früh mit dem Kurier nach Hannover.“

„Also gibt es keinen Zweifel, dass das Feuer gelegt wurde“, stellte Roman fest, während er Katenhusen half, Werkzeug und Spurenkoffer im Auto zu verstauen.

„Wahrscheinlich nicht. Aber drüben auf der Südseite sind auch noch Farbdosen und so’n Scheiß.“

Die grafische Werkstatt, erinnerte sich Roman. „Kann so was auch von alleine zu brennen anfangen?“

„Klar, möglich ist alles. Wenn es warm genug ist, geht auch mal ein Putzlappen voll Firnis ab wie ein Molli.“ Katenhusen ließ sich auf den Fahrersitz fallen und schlug die Tür zu. „Wenn wir was Neues rausfinden, erfährst du es, versprochen. Aber für heute habe ich die Schnauze voll, ich brauch auch mal Feierabend. Mein Sohn nennt mich schon Onkel, so selten bin ich zu Hause.“ Er drehte den Zündschlüssel und ließ den

Motor an. „Vielleicht gibt es ja in Leer militante Kunstgegner oder eine autonome Gruppe zur Reinhaltung ostfriesischer Kultur.“ Aus einer Klappkiste, die auf dem Beifahrersitz stand, zog er einen beschrifteten Plastikbeutel. Der Stofffetzen darin war mit etwas Phantasie als Rest einer Leinwand zu erkennen. Noch mehr Phantasie brauchte Roman, um das blaurosa Farbgewimmel als Teil eines Bildes zu identifizieren. Vage fühlte er sich an Aufnahmen des Hubbleteleskops erinnert, wenngleich Hubble vermutlich noch keinen Spiralnebel fotografiert hatte, der einem Paar kopulierender Schweine so ähnlich sah.

„Verrat mir eins“, forderte Katenhusen im Wegfahren. „Wer malt bloß so was?“

Mittwoch

6.

Das Haus war leicht zu finden, in dem Joachim Thedinghausen das herstellte, was Vera Reifschneider mit ehrlicher Begeisterung als „kompromisslose, tief empfundene Kunst" geschildert hatte, „transzendental, vor allem in der Farbgebung, doch von einer geradezu bestürzenden Diesseitigkeit."

Bestürzend fand Roman zunächst vor allem, wie stinknormal das Domizil des gefeierten Künstlers in der Nähe des Ditzumer Hafens wirkte. Unter den blütenweißen Halbgardinen standen Geranientöpfe auf den weißlackierten Fensterbrettern, mit leuchtend roten Blüten, die auf den ersten Blick beinahe echt wirkten. An den Wänden hingen keine kompromittierenden Spiralnebel, sondern kolorierte Drucke, die bei näherer Betrachtung verdächtig nach Kalenderblättern aussahen. Irmgard Thedinghausen, die Lükka und Roman tatsächlich Tee aus einer bauchigen Kanne mit Ostfriesenrose eingoss, trug zwar weder Dutt noch Kittelschürze, sondern ein beiges Leinenkostüm und einen schwarzen Pagenkopf, in dem eine breite silbrig hellgraue Strähne ihr das Aussehen einer Dohle gab, dafür knisterte der Kandis vorschriftsmäßig in den kleinen, dünnwandigen Tässchen.

„Sie können sich überhaupt nicht vorstellen, was dieses schreckliche Unglück für meinen Mann bedeutet", sagte sie leise. „Ich mache mir große Sorgen um ihn. Seit er von dem Feuer erfahren hat, habe ich ihn kaum noch zu Gesicht bekommen. Er vergräbt sich richtig in seinem Atelier."

„Sie haben ihm doch gesagt, dass wir hier sind?", fragte Lükka zur Sicherheit, denn Thedinghausen ließ sich immer noch nicht blicken. „Am besten zeigen Sie uns, wo wir ihn finden." Sie erhob sich.

„Vielleicht haben Sie recht. Obwohl er es gar nicht mag,

wenn Fremde ihn bei der Arbeit stören ..." Zögernd stand Irmgard Thedinghausen auf und führte ihre Besucher durch die ordentliche Küche in einen kleinen, dunklen Flur. „Vorsicht, Stufe", warnte sie und stieß eine grün gestrichene Holztür auf.

Staunend trat Roman in einen weißgekalkten Raum, geräumig wie ein Wohnzimmer, aber bei weitem nicht so anheimelnd. Die Fenster waren klein und altersblind und ließen wenig Licht herein. Von der hohen Decke baumelte ein daumendickes Seil aus gedrehtem Stahl, an dessen unterer Schlaufe ein S-förmiger Haken in Augenhöhe gefährlich blinkte. Das Seil führte zu einer großen Winde an der Stirnseite, neben der aufgerollt ein altmodischer roter Gartenschlauch hing. Eine fußbreite Rinne zog sich durch die ganze Länge des Raumes bis zu einem Gully an der Rückwand. An einem armdicken runden Balken, den zwei starke Ketten etwas über Kopfhöhe hielten, gab es noch mehr dieser spitzen Haken. Die meisten waren leer, doch mitten im Raum hing ein blitzendes Beil, dessen Klinge so lang war wie Romans Unterarm. Unwillkürlich zog er den Kopf ein.

„Was in aller Welt ist das hier?", entfuhr es Lükka. „Ihre private Folterkammer?" Angewidert sah sie hinüber zu einem großen, grob gezimmerten Holztisch, auf dessen speckig glänzender Platte weitere Messer lagen.

„Gruselig, nicht wahr?" Irmgard Thedinghausen lächelte halb stolz, halb verlegen. „Dieses Gebäude war früher eine Schlachterei. Normalerweise hängen hier im Schlachthaus die Bilder meines Mannes. Aber jetzt hat er sie ja alle nach Leer gebracht zu dieser unglückseligen Ausstellung. Meinen Sie, die Kunstwerke sind noch zu retten?"

Roman dachte an Katenhusens Sammlung von Plastikbeuteln, stellte sich die Reste der Nebelschweine hier an den Fleischerhaken vor und wandte sich ab, um ein sehr unpassendes Grinsen zu verbergen. Lükka hatte es natürlich trotzdem bemerkt und räusperte sich.

„Ich würde mir da keine allzu großen Hoffnungen machen",

sagte sie vorsichtig und Roman flüchtete sich in einen Hustenanfall, der ihm die Tränen in die Augen trieb.

„Ja ja, im Sommer erkältet man sich leicht! Kommen Sie mal schnell weiter, hier zieht es immer so." Durch die Tür am anderen Ende des Schlachthauses ging Irmgard Thedinghausen voraus auf einen sauber gepflasterten Hof. Gegenüber stand ein kleines gläsernes Gewächshaus, aber sie wies nach links hinüber zu einem Nebengebäude. „Da ist das Atelier, gehen Sie ruhig rein." Sie verschwand so schnell wieder im Haus, als habe ihr Mann die üble Angewohnheit, Eindringlinge mit der Schrotflinte auf Distanz zu halten. Entsprechend überrascht war Roman, in dem geräumigen Stallgebäude, dessen Dach überwiegend aus Glas zu bestehen schien, einen zierlichen, grauhaarigen Mann anzutreffen, der sie müde, aber freundlich anlächelte. Er erhob sich aus einem bequemen Bürostuhl, der vor einem großen, hellen Kieferntisch stand, und schüttelte den Polizisten nacheinander die Hand wie lang ersehnten Gästen. Er ließ ihnen Zeit, sich in dem lichtdurchfluteten Raum umzusehen. Auf hellen Regalen standen Flaschen mit Farbe, aus einem alten Gurkenglas ragte ein Büschel verschieden dicker Pinsel und bunter Zahnbürsten mit farbverklebten Borsten, ringsum an den Wänden und den Mäuerchen ehemaliger Schweinekoben lehnten Leinwände und bemalte Sperrholzbretter jeder Größe. Nicht auf einem erkannte Roman etwas, das auch nur entfernt an paarungsbereite Spiralnebel erinnerte. Er trat näher an eine Staffelei, auf der das Bild eines Kutters im Ditzumer Hafen zu sehen war.

„Hübsch", sagte Lükka.

Thedinghausen nickte, wirkte aber nicht geschmeichelt.

„Ja, hübsch. Mehr aber auch nicht." Er lächelte entschuldigend. „Die Kunst geht nach Brot, wie man so sagt. Diese Auftragsarbeiten bringen die Butter aufs Brot, aber das Eigentliche, das, was wirklich zählt, ist das hier." Er deutete auf den Schreibtisch. „Sie sehen, ich schwelge in Erinnerungen." Er nahm einen Packen Fotos und breitete sie vor Lükka und Roman auf dem Tisch aus. „Das ist alles, was mir von meinem Lebenswerk geblieben ist." In allen Farbschattierungen zwischen Nachtblau, Violett und strahlendem Rosa schillerten auf den Fotografien Sternenhaufen und Galaxien, schwarzbunte Kühe grasten am Rande der Milchstraße, grotesk verdrehte Mühlenflügel verwirbelten Spiralnebel, das Schweinepärchen vergnügte sich im Schwarzblau eines fernen Sonnensystems.

Lükka Tammling erbleichte.

Auch wenn er die Bilder schauderhaft fand, war Roman doch fasziniert von der skrupellosen Verbindung, die Thedinghausen zwischen dem unendlichen Weltall und seiner ostfriesischen Umgebung geschaffen hatte.

„Ja, Sie spüren es, das merke ich sofort", stellte der Künstler befriedigt fest. „Wir alle sind ein Teil des großen Ganzen, des allumfassenden Kosmos, der sich ständig selbst neu erschafft." Versonnen betrachtete er eine Gruppe von Staphylokokken, die gemeinsam mit dem großen Bären um den Polarstern kreisten.

„Womit malen Sie eigentlich?", fragte Roman, teils aus Mitleid mit Lükka Tammling, deren Blässe jetzt eine leicht grünliche Note angenommen hatte, teils aus echtem Interesse. Er war schon in einigen Künstlerateliers gewesen, und in jedem hatte es intensiv nach Leinöl und Terpentin gerochen. Warum roch es hier einfach nach frisch gestrichener Wohnung?

„Ach, das ist ganz verschieden", erklärte Thedinghausen. „Für das Zeug da drüben", er zeigte mit einer weit ausholenden Handbewegung auf die Staffelei und die anderen Bilder, „nehme ich oft Pastellkreide, manchmal wollen die Leute auch lieber ein Aquarell haben. Aber am liebsten male ich mit Acryl, das ergibt einfach das schönste Leuchten."

„Kein Öl?", fragte Roman überrascht.

Thedinghausen schüttelte indigniert den Kopf. „Manche mögen das ja. Aber das nimmt einem Künstler jegliche Spontaneität. Ewig muss man die Farben und Malmittel anmischen, dann wochenlang warten, bis eine Schicht durchgetrocknet ist, ehe man weitermalen kann. Ganz zu schweigen von der Sauerei, bis man alles wieder saubergemacht hat." Er lachte.

„Und meine liebe Frau würde sich bedanken, wenn ihr ganzes Haus nach Terpentin und Verdünnung stinken würde!“

Lükka hatte ihren Blick inzwischen an einem Aquarell festgehakt, das ganz diesseitig zwei Windmühlen vor strahlend blauem Sommerhimmel zeigte, und sich dabei genug erholt, um Thedinghausen zu fragen, ob er sich vorstellen könnte, wie es zu dem Feuer gekommen war. Erwartungsgemäß schüttelte er den Kopf.

„Nicht jeder mag meine Bilder.“ Er sah Lükka etwas vorwurfsvoll an. „Aber sie zu verbrennen – wer sollte so weit gehen?“

Die Kommissarin sah aus, als fielen ihr dazu eine Menge Leute ein, aber sie sagte nur: „Vielleicht ging es ja gar nicht um Ihre Ausstellung. Wer kann etwas gegen das Zollhaus selbst gehabt haben?“

„Ach so.“ Thedinghausen überlegte. Offenbar war er noch nicht auf die Idee gekommen, der Brandanschlag könnte etwas weniger Wichtigem als seiner Kunst gegolten haben. „Nun ja, Künstler haben immer Gegner. Und Erfolg lockt die Neider an wie ein Misthaufen die Fliegen. Und Frau Reifschneider *hat* Erfolg mit ihrem Projekt. Auf das Gebäude waren ja damals auch andere Leute scharf. Fragen Sie die doch mal, wo sie vorletzte Nacht waren.“

Roman nickte. Er erinnerte sich an das lange Tauziehen um die Zukunft des Zollhauses. Manches war einfach nur noch ein Stück aus dem Tollhaus gewesen. Der hartnäckigste Konkurrent hatte während der Renovierung den Dachdeckern die Schieferplatten quasi unter dem Hintern weggeklaut, um sie für später einzulagern. Wann immer es Zoff ums Zollhaus gab, sprang Ferdinand Bungeroth unweigerlich aus der Deckung, um sein Interesse am Kauf des Hauses anzumelden, das er in ein schniekes Erlebnislokal verwandeln wollte.

„Nicht, dass ich irgendjemandem die Schuld in die Schuhe schieben will“, beteuerte der Maler. „Aber wenn Sie sagen, dass es Brandstiftung war, muss es ja einer gewesen sein, oder?“

Er sah Roman Sturm an, von dem er sich sichtlich mehr

Verständnis erhoffte als von seiner Kollegin, die dekorativen Kommerzkitsch der wahren Kunst vorzog.

„Sicher, *wenn* es Brandstiftung war, hat jemand das Feuer gelegt“, bestätigte Roman. „Aber meine Kollegin hat nichts davon gesagt. Sie wollte nur wissen, ob Sie sich erklären können, wie das Feuer entstanden ist, mehr nicht.“ Mit leiser Genugtuung registrierte er Thedinghausens verblüffte Miene. Er ließ ihm keine Zeit, sich davon zu erholen, sondern setzte nach: „Wo waren *Sie* eigentlich vorletzte Nacht?“

„Vorletzte Nacht? Sie meinen: Von Montag auf Dienstag? Da war ich oben an der Küste, auf Motivsuche. Montagvormittag habe ich noch die letzten Arbeiten an der Ausstellung erledigt. Anschließend habe ich dann zu Hause das Wohnmobil abgeholt und bin nach Norddeich gefahren. Fragen Sie meine Frau. Gestern Mittag hatte ich dann noch einen Termin in Greetsiel.“

„Mit wem?“ Lükka hatte mitgeschrieben und notierte jetzt die Adresse eines Greetsieler Fischers, der vielleicht seinen Kutter porträtieren lassen wollte.

„Aber nur, wenn die Granatpreise wieder steigen, hat er gesagt“, ergänzte Thedinghausen wenig zuversichtlich.

Roman fand die Granatpreise eigentlich hoch genug, aber das hing wahrscheinlich davon ab, ob man ein Krabbenbrötchen kaufen wollte oder mit dem Fang seine Familie ernähren musste.

7.

„Was hältst du davon?“, fragte Roman, während sie die Sielstraße hinunter in Richtung Hafen schlenderten, wo sie den Wagen abgestellt hatten. Die Sonne schien immer noch heiß und sie hielten sich im schmalen Schattenband der eng stehenden Häuser, bis sie die Hafenmauer erreichten. Mit der Nase zur Kaimauer lag der rot-weiße Kutter von Thedinghausens Staffelei.

„Meinst du den weinerlichen Maler oder seine schauderhaften Bilder?“ Lükka blieb stehen, um sich eine Zigarette anzuzünden. „Ich weiß nicht, was schlimmer war!“

Unten am Anleger hatte gerade die Fähre aus Petkum festgemacht. Die beiden warteten oben auf der Mauer über dem Sieltor, um den Schwarm bunter Fahrradurlauber abfließen zu lassen, die nach der aufregenden Reise über die Ems erst einmal die Ditzumer Hafenrestaurants ansteuerten, aus denen fettiger Fischgeruch durchs Dorf schwappte. Roman hatte trotzdem Hunger. „Lass uns eben was essen“, schlug er vor, aber Lükka winkte ab. „Du kannst dir gerne einen toten Fisch holen. Aber mir ist von diesen Bildern übel genug.“

Roman lachte. „Du bist ganz schön hart. Der Kerl kann einem doch wirklich leid tun. Seine ganzen Bilder, einfach futsch. Für ihn war das echte Kunst, bestimmt mit viel Herzblut gemalt …“

„Dunkelblau und rosa.“ Lükkas Gesicht war todernst, nur ihre grauen Augen funkelten.

„Ach, Mensch, du weißt doch, was ich meine“, sagte Roman. „Da hat er jahrelang dran rumgepinselt, ein Vermögen an Farbe auf die Leinwand getüncht, offenbar ohne dass ein Aas ihm was abgekauft hat. Verkaufen kann er nur das Zeug, von dem er selber nichts hält, und dann auch nur, wenn die Krabben nicht zu billig sind. Sein Geld verdient er also nicht mit dem, was er mag, sondern mit etwas, das ihn sichtlich ankotzt.“

„Mir kommen gleich die Tränen. Na und? Wem geht's denn besser? Frag doch mal den Bandarbeiter bei VW, ob er den Job so liebt, der ihm Kohle bringt. Oder die Frauen, die in der Hähnchenschlachterei die Kadaver ausnehmen." Lükka hatte sich in Rage geredet. „Die haben vielleicht ein Recht, sich zu beschweren, aber doch nicht dieser Thedinghausen mit seinem Häuschen in Ditzum, dem schnieken Atelier und dem großen Campingwagen!" Sie hob grüßend die Hand, als vom Fähranleger her ein großer, kräftiger Mann heftig herüberwinkte. „Der da drüben kann dir schon eher leid tun, wenn du so auf erfolglose Künstler stehst. Paule malt auch, aber das Geld für seine Tuschfarben verdient er sich, indem er hier den Dreck vom Deich sammelt oder für ein paar Kröten auf Baustellen oder bei der Werft Hilfsarbeiten erledigt. Aber ihn habe ich noch nie über einen frustrierenden Job jammern gehört."

Sie hatten den Parkplatz erreicht und Paule kam strahlend auf sie zu, um Lükka zu begrüßen. Lükka stellte Roman vor und wechselte ein paar Worte mit dem freundlichen Riesen. Seine Einladung, eben mitzukommen und sich seine Bilder anzuschauen – „Zweitausend inzwischen!", verkündete er stolz – lehnte sie allerdings nachdrücklich ab und beeilte sich, das Auto aufzuschließen.

„Eigentlich wollte ich auch nicht deine Meinung über Thedinghausens Bilder hören", nahm Roman den Faden wieder auf, während Lükka den Wagen über die schmale Allee steuerte. „Ich meinte eher seine Anspielung auf Bungeroth. Meinst du, da könnte was dran sein?"

So richtig glaubte er nicht daran, dass der verhinderte Erlebnisgastronom das Zollhaus in Brand gesteckt haben könnte, auch wenn der dafür bekannt war, mit harten Bandagen zu kämpfen. Es war ihm zwar nicht nachzuweisen, aber dass der Verein immer wieder Ärger bekam, weil Schankkonzessionen für die großen Parties fehlten, auf die Einnahmen keine Vergnügungssteuer abgeführt wurde oder Zweckmäßigkeit bisweilen wichtiger genommen wurde als der Denkmalschutz, schrieb Roman auf Bungeroths Rechnung. Es war mit großer

Wahrscheinlichkeit auch dessen Verdienst, dass eine wahre Goldgrube von Altstadtcafé dichtmachen musste, weil im Rathaus nach mehr als zwanzig Jahren ganz plötzlich jemand bemerkt hatte, dass für die Größe des Lokals nicht genügend Parkplätze ausgewiesen waren. Bungeroth war ein neidisches Aas, aber blöd war er nicht. Wenn der Unternehmer das Zollhaus kaufen und zu einem Multifunktionslokal mit zugkräftigen Shows, teurem Essen und exklusiven Boutiquen umbauen wollte, hatte er jetzt eindeutig sein Ziel verfehlt.

Offensichtlich waren Lükkas Gedanken in dieselbe Richtung gegangen. „Ist ja nicht mehr viel übrig, was er kaufen könnte. Aber wer weiß, vielleicht wollte er mit der Aktion die Zollhausleute nur so mürbe machen, dass sie die Lust verlieren. Und dann hat er es beim Zündeln etwas übertrieben und ärgert sich jetzt die Pest an den Hals."

Roman nickte nachdenklich. Möglich war das und besser als nichts allemal.

Donnerstag

8.

„Bis auf deinen kleinen Fahrraddieb haben wir jetzt alle zu packen gekriegt, die an dem Morgen beim Zollhaus waren. Rausgekommen ist dabei allerdings nichts. Sieh zu, dass du den Knaben möglichst bald ausfragst, warum er es so eilig hatte. Vielleicht bringt uns das ja weiter."

Roman war dankbar für Lükkas Gelassenheit. Sein Besuch im Supermarkt war am Morgen ein glatter Reinfall gewesen. Chalid hatte frei, am Spezialitätenstand war ein jüngerer Mann, aus dem außer Chalids Nachnamen nichts rauszubekommen war, und Supermarktchef Eigenbrood war auch nicht im Haus.

Lükka machte Roman keine Vorwürfe, weil er den Jungen gestern nicht gleich in der Flaschenannahme festgenagelt hatte, statt sich um sein eigenes Abendbrot zu kümmern, aber das war auch gar nicht nötig. Niemand war besser darin, Roman Sturm seine Fehler unter die Nase zu reiben als er selbst, allerhöchstens der Leiter des Fachkommissariats, aber Hauptkommissar Stahnke hatte zum Glück Urlaub.

Verbissen hackte Roman den Namen „Chalid Bihal" in alle zugänglichen Datenbanken, aber der Computer kannte weder den Jungen noch irgendeinen Angehörigen. Roman besuchte sogar Dirk Baukloh, der zwischen seinen Regalen voller konfiszierter Bongs und Pfeifen hockte wie in einem Secondhandladen für Kiffer. Dixis Aftershave war nicht völlig verdunstet, hatte es aber schwer, gegen den Schweißgeruch anzustinken. Roman war nicht sicher, ob der aus Bauklohs Poren dünstete oder von den Platten Cannabisharz stammte, die Dixi gerade abwog und deren Gewicht er in eine Liste eintrug.

***

Ohne etwas über Chalid erfahren zu haben, stand Sturm kurz darauf wieder in dem Büro, das er sich mit Lükka teilte, und atmete erst mal tief durch, obwohl die Kollegin seine Abwesenheit offenbar dazu genutzt hatte, eine halbe Schachtel Zigaretten durch die Bronchien zu jagen.

„Baukloh hat auch keinen Kunden, der Bihal heißt oder auf den die Beschreibung passt", berichtete er. „Wenn ich bei dem war, bin ich heilfroh, beim 1. FK zu sein und nicht beim Rauschgift. Der Gestank da ist einfach unschlagbar."

„Du warst zu lange nicht bei einer Obduktion. Danach denkst du bestimmt anders."

„Oh nein, bitte nicht." Roman starrte Lükka an, die sich angelegentlich einen Fussel vom Ärmel zupfte. Wie schaffte sie es bloß, bei dieser Hitze in einer langärmeligen schwarzen Bluse herumzulaufen und trotzdem so frischgeduscht zu wirken? „Sag nicht, dass ich nach Oldenburg muss."

Sturm hatte schon bei vielen Leichenöffnungen die Staatsanwaltschaft vertreten müssen, aber daran gewöhnt hatte er sich immer noch nicht. Es gab Kollegen, die Bilder von Verbrechensopfern, die auf dem kalten Granittisch ihre letzten Geheimnisse preisgaben, nach Feierabend abschalten konnten wie eine DVD, aber Roman hatte jedes Mal in den Nächten danach seine ganz private Kinovorführung. Horrorfilme aus der untersten Schublade unterm Ladentisch und keinen Pfennig dazubezahlt. „Eigentlich will ich heute ...", er überlegte fieberhaft, wie er diesmal den Knochenjob an Lükka abdrücken könnte. Ach ja! „... noch zum Landkreis. Vielleicht hat die Ausländerbehörde irgendetwas über die Kinder in den Akten." Das konnte klappen, denn Lükka Tammling stand mit Wilma Poppen vom Ausländeramt schon seit der Schulzeit auf Kriegsfuß. Angeblich, weil für die große Blonde der Name schon früh Programm geworden war. Gute Chancen also, dass Lükka den Termin in der Gerichtsmedizin vorziehen würde.

„Außerdem ist mein Wagen in der Werkstatt", zog Roman noch einen Trumpf aus dem Ärmel.

„Da habe ich gute Neuigkeiten. Oder schlechte – je nachdem. Deine Karre ist fertig und so fahrbereit, wie sie nur sein kann. Wenn sie das überhaupt jemals war. Ich übernehme Wilma Poppen, du den netten Onkel Doktor, so haben wir heute Nachmittag beide unseren Spaß."

Ein energisches Klopfen an der Bürotür vereitelte Romans Versuch, eine neue Verhandlungsrunde zu starten.

Wer so aussah wie der Mann, der nach Lükkas „Ja, bitte" im Raum erschien, suchte das Fachkommissariat für Todesermittlung in der Regel nicht persönlich auf, sondern wartete auf einen Hausbesuch. Das freundliche Lächeln, das die fensterlederartige, bleiche Haut spannte, vertiefte die Schatten um die tiefliegenden Augen, die hinter der getönten Brille fiebrig leuchteten. Volker Noormann, so stellte der Spuk sich mit überraschend kräftiger Stimme vor, pflegte allerdings ein höchst lebendiges Hobby: Er fotografierte. Seinen Motiven stellte er regelmäßig nach, genau nach Fahrplan, und an ausgefahrenen Gleisen. Gegenüber einem Tierfotografen war er als passionierter Eisenbahnknipser eindeutig im Vorteil, denn anders als Waschbären oder Blaukehlchen ließen die Züge der deutschen Bahn höchstens mal eine Stunde auf sich warten und waren deutlich spurtreuer. Vergleichsweise leichte Beute also. Für Roman reichte das allein nicht aus, um die Faszination zu erklären, die einen Menschen dazu brachte, seine Tage an staubigen Schotterbetten zu verbringen. Aber einen Vorteil lernte er schätzen, als Noormann den obersten Reißverschluss seiner großen, schwarzen Kameratasche aufzog und einen Packen Fotos auf den Tisch legte. Züge hielten sich gewohnheitsmäßig auf den Schienen zwischen zwei Bahnhöfen auf und traten an solchen Orten meist noch zuverlässiger auf als Tapire an der Tränke. Deshalb war auch Noormann gerne am Bahnhof und hatte im ersten Büchsenlicht des frühen Dienstagmorgens auf der Lauer gelegen. Direkt gegenüber vom Zollhaus. Am Dienstagmorgen war aber der Regionalexpress nach Münster nicht planmäßig um 5.02 Uhr gekommen, so dass Noormann die erhoffte Begegnung des RE 14103 mit der Regionalbahn RB 34530 entgangen war.

Nicht entgangen war ihm aber, dass sich jemand am Zollhaus herumgedrückt hatte. Die Fotos, die Noormann geschossen hatte, waren trotz des Dämmerlichts erstaunlich scharf, die Anschaffung eines lichtstarken Objektivs hatte sich zumindest aus Sicht der Kripo gelohnt.

„Ein bisschen weit weg ist es ja." Zweifelnd nahm Lükka das klarste der Fotos in die Hand, drehte es um und hielt es verkehrt herum gegen das strahlende Sonnenlicht, das durch die fleckige Fensterscheibe fiel, um die Schärfe und den Kontrast einzuschätzen. „Aber vielleicht kann ich in unserem Bildbearbeitungsprogramm genug rauskitzeln, damit es für ein Fahndungsfoto reicht. Haben Sie die Bilder auf CD dabei oder können Sie uns den Speicherchip Ihrer Kamera hierlassen?"

Noormann sah sie gekränkt an. Einen Speicherchip? Seine Kamera? Nicht doch! „Ich fotografiere noch richtig. Digitalbilder haben doch überhaupt keinen künstlerischen Wert."

Lükka seufzte leise und Roman konnte das gut verstehen. Ein Dinosaurier mit Kleinbildfilm. Den Nachmittag würde sie also nicht nur damit verbringen, Wilma Poppen ein paar Informationen zu entlocken, sondern auch mit dem Einscannen von Volker Noormanns hochkünstlerischen Technikidyllen. „Trotzdem vielen Dank", sagte sie. „Sie haben uns sehr geholfen."

9.

Brummend mühte sich der Lichtbalken unter der Glasplatte entlang, während der Scanner das Negativ Zeile für Zeile abtastete. Den Papierabzug des Fotos einzulesen, war reine Zeitverschwendung gewesen. Auch in der höchsten Auflösung konnte Lükka auf dem Bildschirm nicht mehr erkennen, als dass eine schlanke Gestalt mit langen, offenbar blonden Haaren beim Zollhaus herumgelaufen war. Lükka vermochte nicht einmal zu sagen, ob die Aufnahme einen Mann oder eine Frau zeigte. Direkt vom Negativ konnte sie hoffentlich mehr Details herauskitzeln, sonst brauchten sie erst gar keine Fahndung anzuleiern. Such mal in Ostfriesland einen bestimmten Blonden …

Das Brummen stoppte, der Abtastbalken fuhr zurück in seine Ausgangsposition und das Foto baute sich langsam im Bildbearbeitungsprogramm auf. Na, mal schauen. Lükka markierte den hellen Fleck, an dem sie das Gesicht des – oder der – Unbekannten vermuten durfte, und vergrößerte ihn, bis er den Bildschirm beinahe ausfüllte.

Fehlanzeige. Ein Gesicht war es wohl, aber die Darstellung war noch immer viel zu pixelig. Aus diesen unterschiedlich hellen Vierecken war nichts Verwertbares zu erkennen. Also noch mal.

Die Arbeitsteilung heute war schon in Ordnung. Roman Sturm war am Seziertisch nicht schlechter aufgehoben als Lükka, aber am Computer war Lükka Tammling eindeutig die bessere Besetzung. Auch diesmal bereitete ihr der Kampf mit der Technik ein grimmiges Vergnügen. Ein Computer konnte ein hartnäckiger Gegner sein, aber in den meisten Fällen behielt die Kommissarin die Oberhand.

Sie ließ den Ausschnitt wie beim vorigen Mal, stellte dafür aber die Auflösung doppelt so hoch ein. Vergrößerung 300 Prozent, Auflösung 1200 dpi, allerfeinste Druckqualität. Das

Scanprogramm drohte mit einer enormen Dateigröße und bot eine geringere Auflösung an.

„Denkste", brummte Lükka. Sie klickte die Warnung weg und wählte stattdessen *Scan akzeptieren*. Die Mechanik ließ ein sonores Brummen hören. Lükka legte die Hand auf die Abdeckplatte des Scanners und das Vibrieren übertrug sich über ihren Arm in den ganzen Körper, bis es den Magen erreichte. Dort vereinte es sich mit dem Hunger, der sich schon seit geraumer Zeit zu Wort meldete. Mittag war vorbei, das Frühstück hatte sie ausfallen lassen. Auch jetzt hatte sie eigentlich keinen Appetit. Trotzdem zog Lükka einen Apfel aus der Tasche und legte ihn vor sich auf ihren Schreibtisch, der deutlich übersichtlicher war als der ihres Kollegen. Ein Wunder, dass Roman Sturm nicht alle Nase lang wichtige Dinge verschlampte.

Das Brummen des Scanners stoppte und langsam, Zeile für Zeile, baute sich das Foto auf dem Bildschirm auf. Ein bisschen unscharf war es noch immer, aber die Gestalt hatte jetzt ein Gesicht, ziemlich sicher ein Männergesicht. Na also. Lükka speicherte das Bild und bereitete eine Rundmail mit dem Fahndungsaufruf an alle Dienststellen vor. Dann schob sie den Apfel an die Seite. Er musste warten. Jetzt fühlte sie sich bestens gewappnet für ein Telefongespräch mit Wilma Poppen.

10.

„Feierabend!“

Sturm schaffte es, keine Miene zu verziehen und dem schnauzbärtigen Mann, der ihn erwartungsfroh anstrahlte, ungerührt die Hand zum Gruß entgegenzustrecken. Dr. med. Feierabend bewies seinerseits trotz seiner knappen einssechzig wahre Größe: Er ließ sich die Enttäuschung darüber nicht anmerken, dass der Kommissar nicht auf seinen Köder anbiss, weder überrascht die Augenbrauen hob, noch erstaunt fragte, ob er zu spät gekommen sei oder sich im Termin versehen hätte.

„Kann gleich losgehen, Moment noch.“ Mit einladender Handbewegung lotste der Gerichtsmediziner Sturm in sein Büro. Während Feierabend aus einer Plastikdose auf seinem Schreibtisch ein handfestes Leberwurstbrot nahm und herzhaft hineinbiss, sah sich der Kommissar in dem großen, dunkel möblierten Raum um. Von den deckenhohen Regalen erwiderten rund sechzig Paar Augenhöhlen seine Blicke. In der scheinbaren Gleichförmigkeit des fleischlosen Grinsens entdeckte Roman auf den zweiten Blick erstaunliche Vielfalt, kein Schädel glich dem anderen. Nicht nur die Größen zeigten deutliche Unterschiede, auch die Farben variierten zwischen einem hellen Elfenbeinton und dunkel rötlichem Graubraun. Glatte Oberflächen wechselten sich mit spröde abblätternder Struktur ab. Kantige Kiefer bleckten neben schmalen Gebissreihen. Hohe, gerade Stirnen sah Romane ebenso wie ausgeprägte Augenbrauenwülste. Von wegen: Der Tod macht alles gleich.

Auf Augenhöhe lag neben einem der helleren Schädel ein Gegenstand im Regal. Roman ging näher heran und erkannte einen Zimmermannshammer.

„Eines unserer schönsten Stücke.“ Feierabend war auf leisen Sohlen neben Roman getreten und nahm nicht den Hammer, sondern den daneben liegenden Schädel vom Bord. „Hier, sehen Sie!“ Er drehte die knöcherne Schale und deutete auf ein trapezförmiges Loch oberhalb der Hutkrempenlinie. „Das Loch hier ist ganz charakteristisch für das Tatwerkzeug, diesen Zimmermannshammer hier. Als Ihre Kollegen nach der Obduktion die Waffe kannten, hatten sie auch ganz rasch den Täter.“

Roman brummte anerkennend und nickte. Er versprach sich von seinem heutigen Besuch keinen so unmittelbaren Erfolg. Er wollte diesen Pflichttermin im gerichtsmedizinischen Institut einfach nur möglichst schnell hinter sich bringen und war froh, dass Feierabend sich jetzt zur Tür wandte und ihm bedeutete mitzukommen. Na ja, ungefähr so froh, wie wenn eine Zahnarzthelferin ihn ins Behandlungszimmer bat.

***

Auf dem Granittisch in der Mitte des neonhellen Raumes hatten der Präparator und die assistierende Ärztin schon einen entkleideten Körper bereitgelegt. Feierabend legte seine Tupperdose auf ein Regal, streifte ein Paar Latexhandschuhe über und holte ein Diktiergerät aus der Schublade.

„Am besten unterschreiben Sie gleich, dass Sie bei der Leichenöffnung dabei waren“, empfahl er Sturm. „Wer weiß, ob Sie später noch einen Stift halten können.“ Er wies mit einer Kopfbewegung auf ein Formular und Roman unterschrieb sofort, ohne gekränkt zu sein. Feierabend hatte sich bereits dem Toten zugewandt, während Roman sich noch ein paar Tropfen japanischen Heilpflanzenöls unter die Nase tupfte. „Männlicher Leichnam, Name: unbekannt. Geburtsdatum: unbekannt. Alter ungefähr zwölf bis vierzehn. Sterbedatum …“ Er nannte das Datum des Brandes, diktierte Kommata und Doppelpunkte akribisch mit.

Sturm wandte sich ab und lehnte sich an einen Schrank nahe der Tür. Es langte ihm völlig, von oberflächlicher Karbonisation der epidermalen Schichten, von Verbrennungen ersten, zweiten und dritten Grades und postmortalen Verletzungen zu hören. Sehen mochte er sie nicht auch noch.

Auf ein Kommando des Gerichtsmediziners drehten der Präparator und die Ärztin den Körper des toten Jungen um.

„Zweifellos hat er bei Brandausbruch noch gelebt." Feierabend wandte sich jetzt direkt an Sturm und winkte ihn heran. „Hier sehen Sie deutlich die Krähenfüße. Sie entstehen durch das feste Zusammenkneifen der Augen. Die Hautfalten, die sich dabei bilden, verbrennen nicht und sind auch nicht rußig. Und hier: Die Wimpern sind nur an den äußersten Spitzen versengt – noch ein vitales Zeichen." Er unterbrach sich und sah Roman Sturm an, dessen Kiefermuskulatur sich verkrampft hatte. „Ich dachte, das wollten Sie wissen."

Roman nickte wenig überzeugend. Dass die Opfer noch gelebt hatten, als das Zollhaus zu brennen begann, hatte er ohnehin nie bezweifelt. Aber nun hatte er es offiziell, wunderbar.

„Ob Brandbeschleunigungsmittel eingesetzt wurden und wenn ja, welche, steht hinterher im Bericht", fuhr der Gerichtsmediziner fort. „Dazu müssen wir erst das Lungengewebe durch den Gas-Chromatographen jagen. – Außen sind wir fertig, lasst uns mal nachsehen, wie's drinnen aussieht."

Die Ärztin setzte das Skalpell an der Halsgrube an und zog einen feinen, geraden Schnitt in Richtung Nabel. Der Präparator am Kopfende des Steintisches ließ den Elektromotor seiner Säge summen und der Kommissar murmelte eine Entschuldigung, ehe er auf den Flur stürmte.

„Den Gang runter, dritte Tür links!", erinnerte ihn Feierabend.

***

Als Roman zurückkam, mümmelte Feierabend bereits wieder an seinem Leberwurstbrot, während die junge Ärztin dabei war, Lunge und Leber des Toten zu wiegen und Probenbehälter zu beschriften. Der Gerichtsmediziner hob die Hand mit der angebissenen Stulle und winkte in Romans Richtung. „Sorry", nuschelte er mit vollem Mund. „Bin gleich so weit."

„Zu Hause darf er keine Wurst essen, höchstens heimlich

auf dem Lokus.“, erklärte der Präparator halblaut. „Hat ihm seine Ollschke verboten. – Sie kommen genau richtig zum zweiten Gang“, fuhr er in normaler Lautstärke fort. Er hatte den Steintisch gereinigt und wandte sich der Tür zum Nebenraum zu, um die fahrbare Liege mit dem zugedeckten Körper in die Kühlung zurückzubringen.

Er verschwand mit der Liege, kam aber nur Augenblicke später mit einer weiteren zurück. Das Tuch darauf hatte einen wesentlich kleineren Berg und Roman spürte, wie sich sein Zwerchfell zusammenzog und seine Kiefer sich wieder verkrampften. Den Jungen hatte er hier in der Gerichtsmedizin zum ersten Mal gesehen. Das Mädchen mit den weichen Locken aber hatte noch gelebt. Er hatte die Kleine in ihrem dunkelblauen Schlafanzug mit den gelben Sternen aus dem brennenden Zollhaus getragen und hatte daneben gestanden, als der Notarzt ihr die Sauerstoffmaske über Mund und Nase gehalten hatte, hatte das bedauernde Achselzucken des Arztes gesehen, der den Kampf um das Leben dieses Kindes verloren hatte. Roman zwang sich zu einem tiefen Atemzug, ließ die Luft bewusst durch die Nase bis in den Bauch strömen und durch den Mund entweichen. Das Pfefferminzöl brannte sich dabei durch die Atemwege und trieb ihm die Tränen in die Augen, aber seine verkrampften Muskeln lösten sich nach dem dritten Atemzug.

Der Präparator sah Roman mitfühlend an. „Ich mach diesen Job jetzt fast zwanzig Jahre“, sagte er. „Aber bei Kindern ist es immer noch schlimm. Ich sag mir dann immer: Ich mach das, um zu helfen, damit ihr den Täter findet.“

Roman nickte wortlos. Es war Unsinn, dass er sich schuldig fühlte. Er hätte nicht mehr tun können, um das Mädchen zu retten. Und trotzdem blieb dieses Nagen, das quälende Gefühl, er hätte schneller sein müssen.

An seinem rechten Oberschenkel spürte er ein Brummen, unmittelbar danach lärmte seine Hosentasche. Roman brauchte einen Moment, um das Geräusch seinem Handy zuzuordnen und das kleine Gerät herauszufummeln. „Ja?“

„Bist du es, Roman?“
„Lükka. Was gibt’s?“
„Ich weiß, dass du zu tun hast. Aber wenn du in Oldenburg fertig bist, solltest du besser schnell herkommen. Ich weiß jetzt, wer die Kinder sind.“

11.

„Warum haben die in der Werkstatt deine Karre nicht gleich als Sondermüll entsorgt oder wenigstens mal ausgemistet?“ Lükka schob mit dem Fuß einen offenen kleinen Karton beiseite, in den sie beim Einsteigen Romans Kassettensammlung vom Beifahrersitz gefegt hatte. Mehrere Straßenkarten und Notizzettel hatte Roman zuvorkommend selbst zusammengerafft und zusammen mit einer angebrochenen Colaflasche auf den Rücksitz geworfen.

„Wieso, ich habe doch gerade erst aufgeräumt. Ich hab nur Sachen dabei, die ich brauche.“

Lükka schaute über die Schulter in den Laderaum. Außer Romans Rucksack, dessen Reißverschlüsse ausnahmslos ein paar Zentimeter offen standen, entdeckte sie auf einen Blick ein Paar Gummistiefel, einen Pullover, drei Pakete Taschentücher und einen Schlafsack. Im Seitenfach der Beifahrertür steckten eine Kombizange, drei Kulis und ein Bolzenschneider. Streichhölzer lagen im Fußraum neben der Taschenlampe. Fürs Überleben in der ostfriesischen Wildnis alles dabei.

„Fehlt nur noch ein Zelt“, meinte Lükka.

„Das liegt unter der Regenjacke. Aber nun erzähl mal lieber, was du rausgekriegt hast.“

Lükka seufzte. Wenn es um seine ganz persönliche Ordnung ging, war Roman ironieresistent. Vermutlich setzte er einfach andere Prioritäten als seine Kollegin oder überhaupt die meisten anderen Menschen. Erstaunlicherweise verschlampte er trotzdem nichts Wichtiges oder fand zumindest alles rechtzeitig wieder.

Außerdem hatten sie keine allzu lange Fahrt vor sich, das Briefing konnte also nicht länger warten.

„Ich habe, wie besprochen, beim Ausländeramt angerufen und mit Wilma Poppen gesprochen …“

„Warum heiratet die Frau nicht einfach?“, unterbrach Roman.

„Ich würde doch zusehen, dass ich diesen Namen möglichst schnell loswerde."

„Damit sollte sie noch ein bisschen warten. Ihr derzeitiger Lover hat einen genauso klangvollen ostfriesischen Namen wie sie. Im Moment ist sie mit Tjark Ficken zusammen."

Roman verschluckte sich fast vor Lachen. Sein Termin in der Gerichtsmedizin musste ihn ziemlich geschlaucht haben. Lükka kannte das Phänomen: Je übler es ihm ging, desto fragwürdiger wurde Romans Humor.

Als sie den Bahnhofskreisel mit der gelb-schwarzen Untiefentonne umrundeten, hatte er sich aber schon wieder im Griff.

„Ficken – ist das nicht dieser Spillerige vom Anzeigenblatt, der mit den Dumbo-Ohren?"

Lükka brummte zustimmend. „Erst wollte sie nicht recht mit der Sprache rausrücken, das Ausländeramt hat sich da wohl nicht gerade mit Ruhm bekleckert. Aber dann hat sie zugegeben, dass ihnen vier Kinder verloren gegangen sind, die sie eigentlich abschieben wollten. Die Beschreibung stimmte. Ich bin dann noch rübergegangen und habe ihr die ansehnlichsten Bilder von den beiden Kleinen gezeigt. Den Großen habe ich ihr erspart. Sie ist einigermaßen sicher, dass es sich bei den Kleinen um Daud und Songûl Bihal handelt. Der ältere ist Massoud. Und der vierte heißt Chalid."

12.

„Verrat mir mal eins: Warum habe ich keinen Urlaub?“ Roman Sturm löffelte eine Portion Krautsalat auf seinen Teller und angelte mit einer Zange zwei große eingelegte Pfefferschoten aus der Edelstahlschale. Nach dem Besuch bei Familie Bihal hatte er Lükka überredet, mit ihm essen zu gehen und sie hatte einen opulenten Grillteller für zwei Personen vorgeschlagen. Jetzt stand sie neben ihm am Salatbuffet und hatte schon so viele marinierte Auberginen, Peperoni und Bohnensalat auf ihrem Teller drapiert, dass Roman der Verdacht kam, dies sei heute ihre erste Mahlzeit.

„Ganz einfach“, entgegnete Lükka. „Du hast dich nicht rechtzeitig um Nachwuchs gekümmert, das ist dein ganzes Problem.“ Sie sah Roman an, als hätte er eben gefragt, warum die Sonne im Westen unterginge. Naturgesetze stellte man nicht in Frage, genauso wenig wie Urlaubsregeln.

Im Sommer durften natürlich zu allererst die wegfahren, die Kinder hatten oder mit Lehrern verheiratet waren und eben nur in den Schulferien weg konnten. Die fuhren dann mit dem Wohnmobil nach Frankreich und ließen sich da vom Campingplatz spülen oder schauten sich an der Costa Blanca die brennenden Pinienwälder an, denn so ein Leeraner Polizistengehalt war ja nicht hoch, da konnte so eine Leeraner Polizistenfamilie mit Kindern nicht einfach auf eine ostfriesische Insel fahren.

Und dann fuhren natürlich noch die im Sommer weg, die weder Kinder hatten noch mit Lehrern verheiratet waren, dafür aber grundsätzlich besonders schnell und besonders laut „Hier!“ schrien, wenn es an die Urlaubsverteilung ging.

Und solche wie Roman Sturm oder Lükka Tammling, die durften erst wieder in der Nebensaison. All das war Roman selbstverständlich klar. Und es war typisch Lükka, selbst auf rhetorische Fragen völlig logisch zu antworten.

Roman faltete seine langen Beine, so gut es irgend ging, und zwängte sich hinter den kleinen Tisch direkt unter dem Ventilator. Der Abend hatte noch keine Abkühlung gebracht. Draußen strahlte die Hitze aus den Mauern und brütete über dem Pflaster, im Restaurant lauerte sie in den Ecken und machte schon das Salatholen zur schweißtreibenden Angelegenheit. Lieber morgen Halsschmerzen vom Durchzug, als noch länger im eigenen Saft garen.

Lükka hatte sich ihm gegenübergesetzt und kaute an ihrer Peperoni. Es war seltsam für Roman, so mit ihr im Restaurant zu sitzen. Natürlich waren sie schon oft zusammen essen gewesen. Die Polizeiinspektion leistete sich keine Kantine, denn die Uniformierten arbeiteten im Schichtbetrieb und aßen entweder vor oder nach dem Dienst zu Hause. Die Kollegen vom Zentralen Kriminaldienst brachten entweder Stullen mit, schoben sich zwischendurch was in die Mikrowelle oder schwärmten mittags in die Restaurants der Umgebung aus. Aber abends zusammen essen zu gehen, das hatte so etwas Privates. Roman beglückwünschte sich im Geheimen zu seiner Entscheidung, zum Griechen in der Altstadt zu gehen und nicht in das Restaurant direkt unter seiner Wohnung.

Lükka bemerkte zum Glück nichts von seiner Verlegenheit. Konzentriert zerlegte sie eine marinierte Aubergine mit Messer und Gabel. Sie spießte einen Würfel auf, schob ihn aber nicht in den Mund.

„Sind wir jetzt eigentlich viel schlauer als vorher?", fragte sie stattdessen. „Ich meine, natürlich kennen wir jetzt die Namen der Opfer und können uns in etwa vorstellen, warum sie im Zollhaus waren. Aber sonst treten wir doch echt auf der Stelle."

So ungeduldig war Lükka sonst nicht. Normalerweise machte sie Roman immer wieder klar, dass Verbrecherjagd eine Ausdauersportart war, die Rekonstruktion eines Falles so mühsam wie das Zusammenkleben eines zerdepperten Kaffeebechers. Und jetzt sollte ausgerechnet er den Realisten mimen.

Der Besuch bei Familie Bihal war Lükka wohl sehr an die Nieren gegangen. Die Gabel verharrte noch immer eine Handspanne vor ihrem Mund in der Luft und senkte sich jetzt wieder.

„Chalid hätte eigentlich auch Ferien haben müssen", sagte Lükka nachdenklich. „Aber wenn einer Brüder und Schwestern hat, um die er sich kümmert, ist Urlaub wohl ein Fremdwort."

Natürlich kein Fremdwort in dem Sinn, dass Chalid nicht wusste, was das bedeutet, das war Roman klar. Schließlich lebte der Junge schon seit fünfzehn Jahren in Deutschland und sprach vermutlich ein besseres Deutsch als mancher, der hier geboren war. Die ganze Familie schien bestens integriert zu sein; selbst die Tante der Kinder konnte gut Deutsch, obgleich sie meistens geschwiegen hatte, während Aidin Bihal den Polizisten seine Geschichte erzählt hatte.

***

Eigentlich hätte Chalid in diesen Ferien verschärft aufs Abi lernen sollen, aber im Leben lief nicht immer alles nach Plan. Der eine kriegte den richtigen Stempel und durfte bleiben, der andere, aus demselben Dorf und derselben Dissidentenzelle, wurde vor Morgengrauen in den Flieger gesetzt und musste nach Hause, auch wenn das schon lange kein Zuhause mehr war, nie eins gewesen war und erst recht nie eins werden konnte. Chalids Onkel durfte in Leer bleiben. Chalids Vater und seine Mutter hatten den falschen Stempel bekommen. Und tschüss!

Aber weil Chalid schon so kurz vor dem Abitur stand, durfte er jetzt doch beim Onkel bleiben zusammen mit dem zwölfjährigen Massoud und der acht Jahre alten Songûl, die auch noch zur Schule gingen. Man war ja kein Unmensch.

Daud war zwar mit seinen fünf Jahren noch zu klein für die Schule, aber ihn hatten sie irgendwie vergessen abzuschieben.

Pech war nur, dass der Arbeitsplatz von Chalids Onkel bei der Werft ganz plötzlich weg war. Schriftlich hatte er das zwar nicht bekommen, nur der Vorarbeiter hatte es ihm gesagt, aber arbeitslos war er so oder so. Durfte trotzdem in Leer bleiben, das war es nicht. Aber als jetzt das Geld an allen Ecken und

Enden fehlte, hatte er mal durchgezählt und vier Teller mehr als früher auf dem Tisch gesehen, die er füllen sollte. Natürlich hatte er Chalid und seine Geschwister nicht auf die Straße gesetzt, aber er hatte Sozialhilfe beantragt. Und das war gegen die Absprache. In Leer bleiben und zur Schule gehen war ja in Ordnung. Aber ernähren sollte sie Onkel Aidin. Weil der das jetzt nicht mehr konnte, waren die Plätze im Flieger schnell gebucht.

Nun hatten die vom Ausländeramt gehofft, dass sie die ganze Sache diesmal ohne großes Aufsehen über die Bühne bringen könnten. Als Chalids Eltern abgeschoben worden waren, hatte es doch einige Aufregung gegeben. Demos und Petitionen und der ganze Zauber. Also hatte man versucht, das diesmal unter dem Deckel zu halten. Es hatte aber wohl doch jemand geplaudert, und als der Jansen vom Ausländeramt bei Onkel Aidin geklingelt hatte, waren Chalid, Songûl und Massoud schon weg gewesen, und Daud hatten sie auch nicht vergessen.

***

Der Duft nach Gegrilltem wurde noch intensiver. Roman drückte sich, so eng es ging, an die Lehne seiner Bank, damit die Kellnerin die dampfende Fleischplatte auf dem Tisch abstellen konnte. Gemütlich war dieser Laden ja, aber doch verflixt eng. Lükka schob ihren fast unberührten Vorspeisenteller beiseite und nickte, als die Bedienung mit fragendem Blick danach griff.

„Alles in Ordnung mit dir?“ Bedauernd sah Roman ihren Vorspeisen hinterher.

„Wieso? Natürlich!“ Lükka sah ihn stirnrunzelnd an. „Ist nur ein bisschen zu sauer. Und zu viel Öl dran. Das schlägt mir auf den Magen.“ Sie löffelte eine gute Portion gewürzten Reis und eine Ladung Krautsalat auf ihren Teller und legte ein paar gegrillte Fleischstücke dazu. Dann schob sie sich eine Gabelfüllung Reis in den Mund und Roman widmete sich einem der Souflaki-Spieße. Die Vorspeisen hatten seinen Appetit erst richtig angeheizt, sein Magen schmerzte beinahe vor Hunger. Erst als eine solide Grundierung aus Reis, knusprigen Fleischstückchen und Krautsalat das wütende Grollen besänftigt hatten, sah er wieder auf.

„Bis du eigentlich mit den Bildern von diesem Pufferküsser weitergekommen?"

Lükka brummte. „War eine ziemliche Bastelei, aber ich hab's hinbekommen. Jetzt haben wir ein ganz passables Fahndungsfoto. Ich habe es schon an die anderen Dienststellen gemailt und an die Bundespolizei. Mehr habe ich heute Nachmittag nicht mehr geschafft."

Das war doch schon eine ganze Menge. Roman staunte, halb mit schlechtem Gewissen, halb, wenn er ehrlich war, mit einigem Neid. Gut, am Strand gelegen hatte er ja auch nicht, aber Miss Perfect hatte mit den Namen der Opfer und mit dem Fahndungsfoto eindeutig mehr vorzuweisen als er.

„Hast du schon mal dran gedacht ..." Roman tastete sich selbst erst an die Idee heran, „... dass wir jemand ganz anderen zur Fahndung ausschreiben müssten?"

Lükka Tammling sah ihn abwartend an und tat ihm nicht den Gefallen, Geburtshilfe zu leisten.

„Ich meine", setzte Roman neu an, „für drei kleine Geschwister zu sorgen, ist eine verdammt große Verantwortung ..." Es kam ihm selbst abenteuerlich vor, noch während er das sagte. Bestimmt war er auf dem völlig falschen Dampfer, hatte sein Ärger über das gestohlene Fahrrad ihn auf diesen Holzweg geleitet. Trotzdem spann der Kommissar seine Idee trotzig weiter. „Stell dir bloß mal vor, du hast dir deine Zukunft so richtig schön ausgemalt. Alles ist toll geregelt, du willst deinen Schulabschluss machen, Abi sogar, vielleicht studieren. Und dann bricht dir plötzlich der Boden unter den Füßen weg. Du musst nicht nur die Schule abbrechen, sondern auch noch das Land verlassen, in dem du aufgewachsen bist, und irgendwohin gehen, wo du dich nicht auskennst. Wo du vielleicht nicht mal die Sprache anständig verstehst. Und das nur, weil deine Eltern dort geboren sind." Roman Sturm holte tief Luft. „Ich glaube, ich würde ausrasten."

Lükka hatte aufmerksam zugehört und währenddessen mit

ihrer Gabel geometrische Muster in ihrem Tsatsiki gezogen. Sie nickte nachdenklich. „Das erklärt, warum er untergetaucht ist, als die Ausweisung anstand, und sich, von wem auch immer, den Zollhausschlüssel besorgt hat. Aber warum sollte er dort Feuer legen? Seine Zuflucht abfackeln?" Sie schüttelte energisch den Kopf. „Leuchtet mir nicht ein."

„Weil ihm das alles zu viel geworden ist. Die Kinder müssen da schon ein paar Wochen gewohnt haben. Der Onkel sagte doch, er wüsste nicht, wo sie hingegangen seien, und ich glaube ihm das sogar." Sturm ignorierte den zweifelnden Blick, den Lükka ihm zuwarf. „Wer nichts weiß, kann auch nichts ausplaudern. Bestimmt ist das bei politisch Verfolgten eine eiserne Regel, damit nicht mal unter der Folter etwas verraten werden kann. – Gehen wir mal einfach davon aus, dass es stimmt. Dann waren die Kinder wochenlang auf sich gestellt und Chalid trug ganz allein die Verantwortung. Er musste sie versorgen, Essen ranschaffen und hoffen, dass keiner krank wird. Der Job bei *Maxi* wird ihm auch nicht viel eingebracht haben, auch wenn ihm ab und zu mal jemand ein Fladenbrot oder ein bisschen Obst zugesteckt hat."

Lükka schien immer noch nicht überzeugt. Kein Wunder. Roman war es ja selbst nicht. Dass Chalid Bihal unter der dauernden Belastung zusammengebrochen war, war immerhin denkbar. Dass er sich die Verantwortung vom Hals schaffte, indem er das Zollhaus in Brand setzte und seine kleinen Geschwister damit tötete – kaum vorstellbar.

Aber eben nur: kaum. Schlagartig hätten sie keinen Fall von Brandstiftung mit Todesfolge zu bearbeiten, sondern Mord durch Feuer.

„Als Zeugen brauchen wir den Jungen so oder so", stellte Lükka fest. „Du hast ja vorhin von seiner Tante ein Foto bekommen, also lass uns gleich morgen früh die Fahndung raushauen und dann sehen wir weiter." Sie legte ihre zerknüllte Serviette auf den Teller und winkte dem Kellner.

13.

Nicht einmal jetzt in der Hauptsaison war hier um diese Zeit viel los. Tagsüber schlenderten die Urlauber durch die Brunnenstraße und die Rathausstraße mit ihren Andenkenläden und Antiquitätengeschäften, verdrehten die Köpfe zu den malerischen Altstadtgiebeln und schoben sich grüppchenweise in knappen T-Shirts und weiten Shorts wie Wanderbaustellen über die Uferpromenade. Abends nach zehn lagen die eisverschmierten Kinder in den Betten der Ferienwohnungen und die erholungsbedürftigen Eltern in den Fernsehsesseln, während die Mehrheit der Gäste wohl schon längst die vorwiegend weiß oder grau pudelgelockten Häupter auf die Federkissen aus dem dänischen Bettenhaus kuschelte. Nur vereinzelt streunten noch Pärchen oder kleine Gruppen durch die Stadt, wahrscheinlich auf dem Weg vom Kino zum nächsten Pub. Die Einheimischen wiederum waren verreist und liefen anderswo als Touristen herum.

Roman hatte Lükka nach dem Essen bei der PI abgesetzt und sein eigenes Auto der Einfachheit halber gleich dort auf dem Parkplatz stehen lassen. Die Dämmerung war samtig weich und Roman beschloss, seine Gedanken noch bei einem Spaziergang an der Hafenpromenade zu sortieren. Er ging die Stufen zum alten Teil des Handelshafens hinab, bis zu dem die Verschönerungsversuche noch nicht vorgedrungen waren. Nicht nur der Fall bereitete ihm Kopfzerbrechen. Immer wieder schob sich das Bild seiner Kollegin dazwischen. An ihrer Arbeit war wie immer nichts auszusetzen. Sie war effizient und diszipliniert wie immer. Oder sogar noch disziplinierter als sonst. Aber wenn er an Lükka Tammling dachte, fielen ihm eigentlich immer zuerst ihre ausführlichen Schilderungen von Parties ein, von Feten in der dörflichen Nachbarschaft, ihre Versuche, Roman zum Kneipenbummel oder zu einem Konzertbesuch zu überreden. Doch wann war das eigentlich zum letzten Mal passiert? Roman wusste es nicht. Schon seltsam, dachte er: Du hast von einem Menschen ein ganz bestimmtes Bild und auf einmal merkst du, es stimmt gar nicht mehr. Wann hat es angefangen, seine Kongruenz mit dem realen Menschen zu verlieren? Es ist wie mit dem alten Foto im Führerschein. Du weißt genau, wen es zeigt, lächelst peinlich berührt, wenn es jemand sieht. Aber du kannst nicht mit dem Finger darauf zeigen und sagen: Genau da hat sich was verändert, dieses Detail stimmt nicht mehr. Und selbst wenn – wann hat diese Veränderung stattgefunden?

Von der erhöhten Terrasse der *Schönen Aussichten* tropfte Lachen auf den Steg.

Wann hatte Lükka Tammling aufgehört, ihn nach Feierabend zu einem Glas Bier aufzufordern? War sie es leid gewesen, sich immer einen Korb einzuhandeln oder ging sie selbst nicht mehr abends auf die Piste? Ganz sicher aber hatte sie früher anständig gegessen, wenn sie mittags zusammen losgegangen waren. Bestimmt hatte sie nie zuvor ihr Essen seziert und in hauchdünne Scheibchen geschnitten, um es dann von der Mitte an den Tellerrand zu schieben und wieder zurück und es am Schluss unter der Serviette verschwinden zu lassen. Selbst wenn sie sich eine Diät verordnet hatte, was Roman bei ihrer Figur für überflüssig gehalten hätte, war das ein sehr eigenartiges Verhalten.

Inzwischen hatte der Samthimmel sich vom abendlichen Taubenblau mit krapplackfarbenen Streifen in dunkles Indigo verwandelt. Erste Sterne funkelten, als hätte ein Riese mit einer Nadel Löcher in den Stoff gepiekt, der den Himmel verkleidete. Irgendwo dort vorne machte die Promenade einen Knick. Und an welcher Stelle hörte das Geländer auf? Roman klopfte seine Hosenbeine ab und fand die Taschenlampe in der rechten Außentasche. Er ließ sie aufflammen, den Lichtkegel vor sich auf die Holzplanken gerichtet.

Der Aufprall war so heftig, dass er Roman Sturm von den Füßen riss. Eine riesige, helle Masse war von hinten in seine Kniekehlen geprallt und schoss an Roman vorbei über seinen auf dem Steg ausgestreckten Oberkörper hinweg. Der weiße

Schemen flog der Taschenlampe nach, die ein Stück über die geriffelten Holzbohlen rollte und in den Ritzen zwischen zwei Planken liegen blieb, von wo aus sie einen runden Lichtfleck auf die Bordwand eines Motorbootes malte.

Ein dumpfer Knall, ein Aufschrei und ein kurzes, überraschtes Jaulen folgten so kurz aufeinander, dass sie fast gleichzeitig zu hören waren.

Benommen zog Roman die Beine unter den Körper und richtete sich zum Knien auf.

„Es tut mir so leid! Ist Ihnen was passiert?"

Roman hob den Kopf. Durch den Vorhang seiner schwarzen Haare sah er zunächst nur zwei gebräunte Füße, unten ziemlich staubig. Darüber bloße Schienbeine und die blau-weiße Fransenkante einer abgeschnittenen Jeans. Um zu sehen, wie es weiterging, musste er sich wohl oder übel aufrichten. Aber wo er schon mal hier auf dem Steg herumkroch, konnte auch gleich noch seine Taschenlampe wieder aufsammeln. Roman streckte den Arm aus. Das scharfe „Vorsicht!" erreichte ihn erst, als der Lichtkegel schon wieder in Bewegung war und über den Rasen fingerte, verfolgt von etwas Riesigem, Hellem, das nur aus wirbelnden Pfoten und Ohren zu bestehen schien. Zutiefst erschrocken schaltete Roman die Lampe aus und schaute von den freundlichen, enttäuschten braunen Augen eines gewaltigen Golden Retrievers zu dem entsetzt-verlegenen Gesicht seiner Besitzerin, die nahezu die gleichen Augen- und Haarfarbe hatte wie ihr Hund.

„Lars meint das nicht böse ..."

„Ja, klar. Er will nur spielen, der kleine Eisbär." Roman versuchte einen bitterbösen Blick, aber seine Mundwinkel zogen sich wie von selbst in die Breite. Die Vorstellung, wie er in voller Länge auf der Uferpromenade lag, über den Haufen gerannt von einem wild gewordenen Pelzmantel, der jetzt fröhlich wedelnd an seinem aufgeschürften Knie schnüffelte, ließ ein völlig würdeloses Kichern aus seinen Eingeweiden heraufperlen wie Kohlensäure aus einer geschüttelten Colaflasche.

Mama Lars starrte ihn sekundenlang aus ihren braunen

Augen sprachlos an und brach dann ihrerseits in ein erleichtertes Lachen aus.

„Es ist die Lampe, wissen Sie? Ich meine, er liebt Lichtreflexe und Taschenlampen. Die jagt er mit Begeisterung. Dann ist er so blöd, dass er sogar gegen Wände oder Boote rennt."

Sie kramte aus ihrem Umhängebeutel ein Tempotaschentuch und streckte es Roman hin. Erst jetzt spürte er das Brennen an den Knien und sah dünne, dunkle Rinnsale über seine ohnehin schon verfärbten und lädierten Schienbeine zu den wunden Füßen laufen. Er grunzte ein Dankeschön, wischte reichlich erfolglos an den Blutspuren herum und entschied sich dann achselzuckend dafür, das Tuch zu zerreißen und eine Hälfte auf jedes Knie zu pressen. Die Papierstreifen blieben kleben und sahen einigermaßen bescheuert aus, aber wenigstens lief im Moment kein Blut mehr nach.

Die Hundebesitzerin war derweil wieder in die Tiefen ihres Beutels eingetaucht und der Eisbär hatte sich auf seine wuchtigen Keulen gesetzt und starrte sie erwartungsvoll an. Wahrscheinlich schleppte sie eine Großpackung Hundekuchen mit sich herum. Aber noch ging Lars leer aus. Stattdessen kritzelte die Blonde etwas auf einen Zettel, den sie Roman reichte.

„Wenn noch was ist. Arztrechnung, Reinigung oder so", erklärte sie.

„Wird schon nicht", wehrte Roman ab, steckte den Zettel aber ein. „Gehen Sie öfter mit Ihrem ... äh ... Hund ... hier spazieren?" Das konnte als Flirtversuch missverstanden werden, deshalb ergänzte er schnell: „Ich meine nur, dann könnten wir ja versuchen, unsere Termine abzustimmen ..." Noch schlimmer!

„... Damit es nicht wieder zu Kollisionen kommt", half Mama Eisbär aus und Roman konnte ihr Lächeln ganz unbefangen erwidern.

Freitag

14.

„Wenn ich Ihnen doch sage, dass ich damit nichts zu tun habe … Wie bitte …? Das ist doch …"

Lükka Tammling hörte Romans aufgebrachte Stimme schon, ehe sie die Zwischentür zum Flur öffnete. So früh am Morgen schon auf hundertachtzig, das konnte ja lustig werden. Unwillkürlich verlangsamte sie ihre Schritte. Um ihren Magen schien sich ein Gummiband zusammenzuziehen und das Frühstück darin zu einem harten Ball zusammenzupressen. Zum Glück nahm ein Joghurt nicht viel Platz weg.

Vor der Bürotür blieb sie einen Moment stehen, atmete tief durch und zählte bis drei.

„… verdammt, für wie blöd halten … Ach, leck mich!"

Lükka unterdrückte den Impuls, an ihrem eigenen Büro anzuklopfen. Stattdessen überzog sie ihr Gesicht mit einer Schicht heiterer Gelassenheit, wirksamer als jedes Make-up, öffnete die Tür mit morgendlichem Elan und strahlte ein entwaffnendes „Guten Morgen" zu Roman Sturms Tisch hinüber.

Ihr Kollege hatte den Telefonhörer noch in der Hand und starrte ihn so finster an, als wollte er ihn mit seinen Blicken schmelzen.

„Hoffentlich hattest du schon aufgelegt."

Roman knurrte etwas, das wie ein klingonischer Fluch klang. „Was bildet sich dieser Hampel eigentlich ein …?"

Lükka holte sich einen Kaffee, setzte sich an ihren eigenen Schreibtisch und nahm Block und Kugelschreiber aus der Schublade. Dann erst fragte sie: „Wer war dran?"

Sturm schnaubte verächtlich. „Beckmann. Hält uns offenbar für Vollidioten. Was glaubt der eigentlich, wer er ist?"

„Dein Vorgesetzter?", schlug Lükka vor. „Worum ging es überhaupt?"

„Um den Zollhaus-Fall.“ Roman Sturm lehnte sich über den Tisch und ging auf Augenhöhe mit dem Inhalt eines Ablagekorbes aus blauem Plastik. Weit musste er sich dafür nicht hinunterbeugen. Behutsam hob er die linke Vorderecke des Papierstapels an und musterte, was unter der Deckschicht lag. Offenbar fand er nicht, was er suchte, und inspizierte eine Sedimentschicht fünf Zentimeter tiefer.

Lükka beobachtete ihn gespannt. Vermutlich hatte er einen mentalen Bohrkern seiner Papiere und brauchte sich nur zu erinnern, wann er die Unterlagen zuletzt in der Hand gehabt hatte. Lükka war nur nicht sicher, ob das Papiergebirge in Wochen, Monaten oder gar in Jahren zu messen war.

Mit der linken Hand hielt er jetzt einen zehn Zentimeter dicken Stapel fest und zog endlich mit der Rechten unter einem Telefonbuch eine angebrochene Schokoladentafel hervor.

Die über lange Zeit organisch gewachsene Statik geriet aus der Balance, die mittlere Schicht begann in Zeitlupe zu rutschen, nahm Fahrt auf und riss das ganze obere Drittel mit. Die Blätter fächerten sich auf und glitten mit leisem Seufzen über die Kante des Schreibtischs zu Boden.

Roman ignorierte die Lawine. Er brach einen halben Riegel ab und schob ihn sich mit einem zufriedenen Seufzer, der ganz ähnlich klang wie der Papierabsturz, in den Mund. Genießerisch schloss Roman einen Moment die Augen.

„Auch ein Stück?“ Er reichte die Tafel zu Lükka hinüber, die sie sehnsüchtig angesehen hatte, aber Lükka schüttelte den Kopf.

„Später vielleicht.“ Sie deutete auf einen Apfel, der in Spalten geschnitten auf ihrem Platz lag. Die Oberseiten waren welk und leicht bräunlich verfärbt.

Achselzuckend legte Roman die Tafel auf die Reste des Aktenstapels, der die Reviergrenze zwischen seinem Schreibtisch und dem seiner Kollegin markierte.

„Beckmann war total angepisst“, berichtete er, während er sich auf den Boden kniete und seine Papiere zusammenzuklauben begann. „Die Presse macht einen riesigen Hermann von dem Zollhausbrand und er meint, wir hätten denen zu viel erzählt."

Lükka runzelte überrascht die Stirn. In der *Ostfriesen-Zeitung* war das Feuer am Mittwoch natürlich der Aufmacher gewesen. Auch wenn die Fotos nicht so spektakulär gewesen waren, hatte es doch für eine Sonderseite gereicht. Eine Trümmerwüste, von der noch Rauch aufstieg, Einsatzfahrzeuge und Feuerwehrleute, ein Bild des Zollhauses vor dem Brand, Infokästen über die Geschichte des Gebäudes und die langwierige, teure Restaurierung, dazu ein Interview mit Vera Reifschneider, die in Vertretung der verreisten Chefin den unersetzlichen Verlust für die Leeraner Kultur beklagte – erstaunlich, wie viel die Lokalredaktion aus so wenigen Informationen gemacht hatte. Aber Insiderinformationen hatte der Artikel definitiv nicht enthalten.

Doch dann war das Fernsehen auf das Thema eingestiegen. Ein Privatsender hatte den Tanz eröffnet. Dass ein denkmalgeschütztes Gebäude abgebrannt war, kam zum Füllen des Sommerlochs schon sehr gelegen, aber der tragische Tod mehrerer Kinder war ein Extraleckerbissen, den jung-dynamische Moderatoren mit tief betroffener Miene servierten, ehe sie zur Werbung zurückschalteten.

„Und heute Morgen haben sie auf einmal die Namen der Kinder veröffentlicht", erzählte Roman, als er die Papiere wieder zurück auf den Stapel geschichtet und sich in seinen Stuhl gesetzt hatte. „Zusammen mit wilden Spekulationen über die Brandursache. Das reicht von Dixis Hammelhodentheorie – leicht abgewandelt – bis hin zum fremdenfeindlichen Anschlag auf illegale Ausländer. Irgendwer hat dazu die Ergebnisse der letzten Kommunalwahl ausgegraben, damit es gut ins Bild passt. Dreißig Prozent Wählerstimmen für den rechten Bürgermeisterkandidaten in der Stichwahl, da brennen schon mal Häuser mit illegalen Ausländern, war das Fazit."

Lükka war beim Zuhören immer blasser geworden. Als sie eine Zigarette aus der Packung fingerte und anzündete, zitterten ihre Hände.

„Hatten sie …" Sie musste sich räuspern, weil ihre Stimme plötzlich belegt war, „… hatten sie Bilder?"

Roman zuckte die Achseln. „Archivbilder vom Zollhaus natürlich, was vom Schutthaufen. – Meinst du, Noormann könnte denen was gegeben haben?"

Andererseits: Woher sollte der fotografierende Eisenbahnfanatiker etwas Näheres über die Kinder wissen?

Roman schüttelte den Kopf.

Lükka erwiderte nichts. In ihrem Kopf summte es. Wer konnte dem Fernsehen die Namen der Opfer gesteckt haben? Sie hatten bisher doch nur mit Noormann geredet, und zu diesem Zeitpunkt hatten sie die Identität der Kinder selbst noch nicht gekannt. Das Gleiche galt für Vera Reifschneider und für den Maler Thedinghausen. Sie alle konnten nichts weiter über den Fall erzählt haben, denn erst seit Donnerstagnachmittag wussten Roman und Lükka, wer im Zollhaus ums Leben gekommen war.

Lükka Tammling konnte es drehen und wenden, wie sie wollte, sie kam da nicht raus. Sie gab sich einen Ruck.

„Roman", begann sie leise. „Roman, ich fürchte, ich habe Scheiße gebaut."

Romans fragender Blick nahm ihr fast den Mut, aber sie riss sich zusammen. „Es ist meine Schuld. Ich habe nicht nachgedacht."

Ihre Zigarette war heruntergebrannt, sie drückte sie im Aschenbecher aus, um sich gleich darauf eine frische zu nehmen. Rauchfreie Büros waren zwar auch in der Polizeiinspektion Leer vorgeschrieben, aber Roman war so tolerant, dass man ihn fast für einen Schnorrer halten konnte, der passiv mitrauchte, statt sich selber Zigaretten zu kaufen.

„Ich habe mich doch gestern Nachmittag, als du zur Obduktion nach Oldenburg gefahren bist, beim Ausländeramt nach den Kindern erkundigt", fuhr Lükka fort.

„Ja, weiß ich doch. War eine gute Idee von dir, sonst wären wir doch gar nicht weitergekommen."

„Genauer: Ich habe Wilma Poppen gefragt und ihr die Bilder

gezeigt." Lükka war der Verzweiflung nahe. Reichten die Andeutungen denn nicht? Offenbar nicht, denn Roman Sturm sah sie verständnislos an.

„Wilma Poppen ist doch mit Tjark Ficken vom *Wochenblatt* zusammen", erklärte Lükka. „Sie muss ihm brühwarm erzählt haben, wer die Kinder aus dem Zollhaus sind, und er wollte sich wohl ein paar Euro zusätzlich verdienen. – Er muss die Story ans Privatfernsehen vertickt haben." Sie zog heftig an der Zigarette. Der Rauch biss in ihren Augen und sie wischte ungeduldig mit dem Ärmel darüber.

Roman Sturm sah sie betroffen an. Hoffentlich versucht er jetzt nicht, mich zu trösten, dachte Lükka verzweifelt. Nichts wäre übler, als jetzt auch noch loszuflennen. Sie biss die Zähne zusammen, bis ihre Kiefermuskeln sich schmerzhaft verkrampften. Zögernd streckte sie ihre Hand nach dem Telefon aus und holte tief Luft.

Roman hatte mit vor der Brust verschränkten Armen zurückgelehnt an seinem Schreibtisch gesessen und sie unter seinen langen, schwarzen Wimpern hervor beobachtet, während sie redete.

„Lass mal", sagte er jetzt. „Morgen verpassen sie in irgendeinem Zoo einem Krokodilbaby eine Zahnprothese oder Eisbär Knut frisst endlich seinen Pfleger, dann hat das Fernsehen was Neues fürs Sommerloch. Mit Beckmann können wir immer noch reden, wenn wir unseren Brandstifter haben."

Lükkas Hand schwebte noch immer wenige Zentimeter über dem hellgrauen Telefonhörer.

„Freitagvormittag", sagte Roman. „Wie wäre es, wenn wir uns heute mal um diesen Burschen kümmern, der das Zollhaus kaufen wollte?" Er runzelte die Stirn, als müsste er angedtrengt überlegen. „Verdammt, wie heißt der noch gleich? Ingo Ferdinand?"

Lükka merkte selber, dass ihr Lachen noch etwas wackelig klang, aber immerhin war es wieder vorhanden. „Eher nicht. Das ist doch dieser singende Versicherungsmakler, der immer den Weihnachtsmann spielt. Der kauft höchstens die Bar am

Philippsburger Park und macht sie dicht, damit ihm nicht immer die Gentlemen randalierend ums Haus stromern, wenn sie aus dem Puff kommen. Du meinst Ferdinand Bungeroth. Du hast doch gerade das Telefonbuch freigelegt. Wirf mal rüber.“

15

War Lükka Tammling gerade wirklich kurz davor gewesen zu weinen? So geknickt hatte Roman sie noch nie erlebt. Am liebsten hätte er ihr etwas Tröstendes gesagt, so etwas wie „Ist doch nicht so schlimm“ oder „Hätte mir auch passieren können.“ Letzteres hätte sogar gestimmt. Lükka hatte ihm erzählt, dass sie Wilma Poppen anrufen wollte, und auch er hatte nicht darüber nachgedacht, ob Wilma ihrem Journalistenfreund gleich zu einer heißen Story verhelfen würde.

Aber wahrscheinlich hätte er mit Trostversuchen alles nur noch schlimmer gemacht, also schwieg er und reichte Lükka das Telefonbuch.

Schmal sah ihr Handgelenk aus in dem langen, weiten Ärmel der dunklen Bluse. Die Nägel ihrer Hand waren nicht lackiert, aber lang und sorgfältig gefeilt. Roman ertappte sich bei dem Wunsch, Lükka zu beschützen, und er wies sich sofort innerlich zurecht. Lükka Tammling war eine erfahrene Kommissarin. Wie oft hatte er sie um ihre Fähigkeit beneidet, systematisch vorzugehen und ihre Arbeit gründlich und gewissenhaft zu erledigen. Alles notierte sie, alles hatte sie sofort parat. Bei ihr gab es kein langes Wühlen in Notizzetteln und schon gar kein unkoordiniertes Kramen in Schubladen. Auf ihrem Schreibtisch lag nur das Nötigste – ein aufgeschnittener welker Apfel wie heute war die absolute Ausnahme. Mit ihrer messerscharfen Logik hätte sie als Vulkanierin durchgehen können, sie war längst nicht so emotional und chaotisch wie Roman. Und kaum zeigt sie mal eine schwache Stelle, erwacht also der Macho in dir, dachte Roman. Da war ihm die taffe Lükka deutlich lieber. Auch wenn er sich ihr unterlegen fühlte, stand er vor sich selbst in einem besseren Licht da. War das logisch? Zum Teufel mit der Logik, jetzt hatten sie zu arbeiten.

16.

Die Luft roch nach Osterfeuer, anheimelnd, vertraut und auf jeden Fall harmlos. Umso schockierender war der Anblick der Ruine, die inzwischen ein Bauzaun aus Stahlgittern umgab. Am Zaun hatte jemand Kerzen aufgestellt, diese kleinen, roten Windlichter, die im Herbst immer auf die Friedhöfe gebracht wurden. Die winzigen Flämmchen brannten ruhig und in der gleißenden Vormittagssonne nahezu unsichtbar. Zwischen den Gläsern lagen Blumen, die schon zu verwelken begannen. Ein Strauß gelber und blauer Wiesenblumen stand in einem wassergefüllten Marmeladenglas.

Chalid hatte unwillkürlich seinen Tritt verlangsamt, jetzt richtete er sich im Sattel auf und trat wütend in die Pedale, um dem Würgen in seinem Hals zu entkommen. Warum war er ausgerechnet hier langgefahren? Vielleicht hatte er wirklich gehofft, er sei vorhin aus einem Alptraum erwacht, in dem seine Brüder und die kleine Schwester in einem brennenden Haus erstickten, aus dem er sie nicht befreien konnte.

Dann aber hätte er in seinem Bett gelegen und den vertrauten Geräuschen aus der Küche gelauscht, wo seine Mutter gerade den Tee fürs Frühstück aufbrühte.

Oder wenigstens in der Wohnung seines Onkels, denn der Alptraum hatte ja schon viel früher begonnen, hielt ihn fest im Griff seit dem Morgen, an dem die Leute vom Landkreis zusammen mit zwei Polizisten an der Haustür seiner Eltern geklingelt hatten. Früh um halb fünf.

Eine Ausweisung war es nicht gewesen, nein. Seine Eltern waren aufgefordert worden, freiwillig auszureisen. So hätten sie die Chance, irgendwann mit einem Touristenvisum nach Deutschland zurückzukommen, um ihre Kinder zu besuchen. Wunderbar ausgedacht, doch seit sie dem Auto nachgewinkt hatten, das seine Eltern mit dem allernötigsten Gepäck zum Flughafen gebracht hatte, hatten sie nichts mehr von den beiden gehört. Nach mehreren Wochen hatte ein Bekannter von

Chalids Vater ihnen von ihrer Verhaftung direkt nach der Ankunft berichtet. Chalids Mutter war ein paar Wochen später wieder freigekommen. In welchem Dorf sie jetzt lebte und bei welchen Verwandten, hatte Chalid vergessen, die Namen sagten ihm alle nichts.

Trotzdem hätte er dort mit seinen Geschwistern hinziehen müssen, als Onkel Aidins Job gestrichen wurde und es nicht mehr ohne Hartz IV ging. Denn das war die Bedingung dafür gewesen, dass Chalid und die Kleinen hier weiter zur Schule gehen durften: keine Stütze beantragen, sonst Abflug, und zwar pronto.

Alptraum, nächste Runde. Verkrochen hatten sie sich wie die Ratten in diesem heißen, vollgestellten Raum auf dem Dachboden des Zollhauses. Außer Sicht sein, bis der nächste Antrag auf Bleiberecht vielleicht doch bewilligt wurde.

Chalid bog in die Georgstraße ein, um am Hafen entlang Richtung Altstadt zu fahren. Viel zu dicht an diesem hässlichen, roten Backsteinklotz vorbei, in dem die Polizei untergebracht war.

Was für ein blöder Zufall, dass er ausgerechnet das Fahrrad eines Polizisten geklaut hatte und ihm dann auch noch bei der Arbeit über den Weg gelaufen war. Aber irgendwie auch wieder typisch: Alle Welt klaut, aber wer wird erwischt ...?

Bestimmt hätte er sonst noch länger im Haus des Lehrers bleiben können, aber der Polizist hatte schon im Laden mit dem Lehrer gesprochen. Chalid durfte ihn nicht noch weiter mit reinziehen.

Zwei Nächte hatte er Chalid immerhin untergebracht, hatte ihm Sachen von Tante Birkan geholt und ihm das Geld geliehen, das Chalid normalerweise bis zum Monatsende verdient hätte. Dann hatte er ihm sein altes Fahrrad gegeben und ihn mit einer herzlichen Umarmung verabschiedet.

Die gerillten Planken der Uferpromenade rumpelten rhythmisch unter den Reifen und Chalid kontrollierte mit einem Griff nach hinten, ob der Schlafsack noch sicher auf dem Gepäckträger klemmte.

Von Camping verstand er nicht viel, außer bei einer Klassenfahrt hatte er noch nie im Freien geschlafen. Trotzdem sollte er sich jetzt wohl im Baumarkt eine Isomatte und so ein kleines Igluzelt holen. Dafür würde das Geld schon reichen. Essen musste er erst einmal nicht kaufen, denn die Frau des Lehrers hatte ihm ein dickes Paket gepackt. Das würde eine Weile vorhalten. Hauptsache, das Fladenbrot schimmelte bei der Wärme nicht so schnell.

Beim Kulturspeicher verließ Chalid die Promenade. An der Bücherei vorbei ging es in die Altstadt. Vielleicht konnte er sich ein paar Stunden in die Bibliothek setzen. Dort würde ihn sicher keiner vermuten. Wer rechnete schon damit, dass ein illegaler Ausländer Bücher las, noch dazu auf der Flucht? Aber die Tür der Stadtbibliothek war noch abgeschlossen, er war zu früh dran.

Von ferne hörte Chalid ein Martinshorn und zuckte zusammen. Am besten sollte er sich für die nächsten Stunden ins Café setzen, einen Tee trinken und dabei in Ruhe überlegen, wie es für ihn jetzt weitergehen konnte.

17.

Roman Sturm hielt sich für einen toleranten Menschen. Einigermaßen jedenfalls. Mit den meisten Leuten kam er gut zurecht, weil er sie einfach so nahm, wie sie waren. Das hieß nicht, dass er jeden mochte oder alles glaubte, was ihm jemand erzählte. Das hätte Berufsunfähigkeit bedeutet. Aber er hatte ein sicheres Gespür dafür, mit welcher Methode er bei wem am weitesten kam. Die Schüchternen, Verängstigten konnte er mit einem gewinnenden Lächeln aus der Reserve locken oder mit einem vertrauenerweckenden Blick aus sanften, dunklen Augen. Vor allem ältere Frauen erwiderten irgendwann sein Lächeln, gerieten ins Plaudern und vergaßen mitunter sogar, dass sie es mit einem Kriminalkommissar für Todesermittlung zu tun hatten.

Aufgeblasenen Schnöseln wiederum ging angesichts einer leicht gehobenen Augenbraue und seines beharrlichen Schweigens schnell die Luft aus. Sie gerieten ins Stocken und waren nach wenigen Minuten auf Normalgröße geschrumpft, so dass Roman vernünftig mit ihnen reden konnte.

Dass er von Anfang an merkte, er würde kein sinnvolles Gespräch führen können, war die absolute Ausnahme. Aber bei Ferdinand Bungeroth stand vom ersten Moment an fest: Das wird nix. Warum, war Roman ein Rätsel, und es fuchste ihn gewaltig. Daran, dass der rotgesichtige Bauunternehmer sie weder zu Hause noch in seinem Büro empfangen hatte, sondern sie zu einer Baustelle beordert hatte, konnte es nicht allein liegen. Auch nicht ausschließlich an dem Blick, mit dem er Sturms schulterlange, schwarze Haare, seine milchkaffeebraune Haut und die mandelförmigen schwarzen Augen gemustert hatte. An solche Blicke war Roman Sturm gewöhnt. Einen ostfriesischen Polizisten stellten sich die wenigsten Leute vor wie eine Mischung aus Winnetou und Mowgli.

Im Job hatte Sturm damit keine Probleme mehr, da reichte ihm das Bewusstsein seiner Autorität. Privat war ein anderer

Schnack. Seine Abneigung gegen Discobesuche lag nicht zuletzt daran, dass er früher zwar die Ausweiskontrolle problemlos passiert hatte, bei der Gesichtskontrolle jedoch – abhängig vom Türsteher – immer wieder mal durchgefallen war. Anfangs hatte es ihn gedemütigt, nach einem kurzen, abschätzigen Blick gleich den Stempel „potentieller Unruhestifter" aufgedrückt zu kriegen. Ein paar Mal hatte er es geschafft, trotzdem in die Disco zu kommen, doch statt des erwarteten Triumphgefühls hatte den Abend eine Mischung aus Scham und Wut beherrscht und nur sein Kumpel Ahrend Berghaus hatte mit seiner Bärenruhe verhindert, dass Roman tatsächlich in eine Typisch-Ausländer-Prügelei geraten war.

Seit langem mied er solche Läden und hatte sich ein so dickes Fell gezüchtet, dass er es am Ende der Schulzeit sogar gewagt hatte, sich für den Polizeidienst zu bewerben.

Trotzdem war es wohl doch dieser Blick, der Romans Abneigung gegen Ferdinand Bungeroth geradezu körperlich spürbar machte. Ein Blick, ganz von oben herab, vom schmalen Brett eines Baugerüstes aus, auf dem Bungeroth breitbeinig stand, die Daumen in den tiefhängenden Bund der schwarzen Cordhose gehakt. Der Bauunternehmer machte keine Anstalten, zu den beiden Kriminalbeamten herunterzusteigen, sondern blieb nach knappem Nicken abwartend oben stehen.

„Sturm. Kriminalpolizei. Wir hatten telefoniert", begann Roman.

Bungeroth blieb stehen.

„Kommen Sie runter."

„Keine Zeit", blaffte Bungeroth. „Wenn Sie was von mir wollen, müssen Sie schon hochkommen. Ich habe hier zu arbeiten. Bin schließlich kein Beamter!"

Roman fing den forschenden Blick auf, den Lükka Tammling ihm zuwarf, und wusste, was sie dachte: Würde er sich auf ein Gespräch über diese ungleichen Ebenen einlassen oder tatsächlich zu diesem Trampel nach oben klettern? Beides war unmöglich, nicht nur wegen Romans bekannter Abneigung gegen Leitern und Plattformen ohne Geländer. Warum pfiff er den Kerl nicht einfach runter? Akzeptierte er so einen etwa als Alpharüden? Noch ein paar Sekunden, und es würde peinlich.

Entschlossen trat Lükka einen Schritt zurück, starrte Bungeroth an und sagte mit schneidender Höflichkeit: „Herr Bungeroth? Wir haben mit Ihnen zu reden. Kommen Sie bitte runter. Jetzt."

Bungeroth erwiderte ihren Blick trotzig. Sekundenlang starrten seine wässrig blauen Augen in Lükkas eisgraue, die unbeirrt zurückstarrten. Dann wanderten seine eine Spur nach links unten. Er drehte ihnen seine ausladende Kehrseite zu und begann, die Leiter hinabzusteigen. Betont langsam, aber immerhin.

„Also?" Bungeroth verschränkte die muskulösen Arme vor der Brust, als er schließlich vor ihnen stand. Rötliche Haare kräuselten sich darauf. „Worum geht es?"

Romans Nackenhaare richteten sich auf, als er den herausfordernden Ton hörte. Am liebsten hätte er die Zähne gefletscht und geknurrt.

Lükka antwortete nicht. Mit kühlem Interesse betrachtete sie einen dicken, roten Pickel auf Bungeroths Kinn, bis der Bauunternehmer die Schultern rollte, als wolle er etwas Unangenehmes abstreifen. Schließlich zog er die behaarte, großporige Rechte unter dem linken Oberarm hervor und begann verstohlen, am Pickel zu pulen.

Lükka deutete auf einen Bretterstapel, der im Schatten des Hauses lag. „Setzen wir uns dort drüben hin", ordnete sie an. Und tatsächlich setzte sich Bungeroth langsam in Bewegung. Betont gelassen schlenderte er hinüber und ließ sich auf dem Bretterstapel nieder. Die Beine leicht gespreizt, die Ellenbogen auf den Knien, die Unterarme locker pendelnd, hockte er da wie ein gelangweilter Inselkutscher, der auf seine Touristenladung wartete.

Lükka zog sich eine leere Kunststofftonne heran. So saß sie etwas höher als ihr Gegenüber. Sturm lehnte sich an die Hauswand, die Hände in den Taschen, und wartete ab.

Lükka Tammling zog ihr Notizbuch aus der Umhängetasche,

klappte es auf, suchte bedächtig eine leere Seite. Zückte einen Kugelschreiber und notierte penibel Datum, Uhrzeit und den Namen ihres Gesprächspartners.

Bungeroth verlagerte sein Gewicht auf den Brettern, die zur Schau gestellte Gelassenheit bekam erste Risse.

Aus dem Rohbau waren gedämpft die Stimmen der Handwerker zu hören; das geschäftige Bohren, Hämmern und Klopfen, das sie bei ihrer Ankunft empfangen hatte, war verstummt. Roman unterdrückte ein Grinsen. Dass ihr Chef mit den Bullen zu tun hatte, war offenbar deutlich interessanter als der rasche Fortgang der Arbeit.

Auch Bungeroth war das nicht entgangen. Er holte tief Luft.

„Was machen Sie jetzt eigentlich mit dem ganzen Schiefer?"

Lükkas Frage traf Bungeroth so unerwartet, dass die Luft mit einem lauten Zischen entwich, als hätte er seinen geplanten Satz mit einer pneumatischen Bremse gestoppt. Er sah Lükka an, sichtlich verwirrt.

„Die Schieferplatten, die Sie seinerzeit beim Zollhaus gestohlen haben." Lükkas grauen Augen blickten den Mann unverwandt an, eisiger denn je. „Was haben Sie jetzt damit vor? Sie wollten sie doch wieder aufs Dach packen, sobald Sie das Zollhaus gekauft hätten."

Hätte sie einen brennenden Knallfrosch unter den Bretterstapel geworfen, wäre die Wirkung nicht besser gewesen. Bungeroth ging hoch wie ferngezündet. „Von Diebstahl kann überhaupt keine Rede sein", brauste er auf. Sein Gesicht hatte sich gerötet, die großen Hände pendelten nicht mehr locker zwischen den Cordhosenschenkeln, sondern hatten sich zu rotborstigen Fäusten geballt. „Die Schindeln lagen doch beim Bauschutt. Die wollten diese ... diese ... Dilettanten doch wegschmeißen!"

„Und Sie haben die Besitzer selbstverständlich gefragt, ob Sie die Schieferplatten mitnehmen dürfen. Immerhin lagen die ja auf einem Privatgrundstück", stellte Lükka fest, ohne Bungeroth aus den Augen zu lassen.

Der schnaubte nur. Schließlich war es stadtbekannt, dass er

sich so oft und so lange unbefugt beim Zollhaus rumgedrückt und wie der wahre Eigentümer aufgeführt hatte, bis den Besitzern der Kragen geplatzt war und sie ihm Hausverbot erteilt hatten, mit einstweiliger Verfügung und allem Drum und Dran. Öffentlich hatte sich Bungeroth benommen, als sei er der Einzige, dem man dieses Baudenkmal anvertrauen könnte, und der Verkauf an den Zollhausverein sei nur ein Zwischenspiel, ehe er es in Besitz nehmen würde. Als sei die Übergabe an diese Gruppe nichts als ein bedauerlicher Irrtum, den schließlich sogar der Bürgermeister würde einsehen müssen. Pech für Bungeroth war, dass die nächste Wahl Leer einen neuen Bürgermeister beschert hatte, der nicht nur voll auf Kultur setzte, sondern dem Zollhausverein sehr wohlgesonnen war.

„Sie haben ja auch wirklich Pech mit Ihren Großprojekten", schaltete Roman Sturm sich von seiner schattigen Hauswand aus ein. „Mit diesem Varietétheater im Hamburger Schanzenviertel hat es ja auch nicht geklappt." In Sturms Stimme schwang wohldosiertes Mitgefühl, genau so viel, dass Bungeroths Fäuste sich zumindest wieder lockerten.

„Das hier sind doch auch nur verkappte Hausbesetzer, genau wie die Bagage in Hamburg", knurrte Bungeroth. „Hängen sich so ein soziokulturelles Mäntelchen um, versauen das prächtige Gebäude und greifen Subventionen ab, während sie mit Saufparties ordentlich Patte machen! Sie geben es doch sogar selbst zu. Haben Sie nicht in der Zeitung gelesen, wie sie gejammert haben, dass sie zwar weniger Besucher haben als vor zehn Jahren, aber doppelt so viel Schnaps verkaufen? Krokodilstränen haben die vergossen über den schmalen Grat zwischen – wie war das noch? Ach ja: zwischen Kunst und Kotze!"

„Und Sie wollten daraus ... was ... machen? Ein Kinderheim?" Lükka ging in der Rolle des bösen Bullen auf. „Mir war so, als hätte ich was von Erlebnisgastronomie gehört. Das klingt für mich nach Saufparties, bis der Arzt kommt. Ganz ohne Kultur."

„Ach, hören Sie doch auf! Dieses ganze Scheißgutmenschengetue steht mir bis hier." Die rotbehaarte Hand fuhr waagerecht unter der Nase entlang. Oberkante Unterlippe. „Natürlich wollte ich mit dem Zollhaus Geld verdienen, bin schließlich Unternehmer. Aber dafür hätte ich es auch anständig erhalten. Allererste Sahne wäre der Ausbau geworden! Ich hätte es jederzeit übernommen, selbst wenn die es total verhunzt haben."

Roman nickte verständnisvoll. „Aber der Verein hatte einen längeren Atem, als Sie erwartet hatten."

Wieder Schnauben. „Alles nur mit Steuergeldern subventioniert! Sonst hätten die längst die Brocken hingeschmissen. Und die Stadt ist denen doch hinten reingekrochen, der Bürgermeister vorneweg."

Roman stellte sich das bildlich vor und presste die Lippen zusammen, um nicht schallend zu lachen. Zum Glück stand er im Schatten.

Bungeroth war zu sehr in Fahrt, um Sturms Heiterkeit zu bemerken. Er spreizte den linken Daumen ab, schnippte mit dem rechten dagegen: „Schanklizenz? Kein Problem!" Linker Zeigefinger, schnack. „Saumäßiger Brandschutz? Na und? Gibt's 'ne Übergangsregelung!" Mittelfinger, schnack. „Vergnügungssteuer? Geschenkt! Jedem freien Unternehmer hätten die längst den Laden dichtgemacht. Aber *die* dürfen weiterstümpern, solange sie ab und zu ein Theaterstückchen aufführen oder lausige Dichter vorlesen lassen. – Und jetzt sieht man ja, was dabei rausgekommen ist."

„Mhmm. Jetzt ist der Verein aus dem Spiel." Roman nickte. „Nur leider ist der Spielplatz kaputtgegangen." Das „dabei" verkniff er sich, aber es schwang ungesagt zwischen ihnen.

Lükka hatte zwischendurch Notizen gemacht, jetzt zog sie einen waagerechten Strich unter das Geschriebene und wandte sich Bungeroth zu. „Ich denke, für den Moment haben wir Sie lange genug von der Arbeit abgehalten. Und Ihre Mitarbeiter auch", ergänzte sie mit einem Seitenblick auf den stillen Rohbau. „Wenn Sie uns jetzt noch sagen, wo und mit wem Sie die Nacht zum Dienstag verbracht haben, können Sie Ihre Leute wieder an die Arbeit schicken.“

18.

Der Tee war immer noch viel zu heiß, obwohl Chalid jetzt schon eine ganze Weile hier saß. Draußen glühte der Asphalt, die Tische vor den Eisdielen waren voll besetzt, obgleich es erst Freitagvormittag war. In der Fußgängerzone spazierten Männer in kurzen Hosen und Frauen in knappen Sommerkleidern. Piercings glitzerten an nackten Mädchenbäuchen und auf den entblößten Rücken prangten Tätowierungen.

Hier drinnen gab es keine Arschgeweihe und Schlampenstempel auf sommerbrauner Mädchenhaut, keine Nabelpiercings, hier gab es nicht einmal Mädchen. An einem der Plastiktische am anderen Ende des Raumes saßen drei alte Männer in dunklen Anzügen, die sich leise unterhielten und hin und wieder Blicke zu Chalid herüberwarfen. Der Wirt polierte schweigend ein Teeglas. An einem anderen Tisch tippte ein junger stiernackiger Typ auf seinem Handy herum. Das Piepen der Tasten und das Murmeln der drei Alten waren die einzigen Geräusche, die sich vom Summen des Deckenventilators abhoben. Das monotone Hintergrundgeräusch wirkte hypnotisch. Chalid starrte auf sein Teeglas, über dem sich kleine Dampfwölkchen kräuselten Der Zucker hatte sich fast aufgelöst und zog in trägen Schlieren durch die klare, braune Flüssigkeit, als Chalid das Glas langsam drehte. Er hätte sich die Finger verbrennen müssen, aber er nahm die Hitze des Glases nicht wahr. Auf dem leeren Stuhl neben ihm lag eine zusammengefaltete Zeitung, die er sich auf dem Herweg gekauft hatte. Über dem Knick war das Bild einer Brandruine zu sehen. Chalid drehte das Blatt so herum, dass er das Motiv erkennen konnte. Stumpf starrte er die Überreste des Zollhauses an. Übelkeit und Magensäure stiegen in seiner Speiseröhre empor und Chalid wandte den Blick ab. Irgendwann würde er etwas lesen wollen über den Brand. Erfahren, wie viel die Polizei wusste, ob sie die Brandursache herausgefunden hatten. Gewissheit haben, was mit den Kleinen geschehen war. Irgendwann vielleicht. Aber nicht jetzt. Je länger er die Betäubung bewahren konnte, die ihn seit vorgestern umfangen hielt, desto besser.

Er nahm zwei große Schlucke des heißen, süßen Getränks. Sich hier zu verkriechen, konnte den Moment hinausschieben, in dem er womöglich aufwachen musste und begreifen, dass der Alptraum, in dem er steckte, die Realität war. Hier im Café konnte er den Traum festhalten. Sicher, es war ein Teil seiner Kultur, der sich hier abspielte, aber ein Teil, der mit seinem wachen Leben wenig zu tun hatte. Ab und zu hatte sein Vater ihn mit hierher genommen, damit er den Kontakt zu seinem Herkunftsland nicht verlor. Zu seiner Heimat, wie die Eltern sagten. Sie waren dort immer noch verwurzelt und hatten darunter gelitten, dass sie nicht nach Hause zurück konnten. Lieber gestern als heute hätten sie ihre Sachen gepackt, um nach Hause zu gehen. Immer hatten sie davon geredet, wie schön es wäre, endlich zurückzugehen, sobald die Verhältnisse sich ändern würden. Sobald sie dort wieder sicher leben könnten, und der Vater sagen, schreiben, denken dürfte, was er wollte.

Und dann kam der Kleinbus vom Landkreis, Bullen dabei, damit sie es sich nicht im letzten Augenblick noch anders überlegen konnten mit der „freiwilligen Ausreise“. Aber sie waren mitgefahren, hatten die Kleinen getröstet, die Rotz und Wasser geheult hatten, und die Erwachsenen beruhigt. Bestimmt würde alles gut, es würde gar nicht so schlimm werden. Wenn sie erst wieder in der Heimat wären, würden sie schon ein ruhiges Plätzchen finden, sich still verhalten, bis Gras über die Sache gewachsen wäre, und abwarten, dass sich die Verhältnisse besserten. Ja, Scheiße. Jetzt konnte Vater sich in seiner geliebten Heimat den Knast von innen anschauen, über dessen Haftbedingungen er geschrieben hatte, in dem Land, das er so gerne mitgestalten und verbessern wollte.

Früher hatte Chalid die Heimat seiner Eltern zumindest als sein Herkunftsland akzeptiert. Aber auch damals hatte er die Besuche in diesem Café eher als bizarr und exotisch empfunden, nicht als ein Stück Heimat. Seine eigene Kultur spielte sich draußen ab. Die Texte seiner Musik erzählten zwar auch oft von Liebe, Verrat und Kummer, aber er konnte sie besser verstehen, wenn sie auf Deutsch oder Englisch gesungen wurden, und sie erreichten ihn besser, wenn sie von E-Gitarre und Bass begleitet wurden und nicht von jammernden Flöten. Solche Töne waren es, die seine Eltern erreichten, seine eigenen Gefühle reagierten auf westlichen Rock, mochten seine Eltern ihn auch noch so oft an seine Wurzeln erinnern.

Aber wann hörte man auf, Migrant zu sein?

Auf Chalids linker Seite schabte ein Stuhl über den Fußboden. Der Handytyp setzte sich neben ihn, ohne zu fragen, und bestellte mit einer lässigen Handbewegung ein Glas Tee.

„Auch noch einen?"

Chalid schüttelte den Kopf. „Hab noch." Er wandte sich demonstrativ ab, starrte Richtung Tresen. Der Wirt war mit dem Gläserpolieren fertig und hatte sich zu den drei Alten gesetzt.

Der andere schien seine abweisende Haltung nicht zu bemerken. Er stützte den Ellenbogen und den muskelbepackten Unterarm auf den Tisch und beugte sich zu Chalid hinüber.

„Hey", sagte er, „ich weiß, wie du dich fühlst."

Chalid wandte den Kopf nicht zu ihm um. „Verpiss dich."

„Komm, Alter, mach dich locker. Ich will dir nicht auf den Keks gehen ..."

„Warum tust du es dann?" Obwohl er den heißen Tee getrunken hatte, fühlten Chalids Lippen sich wie eingefroren an.

„... nicht auf den Keks gehen, sag ich. Ich weiß, dass du am Rad drehst, und will dir helfen."

„Welchen Teil von *verpiss dich* hast du nicht verstanden?"

„Hey, kennst du mich nicht mehr? Du bist doch Chalid oder etwa nicht? Ich bin's, Metin."

Chalid wandte widerstrebend den Kopf und musterte den anderen verstohlen, den runden Kopf mit den fast völlig abrasierten Stoppeln, die dunkelbraunen Augen im nahezu weißen runden Gesicht, die vollen Lippen, die sich jetzt zu einem spöttischen Lächeln verzogen.

„Na, klingelt's? Sechste Klasse, Möörkenschule. Wir waren zusammen im Mathe-B-Kurs."

Bekloppt, dachte Chalid, ist doch Ewigkeiten her, selbst wenn es stimmt. „Kann sein", gab er mit einem Achselzucken zu. „So what?"

Metin lehnte sich zurück und verschränkte die Arme vor der Brust. Gut einstudiert, die Pose, dachte Chalid. So kommen die Muckis gut zur Geltung, vor allem mit diesem ärmellosen weißen Shirt. Hat er bestimmt lange und hart dran gearbeitet, an Muskeln und Haltung. Metin senkte den Kopf und bedachte Chalid von unten herauf mit einem mitleidig-spöttischen Blick. „Glaubst du, ich weiß nicht, was Sache ist?" Er griff nach der Zeitung und Chalid zuckte zusammen, als hätte er ihn geschlagen.

„Ey, ich bin dein Freund. Was du getan oder nicht getan hast, ist mir egal. Mach dir bloß keinen Kopp deswegen, von mir erfährt keiner, wo du bist."

Daran hatte Chalid noch gar nicht gedacht. Klar, wer ihn erkannte und wusste, dass seine Eltern aus dem Land gejagt worden waren, der konnte ihn verraten. Illegaler Ausländer auf der Flucht – würden sie ihn bei Aktenzeichen XY bringen? Wurde für so einen vielleicht sogar Kopfgeld ausgesetzt? Eifrige, gesetzestreue Bürger würden einen auch ohne Belohnung anscheißen, nur um das Gefühl zu haben, dass sie auf der richtigen Seite standen. Oder um ihre Rübe einmal im Leben ins Fernsehen halten zu dürfen. Und dann konnte Chalid froh sein, wenn er nur in Deutschland ins Gefängnis kam. Viel wahrscheinlicher war ein Flugticket. Und dann entweder Knast oder Militärdienst.

Misstrauisch sah er Metin an. Wenn einer schon sagt ‚Von mir hast du nichts zu befürchten', dann sollten Alarmlämpchen angehen. Dann weiß der andere nämlich, dass er dir schaden kann und denkt darüber nach, es zu tun. Wie in diesem Märchen, das sie mal in der Schule gelesen hatten. *Macht auf, liebe Kinderchen, ich hab euch was Schönes mitgebracht.* Und dann steht da nicht die alte Ziegenmutter vor der Hütte, sondern der Wolf und frisst ein Geißlein nach dem anderen auf. Aber Chalid war nicht das kleinste Geißlein, das sich in der Standuhr versteckt hatte. Und Metin? Hatte der Kreide gefressen?

Chalid beschloss, es nicht darauf ankommen zu lassen. Er trank den restlichen Tee mit wenigen großen Schlucken, stellte das Glas ab und schaute auf die Uhr. „Schön, dich mal wiedergesehen zu haben", sagte er. „Muss jetzt leider los." Er erhob sich, aber Metin legte ihm die Hand auf den Arm und zog ihn zurück auf den Stuhl.

„Jetzt wart mal eben. So voll ist dein Terminkalender ja wohl nicht."

Chalid runzelte die Stirn und stemmte sich nachdrücklich wieder hoch. „Ich hab jetzt wirklich keine Zeit mehr. Ich muss dringend noch ein paar Sachen besorgen." Er wandte sich zum Gehen.

Auch Metin war jetzt aufgestanden.

„Wie du meinst. Ich komm mit raus." Er legte ein paar Münzen auf den Tresen. „Schon in Ordnung", sagte er, als Chalid nach seinem Portemonnaie fischte.

In der kleinen Gasse neben dem Café lehnte Chalids Fahrrad an der Hauswand.

„Ein Schlafsack?", fragte Metin mit ungläubigem Entsetzen. „Erzähl mir jetzt nicht, dass du im Freien knacken willst! Da fressen dich doch die Mücken auf."

Chalid zuckte die Achseln. „An mich gehen die nicht so. Außerdem hole ich mir gleich noch ein Zelt. Das passt schon." Er schob das Rad aus der Lohne und Metin passte sich seinem Schritt an.

„Wo willst du denn zelten? Draußen auf dem Campingplatz in Bingum etwa?"

Chalid schob die Unterlippe vor und schüttelte zögernd den Kopf. Wenn er ehrlich war, hatte er so genau noch nicht darüber nachgedacht. Zögernd sagte er: „Wahrscheinlich irgendwo am Jümmedeich, hinter der Evenburg."

Metin nickte nachdenklich. „Geht vielleicht, solange du dich nicht waschen willst oder was zu essen kochen. Das Zelt darf natürlich nicht zu bunt sein, sonst sieht dich gleich die erste Omma, die mit ihrem Rollator vorbeischiebt."

Er ging ein paar Schritte schweigend neben dem Fahrrad her. Plötzlich blieb er stehen. „Nee, das ist alles nicht das Wahre. Pass auf, du kommst jetzt erst mal mit zu mir. – Nee, kein Problem", wehrte er ab, als Chalid zum Widersprechen ansetzte. „Die Wohnung ist groß genug und absolut ruhig. Und weil keiner weiß, dass wir uns kennen, sucht dich da auch keiner."

Chalid zögerte. Die Aussicht, sich in einer gemütlichen Wohnung ausruhen zu können, mit Bad und Fernseher, war verlockend. Mit Gleichaltrigen zu quatschen, statt sich zwischen Brombeerranken zu verkriechen und misstrauisch auf jeden Schritt zu lauschen, der sich dem Unterschlupf näherte.

„Na los!" Metin sah ihn treuherzig an. „Es ist gerade ein Zimmer frei geworden, wie für dich bestellt. – Na, komm schon, du bist mein Gast, und Gastfreundschaft ist mir heilig." Er zog die Augenbrauen herab, schob in gespielter Empörung die Unterlippe vor und ballte die Fäuste. „Oder willst du misch beleidijen hier, hä?"

Chalid lachte kurz auf, dann zuckte er die Schultern. Was sollte schon passieren? Bei Metin würde ihn wirklich niemand vermuten. „Eigenes Zimmer? Megacool, Alter." Er deutete mit der rechten Hand einen Rappergruß an, Zeigefinger und kleinen Finger wie Hörner nach vorne gestreckt, den Daumen abgespreizt.

Metin erwiderte den Gruß, die äußeren Finger nach oben gerichtet wie gespitzte Ohren, Mittelfinger und Ringfinger formten mit dem Daumen zusammen etwas, das wie eine Hundeschnauze aussah.

19.

Wie Wollflocken am Weidezaun flatterten Stoffblumen, Schleifen und Zeitungsausschnitte in der leichten Brise, die sich vergebens bemühte, die Mittagshitze wenigstens etwas durchzurühren. Entlang der Absperrung, die sich rund um das Zollhausgelände zog, drängte sich eine kleine bunte Herde. Sie standen still und schweigsam, die Rücken der Brandruine zugewandt, die ernsten und feierlichen Gesichter auf den Bahnhofskreisel gerichtet, ein stummer Vorwurf an alle, die hier ihren Alltagsgeschäften nachgingen, statt sich der Mahnwache anzuschließen.

Roman drückte den Knopf an der Beifahrertür, um sein Seitenfenster weiter hinuntergleiten zu lassen. Während der kurzen Zeit an der Baustelle hatte Lükkas dunkler Wagen sich schon wieder unerträglich aufgeheizt.

Auch Lükkas Scheibe verschwand summend in der Tür. „Ist doch um einiges bequemer als in deiner alten Schüssel, wo man kurbeln muss.“ Sie grinste, offensichtlich nicht nur mit ihrem moderneren Auto zufrieden, sondern auch mit dem Verlauf ihres Gesprächs mit Bungeroth.

Roman beschloss, mit dem Schmollen aufzuhören, schließlich hatte seine Kollegin die Vernehmung gerettet, indem sie die Konfrontation mit dem Zeugen aufgenommen und Roman den Kuschelpart überlassen hatte. Ja ja, und du wolltest dich so gerne als ihr Beschützer sehen, dachte Roman grimmig. Nur gut, dass er diesen Anfall überstanden hatte, ohne sich zu blamieren. Lükka Tammling brauchte bestimmt keinen Beschützer. Schon gar keinen, der sich von einem Großkotz wie Bungeroth den Schneid abkaufen ließ. Roman warf einen verstohlenen Blick auf Lükkas Profil und versuchte, in ihrer Miene Überheblichkeit zu finden, was ihm aber nicht gelang. Er atmete tief durch und wandte den Blick wieder zur Straße. Lükka hatte eine Ehrenrunde um den Bahnhofskreisel gedreht. Hinten am Straßenrand vor dem Parkhaus standen zwei Streifenwagen, aber die Kollegen beschränkten sich darauf, die Demonstranten aus der Ferne zu beobachten.

Ein Eingreifen erübrigte sich, denn das Grüppchen stand stumm und friedlich da, nicht einmal ein Sprechchor erhob sich über den hitzeflimmernden Asphalt. Wäre es nicht so heiß gewesen, hätten sie sich vermutlich bei den Händen gefasst. So blieb die Menschenkette seltsam unverbunden. Roman ließ gewohnheitsmäßig seinen Blick über die Gesichter wandern und erkannte einige, von denen er die Teilnahme an einer solchen Aktion erwartet hatte. Die immer gleichen Engagierten, die dabei waren, egal, ob es um den Schutz der Ems ging, um Protest gegen Kriegstreiber oder eben um den Mord an Kindern. Andere Leute, mit denen er fest gerechnet hätte, fehlten. Roman wunderte sich, bis ihm einfiel, dass ja noch Sommerferien waren. Viele Lehrer, die bei solchen Gelegenheit unfehlbar Flagge zeigten, waren deshalb natürlich nicht dabei.

An einer Gestalt blieb Romans Blick einen Moment länger hängen. Das Gesicht war ihm eigentlich nicht bekannt, aber die gesamte Erscheinung wirkte seltsam vertraut. Lange, gebräunte Beine in Bermudashorts, über das weiße Top flossen hellblonde Haare wie das Fell eines Golden Retrievers. Roman lächelte, als ihm die Begegnung an der Uferpromenade einfiel. Pia hieß die Blonde. Pia Eden. Der Zettel mit ihrem Namen und ihrer Telefonnummer, den sie ihm gestern Abend gegeben hatte, steckte in der Innentasche seines Portemonnaies. Vielleicht sollte er sie doch anrufen, auch wenn er bestimmt keine Reinigungskosten einfordern würde. Einen Kaffee oder ein Glas Wein hatte er sicher gut bei ihr. Heute war Freitag, mal sehen, wie weit sie heute mit dem Überprüfen von Bungeroths Alibi kamen. Hoffentlich war es wackelig. Wäre doch zu schön, wenn sie ihn einsacken könnten. Zumindest eine Nacht in der Gewahrsamszelle sollte man ihm gönnen, dachte Roman. Und dann endlich Wochenende, ein bisschen wenigstens. Erst mal rübergehen nach Hause, duschen und die Bude durchlüften, dann mal bei Pia anrufen. Notfalls würde er sogar mit ihr zusammen mit dem tollpatschigen Eisbären Gassi gehen. Aber besser ohne Taschenlampe.

Als Lükka den Motor abstellte, schrak Roman aus seinen Feierabendträumen.

„Na, Kollege, löst du gerade unseren Fall oder bist du in Gedanken schon am Baggersee?“, fragte Lükka, als sie neben ihm über den Parkplatz zum Hintereingang des Polizeigebäudes ging.

Roman fühlte sich ertappt. „Hab nur gerade über den Eisbären nachgedacht.“ Stimmte ja beinahe, an Pias Hund hatte er schließlich auch gedacht, wenn schon nicht an das Plüschtier aus dem Zollhaus. „Und daran, wie es dem kleinen Daud wohl inzwischen geht.“

„Dafür hast du aber ziemlich entspannt ausgesehen.“ Sie zog die Augenbrauen hoch, als sie die Nummernkombination in das Zahlenschloss eintippte und die Tür aufdrückte. „Weißt du was, was ich nicht weiß?“

„Leider noch nicht.“ Roman folgte ihr in den dämmrigen Flur, der sie mit wohltuender Kühle empfing. „Aber ich rufe gleich mal im Krankenhaus an. Wenn der Junge endlich aus dem Koma aufwacht, kommen wir vielleicht ein ganzes Stück weiter.“

„Du meinst, er hat den Brandstifter gesehen?“

„Kann doch sein“, entgegnete Roman. „Immerhin war er nicht bei den anderen Kindern oben unterm Dach, sondern im Treppenhaus, als das Feuer ausbrach.“

Lükka rieb sich die Nase. „Vielleicht ist er aber auch aufgewacht und hat den Rauch gerochen und ist deswegen nach unten gelaufen. Dann war der Täter schon weg.“

„Und seine Geschwister hat er schlafen lassen? Kann ich mir nicht vorstellen.“ Roman schüttelte heftig den Kopf.

Lükka zuckte die Achseln. „Vielleicht nicht. Wenn du recht hast, können wir wirklich nur hoffen, dass er bald aufwacht. Das Krankenhaus hat ja klare Anweisung, sein Überleben geheim zu halten. Hoffen wir also, unser Täter erfährt nicht so bald, dass Daud noch am Leben ist.“

20.

Daud Bihal war tatsächlich aufgewacht und sie hatten ihn sogar schon von der Intensiv- auf die Kinderstation verlegt.

„Dann kann ich ihn doch bestimmt nachher besuchen?" Roman Sturm legte sein herzlichstes Lächeln in seine Telefonstimme. „Es wäre mir wirklich sehr wichtig, mit ihm zu reden", schmeichelte er.

Lükka, die an der Kaffeemaschine hantierte, miaute leise. Roman zwinkerte ihr zu und wandte sich dann ab, um Lükkas schiefgelegten Wuschelkopf, den treuherzigen Blick von unten herauf und das zum inbrünstigen Maunzen verzogene Gesicht nicht sehen zu müssen. Jetzt fühlte er Lükkas Grinsen als Kribbeln im Nacken. Trotzdem gelang es ihm, das Gespräch zu beenden, ehe er den nächsten greifbaren Gegenstand nach seiner Kollegin warf. Der kleine Eisbär trudelte durch die Luft auf Lükka zu. Sie wehrte ihn mit hochgerissenem Unterarm ab, das plüschige Wurfgeschoss änderte den Kurs und tropfte von Dixi Bauklohs entrüstetem Gesicht ab, der gerade die Bürotür aufriss.

„Was ist das denn jetzt? Ich mach hier eure Arbeit und ihr beschmeißt mich mit ...", er bückte sich und hob den Eisbären auf, „... Beweisstücken? Also wirklich, Kollegen. Wie die kleinen Kinder!" Er drückte Lükka das Stofftier in die Hand. „Du solltest besser auf deinen kleinen Bären aufpassen, sonst tut er dir noch weh. Sich, meine ich natürlich." Er grinste, als Lükka ihm die freie Linke mit ausgestrecktem Mittelfinger unter die Nase hielt.

Sie ließ Dixi stehen und ging zu Romans Schreibtisch, wo sie den Eisbären auf den Gipfel des Papierberges zurück setzte. „Du bist dieser Stationsschwester ja gewaltig um die Beine gestrichen, Kater Roman. Und, was hat dein Schnurren eingebracht? Können wir mit dem Jungen reden?"

„Nee, leider nicht." Roman fuhr sich mit den gespreizten Fingern durch die Haare. Sie fühlten sich ungewohnt an, viel zu kurz, und rochen noch immer etwas brenzlig. „Ich hab mein Bestes getan, hast du ja gehört. Daud ist aufgewacht und es besteht keine Lebensgefahr mehr. Es geht ihm sogar recht gut, sagte die Krankenschwester. Körperlich jedenfalls."

„Und was ist die schlechte Nachricht?"

„Er hat noch kein Wort gesprochen, sitzt nur da und guckt."

„Keine guten Voraussetzungen für eine Zeugenaussage", stellte Lükka lakonisch fest. „Wäre ja auch zu schön gewesen. Und jetzt?"

„Wollen sie ihn erst mal auf der Station behalten und beobachten. Vielleicht braucht er ja nur ein bisschen Zeit. Wenn sich übers Wochenende nichts tut, wird er wohl verlegt."

„Kinderpsychiatrie?"

Roman nickte bedrückt. „So klein und schon in die Klapse. Scheußlich."

„Nur, wenn du dir so eine Klinik vorstellst wie eine Irrenanstalt aus dem neunzehnten Jahrhundert. Die werden den Lütten schon nicht in eine Zwangsjacke stecken oder mit Beruhigungsmitteln abfüllen und in eine Gummizelle sperren."

Roman zuckte unbehaglich die Schultern. Er wirkte nicht überzeugt. „Jedenfalls können wir vorerst nicht zu ihm. Vielleicht Anfang nächster Woche, hat sie gesagt."

„Und wenn er nun einfach kein Deutsch spricht?", schlug Dixi vor. „Sitzt da rum und versteht nur Bahnhof, kann doch sein."

Lükka hatte sichtlich eine bissige Antwort auf der Zunge, verschluckte sie aber und sah stattdessen Roman an. „Ist das denkbar?"

„Wenn Dixi dort sitzen würde, dann schon." Roman hatte mit bissigen Bemerkungen kein Problem, wenn es um Dixi ging. „Aber sie haben natürlich mit Daud nicht nur Deutsch gesprochen, sondern es auch mit Türkisch versucht. Keine Reaktion. Außerdem ist er hier aufgewachsen und in den Kindergarten gegangen. Die Sprache dürfte also nicht das Problem sein."

„Aber hören kann er?", fragte Lükka.

„Geh ich mal von aus. Gefragt hab ich nicht.“ Roman zuckte die Achseln. „Krankenhaus fällt also aus. Ich schlage vor, du kümmerst dich um Bungeroths Alibi und ich versuche noch mal, ob ich den Supermarktleiter heute Nachmittag endlich zu packen kriege. Er ist ja nicht nur Chalids Chef, sondern auch im Vorstand des Zollhausvereins. Vielleicht hat er eine Ahnung, wo wir Chalid auftreiben können oder kann mir wenigstens verraten, woher die Kinder den Schlüssel zum Zollhaus hatten.“

Lükka nickte und holte ihr Notizbuch aus der Tasche.

Roman erhob sich. „Und du wolltest unsere Arbeit machen, hast du gesagt?“, wandte er sich an Dixi Baukloh. „Willst du mit mir zum Supermarkt kommen oder versuchst du, Chalid Bihal zu finden?“

Dixi sah ihn beleidigt an. „Als hätte ich nicht genug zu tun! In Leer gibt es immer noch deutlich mehr Dealer als Mörder. Aber ich hätte gern einen Ausdruck von dem Bild, das ihr rumgeschickt habt. Von dem Langhaarigen, der sich da morgens beim Zollhaus rumgedrückt hat.“

Lükka öffnete ihre Schreibtischschublade, holte eine Klarsichtmappe hervor und zog das vergrößerte Foto heraus. „Hier, bitte schön. Was hast du denn damit vor?“

„Wart’s ab, meine Süße. Ich hab da so eine Idee. Wenn ich recht habe, lädst du mich zum Kaffee ein.“ Er warf ihr eine Kusshand zu und verschwand. Sein Aftershave blieb im Raum stehen.

„Träum weiter“, knurrte Lükka die Duftwolke an. „Wenn du gehst, Roman, lass bitte die Tür offen. Und mach das Fenster auf.“

21.

Am liebsten wäre Roman Sturm vor dem Regal mit Milch und Sahne stehen geblieben. Das Kühlregal schien ihm der einzige Platz in der ganzen Stadt zu sein, an dem es sich heute aushalten ließ. Als er das Gebäude der Polizeiinspektion verlassen hatte, war es ihm vorgekommen, als liefe er gegen eine massive Wand aus Hitze. Als sei er ins brennende Zollhaus zurückgekehrt. Sofort hatte ihn Panik überfallen, das bedrohliche Gefühl, nicht frei atmen zu können. Er war einen Schritt zurückgetreten, in den schmalen Schatten des Hauses, und hatte mit geschlossenen Augen tief durchgeatmet. Keine Maske vor dem Gesicht. Kein Widerstand, gegen den er anatmen musste, die Luft war leicht in ihn hineingeströmt, heiß und staubig, aber immerhin echte ostfriesische Luft mit einem kaum spürbaren Hauch Meer darin. Die kurze Fahrt zum Supermarkt mit weit geöffneten Autofenster hatte die Panik fortgeweht und geblieben war ein fernes Unbehagen wie die Erinnerung an Zahnschmerzen, wenn die Tablette anfängt zu wirken. Irgendwann würde er, bildlich gesprochen, zum Zahnarzt gehen müssen, und die Ursache des Schmerzes beseitigen.

Die befehlsgewohnte Stimme von Markus Eigenbrood riss ihn aus seinen Gedanken. „Herr Sturm? Kommen Sie bitte mit in mein Büro. – Ich habe auch einen Ventilator“, setzte er mit leisem Lächeln hinzu. Er eilte voraus, groß, grau und drahtig, der grüne Krämerkittel wehte nach hinten aus und Roman folgte in seinem Fahrtwind.

„Viel Zeit habe ich nicht“, begann Eigenbrood übergangslos, sobald sich die Bürotür hinter Roman geschlossen hatte.

Der Kommissar folgte der knappen Handbewegung, mit der Eigenbrood ihm einen Stuhl vor dem hellgrauen Schreibtisch zuwies. Auch hier drin war es warm, aber tatsächlich fächelte ein großer Ventilator, der in der gegenüberliegenden Zimmerecke stand, im Vorbeischwenken regelmäßig einen Schwall Zugluft herüber. Kein Wunder, dass sich im Hochsommer alle

Welt erkältet, dachte Roman, als er den Wind auf seinem schweißnassen Nacken spürte. Er war froh, sich nicht mit Smalltalk aufhalten zu müssen. „Chalid Bihal“, begann er.

Eigenbrood nickte aufmerksam.

„Er arbeitet bei Ihnen.“

Eigenbrood nickte wieder. „Er ist aber heute nicht hier. Herr Bihal hat Urlaub.“

„Und Sie wissen nicht, wo er sich aufhält?“

Kopfschütteln.

Wortkarges Kerlchen, dachte Roman. „Wir müssen dringend mit ihm reden, das können Sie sich sicher denken.“

Nicken. Was sonst.

„Ich nehme an, Sie wussten nicht, dass ihm die Abschiebung droht, als Sie ihn eingestellt haben.“

In Eigenbroods Augen blitzte Heiterkeit auf. „Natürlich wusste ich das. Es gibt wenig, was ich von meinen Mitarbeitern nicht weiß. Sonst wäre ich kein guter Vorgesetzter.“

Jetzt nickte Roman. „Es hat Sie aber nicht daran gehindert, ihn einzustellen.“

„Warum sollte es? Er hat sich nichts zuschulden kommen lassen, die Abschiebung wäre ungerecht gewesen. Sie kennen doch seine Familiengeschichte. Er musste Geld verdienen und er ist ein fleißiger Bursche, pünktlich und zuverlässig. Solchen Leuten hilft man gerne.“

Roman merkte, dass ihm der Marktleiter sympathisch war. Gerechtigkeit und Rechtmäßigkeit waren tatsächlich nicht immer ein und dasselbe, und dieser Mann schien die Unterschiede zu spüren.

„Und dann haben Sie beschlossen, ihm auch mit der Unterkunft zu helfen“, stellte Roman fest. „Als Vorstandsmitglied des Trägervereins hatten Sie ja den Schlüssel zum Zollhaus.“

Jetzt schüttelte Eigenbrood wieder den Kopf.

Roman war überrascht. „Sie haben ihm den Schlüssel nicht gegeben?“

Nachdrückliches Kopfschütteln, aber der vorher so feste Blick irrte ab.

„Aber Sie wissen, wer es war", hakte Roman nach.

Eigenbrood verlagerte sein Gewicht. Ein nervöserer Mensch wäre vermutlich auf seinem Stuhl hin und her gerutscht. „Ich habe ihm den Schlüssel nicht gegeben."

Roman wartete ab.

„Er hat ihn mir auch nicht gestohlen, falls Sie das glauben. Ich bewahre ihn zu Hause auf." Er zögerte und drehte gedankenverloren den Knopf seines grünen Kittels. „Wir haben natürlich auch zu Hause über die Situation gesprochen."

Roman schwieg.

Eigenbrood zwiebelte den Knopf. Schließlich schien er einen Entschluss gefasst zu haben. „Eines Morgens fehlte der Schlüssel. Abends lag er wieder an seinem Platz. Meine Tochter unterrichtet an der Schule, die Chalid Bihal besucht hat. Ich habe sie nicht gefragt, aber vermutlich hat sie einen Nachschlüssel angefertigt und ihm den gegeben."

Roman nickte. Das passte zu dem Bild, das er von Eigenbrood hatte. Das Richtige zulassen, ohne das Falsche zu tun. Er hätte den Schlüssel, der ihm anvertraut war, nicht aus der Hand geben dürfen und hatte das auch nicht getan.

„Wer konnte denn ahnen, dass so etwas passiert?" Eigenbrood klang verzweifelt. „Die Kinder sollten dort unterschlüpfen, bis entweder Gras über die Sache gewachsen wäre oder wir eine andere Lösung gefunden hätten. Sie haben dort keinen Schaden angerichtet, nur in dem ungenutzten Raum gewohnt und sich still verhalten. Chalid ist regelmäßig zur Arbeit gekommen, hat Geld verdient. Und zu essen konnte er ihnen auch immer etwas mitbringen, Brot vom Vortag, Gemüse, das ich nicht mehr verkaufen konnte, Milchprodukte, die auf der Grenze waren. Sachen, die ich sonst wegwerfen müsste oder zur *Tafel* geben. Da konnte ich sie doch genauso gut direkt denen geben, die sie brauchten." Eigenbrood schluckte. Er stützte die Ellenbogen auf die Tischplatte und legte den grauen Kopf schwer in die Hände. Als er wieder aufsah, wirkte er alt und müde. „Ich habe es doch nur gut gemeint. Ich hätte auch wegschauen können. So tun, als ginge mich das alles nichts an. Dann hätte man diese Kinder aus ihrer gewohnten Umgebung gerissen, in ein fremdes Land abgeschoben, in dem sie eine ungewisse Zukunft erwartete. Das fand ich ungerecht, deshalb habe ich mich eingemischt. – Wenn ich es nicht getan hätte, wären sie noch am Leben."

Roman fiel keine passende Antwort ein. Gerne hätte er Eigenbrood erzählt, dass wenigstens das jüngste Kind noch lebte und außer Gefahr war, aber Lükka und er hatten Stillschweigen darüber vereinbart, bis der Brandstifter gefasst war.

Auch Chalid lebte noch. Aber der stand auf der Liste der Tatverdächtigen ganz oben. Wenn er wirklich aus Überforderung und Verzweiflung das Feuer gelegt hatte – was musste das für Markus Eigenbrood bedeuten?

Eigenbrood hatte sich gefasst. Er legte den Knopf, den er von seinem Kittel abgedreht hatte, bedächtig auf die Tischplatte. „Sie wollen sicher auch noch mit meiner Tochter reden." Er sah auf die Uhr. „Heute erreiche ich sie wohl nicht mehr. Reicht es Ihnen, wenn sie am Montag bei Ihnen anruft?"

„Doch, ich denke schon." Roman zögerte. Eine Frage war noch offen.

Eigenbrood hatte sie offenbar von seiner gerunzelten Stirn abgelesen. „Am Montag war ich übrigens den ganzen Tag hier im Markt, bis acht Uhr abends. Danach waren meine Frau und ich bei Freunden zum Grillen. Die Telefonnummer schreibe ich Ihnen auf." Er hatte schon einen Stift gezückt und notierte Namen und Nummer. „Am Dienstagmorgen war ich beim Großmarkt. – Das wollten Sie doch wissen." Er erhob sich. „Wenn Sie mich jetzt entschuldigen würden – ich erwarte noch einen Lieferanten."

Roman steckte den Notizzettel ein und folgte Eigenbrood zur Tür. Als er sich verabschiedet hatte und sich zum Gehen wandte, fasste Eigenbrood ihn am Arm. „Tun Sie mir einen Gefallen", sagte er ernst. „Finden Sie den Schweinehund."

22.

Wie weit war das denn noch bis zu dieser Wohnung? Chalid rückte mit der linken Hand den Gurt zurecht, der schmerzhaft in seine Schulter schnitt. Das durchgeschwitzte Hemd klebte unter dem Rucksack auf seiner Haut und scheuerte an den Schulterblättern. Aber nicht nur deshalb kam ihm der Weg durch die Fußgängerzone endlos vor. Die Blicke der Passanten schienen sich in seine Haut zu brennen. Jeden Moment musste ihn doch irgendeiner erkennen, mit dem Finger auf ihn zeigen, das Handy hervorholen und die Polizei anrufen.

Metin ging neben ihm. Mit der rechten Hand schob er Chalids Fahrrad, auf dessen Gepäckträger noch immer der Schlafsack klemmte. Er sah Chalid von der Seite an und bemerkte die zusammengezogenen Augenbrauen, den unsteten Blick, der unsicher von einer Straßenseite zur anderen fegte.

„Mach dich locker", sagte er leise. Er lächelte scheinbar unbefangen, aber seine Stimme hatte einen warnenden Unterton. „Wovor hast du Angst? Meinst du, dein Steckbrief hängt an jedem Laternenpfahl und gleich schießt dich der Sheriff über den Haufen?"

Chalid zuckte unbehaglich die Schultern, so gut er das mit dem schweren Gepäck auf dem Rücken konnte. „Ich weiß nicht, ob es eine so gute Idee ist, wenn ich hier am hellen Nachmittag durch die Mühlenstraße spaziere", murmelte er. „Immerhin werde ich gesucht, das weißt du doch."

„Klar. Und wenn du dich weiter so auffällig benimmst, wissen es auch gleich alle anderen hier. Schau dich mal an: Du flüsterst, guckst dich dauernd um und hast den Kopf zwischen die Schultern gezogen, als wenn dich jemand prügelt."

„Das kommt von dem schweren Rucksack. Du kannst ihn ja mal zur Abwechslung tragen, dann ziehst du auch den Kopf ein."

Zu Chalids großer Überraschung blieb Metin sofort stehen

und klappte den Seitenständer des Fahrrads aus. „Gib her, das Teil."

„Nee, geht schon", sagte Chalid verlegen.

„Geht nicht. Ich nehme jetzt den Rucksack und dann wollen wir mal sehen, wie locker du drauf bist." Er griff von hinten an den Rucksack und half Chalid, das pralle und unförmige Gepäckstück zu Boden gleiten zu lassen. Chalids Muskeln schmerzten. Vorsichtig bewegte er die Schultern und bog das Kreuz durch, während Metin die Last routiniert auf den eigenen Rücken schwang.

„Eins musst du dir merken", sagte Metin, als sie sich wieder in Bewegung setzten. „Je kleiner du dich machst, um nicht aufzufallen, desto mehr fällst du auf. Zieh den Kopf ein wie ein geprügelter Hund und du wirst garantiert verdroschen. Guck wie ein gehetztes Karnickel, und jeder macht Jagd auf dich. Ich hab das auf die harte Tour gelernt, schon auf dem Schulhof. Wer so rumläuft wie du, kann sich gleich ein Schild um den Hals hängen, auf dem *Kick me* steht."

Chalid sah ihn von der Seite an. Trotz der Last bewegte Metin sich locker und geschmeidig. Er versuchte, es ihm gleichzutun, ließ die Schultern hängen, die Arme locker pendeln und bemühte sich, mit lässigem Hüftschwung zu gehen.

Neben ihm brach Metin in schallendes Lachen aus. „Wie ein Cowboy, der die Hosen voll hat. Die Arme nicht so weit vom Körper, und die Schultern locker. Mann, wo hast du denn laufen gelernt?"

Chalid wurde rot. Jetzt, wo er auf seine Haltung achtete, kam er sich erst recht plump und ungelenk vor. Zum Glück verließen sie jetzt die belebte Mühlenstraße und bogen nach links in eine kleine Seitengasse ein. Aus dem Bäckerladen wehte Kaffeeduft ins Freie.

„Alles Übung", tröstete Metin. „Ist aber echt schon besser als vorher. Du musst dir immer klarmachen, dass dich keiner beachtet, wenn du nicht durch deine Haltung schreist: Seht her, ich bin's, euer Opfer. Keiner weiß, wer du bist, wovor du wegläufst oder was du vorhast."

„Die Zeitungen sind voll von der Sache“, wandte Chalid ein. „Womöglich waren schon irgendwo Bilder!“

Metin nickte. „Klar, heute Morgen im Fernsehen. – Echt jetzt“, bestätigte er, als er Chalids fassungslosen Blick sah. „Bilder vom Zollhaus, von deinen Geschwistern und von dir. Scheißfoto übrigens.“ Er grinste wieder. „Kein Grund zur Panik. Warum sollte dich einer von denen erkennen?“ Er deutete mit einer Kopfbewegung zurück in Richtung Fußgängerzone. „Die würden eher einen streunenden Kater wiedererkennen als dich. Du bist ein Kanake, vergiss das nicht, wir sehen für die alle gleich aus. Die wissen doch nicht mal, ob sie einen Türken vor sich haben oder einen Syrer, einen Palästinenser oder einen Libanesen, wie sollen sie dich dann erkennen?“ Sie gingen am Gebäude der Landkreisverwaltung vorbei und Metin wies mit einer Kopfbewegung darauf. „Ich wette mit dir: Selbst wenn da jetzt gerade der Kerl aus dem Fenster sieht, der deine Eltern abgeschoben hat, er erkennt dich nicht! – Geh einfach weiter und sieh geradeaus. Immer locker bleiben“, sagte er halblaut. Ein Streifenwagen fuhr an den beiden jungen Männern vorbei. Der Fahrer streifte sie mit einem Blick, der Beifahrer sah zur anderen Straßenseite. Dann war das Auto vorbei und bog nach links in die Friesenstraße ab. Chalid unterdrückte den Impuls, sich den Schweiß von der Stirn zu wischen.

„Siehst du?“, fragte Metin selbstsicher. „Jetzt sind wir auch gleich da. Ist eine ganz nette Gegend, natürlich würde ich auch lieber in einer von diesen Villen hier in der Bergmannstraße wohnen, aber unsere Wohnung ist schon in Ordnung.“ Er lachte. „Gleich um die Ecke geht es um einiges spießiger zu, da wohnen lauter deutsche Rentner, so keifende alte Schachteln.“ Er drohte mit dem gekrümmten Zeigefinger, zog die Lippen zwischen die Zähne und nuschelte heiser und wie zahnlos: „Ungezogenes Pack! Habt ihr keine Kinderstube? Auf dem Rasen dürft ihr nicht Fußball spielen! Macht nicht solchen Lärm, ihr seid hier nicht in Istanbul! Ich rufe gleich die Polizei!“ Seine Stimme kippte weg, als er sich vor Lachen bog. In einiger Entfernung tauchte eine stämmige alte Frau auf, die mit einer Hand ein Einkaufswägelchen hinter sich herzog und mit der anderen einen weißen Zwergpudel. Sie blickte misstrauisch in Chalids und Metins Richtung. Metin deutete eine spöttische Verbeugung an und die Alte verschwand mit ängstlicher Miene durch ein Gartentor. Metin drückte mit Schwung ein anderes Gartentor auf und schob das Fahrrad hindurch. Der schmale Weg neben dem Haus war schattig. Metin stellte das Rad ab und zog einen Schlüsselbund aus der Tasche. „So“, sagte er. „Komm rein. Wir sind zu Hause.“

23.

Bevor er den Supermarkt verließ, durchstöberte Roman noch eine der großen Eistruhen, die im Kassenbereich aufgestellt waren. Quengelware. Obwohl Markus Eigenbrood vermutlich den neutralen Begriff „Impulsartikel" lieber gehört hätte. Überraschungseier und Schokoriegel für die Kinder im Trotzalter. Zigaretten und kleine Fläschchen für die Erwachsenen, die an der Kasse anstanden. Bei Eis und Kaugummis gab es sicher Überschneidungen. Für Jugendliche hatten Zigaretten und Schnapsfläschchen vermutlich eine ähnliche Anziehungskraft wie das bunte Zuckerzeug für die Kleinen, aber da waren sie bei *Maxi* an der falschen Adresse. Für Markus Eigenbrood war das Jugendschutzgesetz nicht nur ein Stück Papier, das man vergrößerte und als Feigenblatt an die Kasse klebte. Seine Angestellten verkauften Minderjährigen nicht mal Streichhölzer oder Likörpralinen. Leider – oder zum Glück, je nach Sichtweise – gab es in Leer andere Quellen. Die Tankstelle am Rand der Innenstadt war bekannt dafür, dass hier jeder alles bekam. Passenderweise in unmittelbarer Nähe des städtischen Jugendzentrums, in dem natürlich striktes Alkoholverbot herrschte. Seltsamerweise hatte Klaus Tiefer noch keinen Cent Strafe bezahlt, soweit Roman wusste, obwohl selbst Wodka an Minderjährige verkauft wurde. Umso höher rechnete Roman es Eigenbrood an, dass der auf das Geschäft mit saufenden Kindern verzichtete.

Roman entschied sich endlich für ein großes Eis mit Schokoladenhülle, ehe er sich widerwillig von der Kälte der Kühltruhe losriss. Schon auf dem Weg zur Kasse bildete sich eine weiße Reifschicht auf der Verpackung. Als Roman vor dem Laden die Hülle entfernte, löste sich in der Gluthitze, die über dem Asphalt des Parkplatzes waberte, bereits ein großes Schokoladenstück und klatschte zu Boden. Roman seufzte. Wieder mal hatte er den Appetit über die Vernunft gestellt. Ein Eis am Stiel war nichts für einen so heißen Sommer, da hätte er besser eins in der Waffel genommen. Hastig schleckte an der freigelegten Breitseite, rettete mit beherztem Biss ein weiteres Stück Schokolade vor dem Absturz. Weiße Sauce tropfte auf sein T-Shirt, die Hände klebten – ein Genuss war das nicht. Schleckend und schmatzend machte Roman sich auf den Weg zu seinem Auto. Dass Eisessen so anstrengend sein konnte! Ein Brummen am Oberschenkel ließ ihn zusammenfahren. Der Eisrest rutschte vom Holzpaddel, hinterließ einen breiten Schmierstreifen auf der Hose und landete mit leisem Klatschen auf Romans nackten Zehen, von wo er in die Sandale sickerte. Roman schauderte und griff mit der linken Hand nach dem Telefon, das in seiner Hosentasche jodelte.

„Sturm", meldete er sich. Es klang klebrig, fand er. Sein Mund war verschmiert und die Haut begann unter der trocknenden Milch-und-Zucker-Schicht zu spannen. „Lükka, bist du das? Du, ich komm gleich rein. – Ja, mit Eigenbrood habe ich gesprochen, war halbwegs ergiebig. – Erzähl ich dir später, ich steh hier noch auf dem Parkplatz und es muss ja nicht jeder mithören. – Und hattest du Erfolg? – Das Alibi stimmt? Schade eigentlich. – Feierabend? Meinst du den Gerichtsmediziner? – Ach so!" Roman Sturm schaute auf die Armbanduhr. „Phantastische Idee. Dann schreibe ich den Bericht morgen Vormittag. – Dir auch!" Zufrieden drückte er auf die kleine Taste mit dem roten Telefonhörer. Jetzt hatte er tatsächlich einen ganzen Freitagabend ohne Arbeit vor sich. Er warf den Eisstiel in den nächsten Papierkorb und schloss sein Auto auf. Statt das Handy wieder einzustecken, legte er es aufs Wagendach und zog sein Portemonnaie aus der Tasche. Da war der Zettel. Roman lächelte, als er die Nummer eintippte. Es tutete lange, ehe abgehoben wurde.

„Eden." Die Stimme klang so schön, wie er sie in Erinnerung hatte.

„Sturm", antwortete Roman. „Ich wollte mich nur erkundigen, wie es Ihrem Hund geht."

Kurzes Schweigen am anderen Ende der Leitung, endlich

ein Lachen. „Ach herrje! Sie sind das. Wollen Sie Ihre Hose jetzt doch reinigen lassen?“

Roman blickte an sich hinunter. „Besser wäre es. Aber keine Sorge, die stecke ich selber in die Waschmaschine.“

„Ist die Verletzung an Ihrem Knie etwa schlimmer geworden?“ Jetzt klang Pia Edens Stimme doch besorgt.

„Nein, meinen Knien geht es blendend.“ Roman betrachtete die dicken Krusten und die Blutergüsse, die mittlerweile bräunlich-violett leuchteten und sich dadurch nicht mehr so krass von seinem braunen Bein abhoben. „So gut, dass ich mich gerne mit Ihnen zu einem Spaziergang verabreden würde.“

Pia Eden lachte, ihre Erleichterung war deutlich zu hören. „Na schön, das bin ich Ihnen wohl schuldig. – Nein, das klingt jetzt blöd. Ich meine, ich gehe gerne mit Ihnen spazieren.“

Roman strahlte. „Sagen wir: halb acht an der Treppe bei der Tourismuszentrale?“

„Acht ist besser. Sind Sie sehr enttäuscht, wenn ich meinen Hund nicht mitbringe?“

Sonnabend

24.

So sollte man immer arbeiten, dachte Roman. Kein Mensch im Haus außer den Kollegen in der Wache. Das Büro noch beinahe kühl, die Fenster weit offen. Roman schaltete seinen Computer ein, um seine Berichte für die vergangenen Tage zu tippen.

Morgens um sieben ist die Welt noch in Ordnung – gab's nicht ein Buch, das so hieß? Er überlegte, ob es sich überhaupt lohnte, für ihn alleine Kaffee zu machen. Ach, was sollte es. Vielleicht kam Lükka ja auch noch rein. Außerdem konnte er jetzt einen starken Kaffee gebrauchen, viel geschlafen hatte er nicht letzte Nacht. Nach dem Telefonat mit Pia hatte er sich zu Hause umgezogen und die eisverschmierten Klamotten zusammen mit den verräucherten Sachen vom Brandmorgen in die Waschmaschine gesteckt und seine klebrigen Sandalen geschrubbt. Dann hatte er alle Fenster sperrangelweit geöffnet. Trotzdem war seine Wohnung immer noch viel zu stark aufgeheizt gewesen, als er schließlich wieder nach Hause gekommen war, obgleich es schon fast zwei Uhr gewesen war.

Roman lächelte, als er das Wasser aus der Glaskanne in die Kaffeemaschine goss und noch eine Extraladung Kaffeepulver in den Filter löffelte. Das „Sie" hatten sie schon beim Kaffee aufgegeben, zum dem Pia ihn eingeladen hatte. Viel gelacht hatten sie, viel geredet. Und waren stundenlang um den Hafen gelaufen, die Promenade entlang, über die neue Fußgängerbrücke zur Nesse und zurück, immer rundrum, barfuß. Pia aus Gewohnheit, Roman, weil seine angeschmorten Sandalen zum Trocknen auf dem Fensterbrett standen. Dann ein Bier getrunken und wieder spazieren gegangen, irgendwann Hand in Hand, später Arm in Arm, bis er Pia schließlich nach Hause begleitet und sich schweren Herzens an der Haustür von ihr verabschiedet hatte. Nur nichts überstürzen.

Der Computer war hochgefahren, die Kaffeemaschine gurgelte leise. Keine Mails im Posteingang, jedenfalls nichts wirklich Wichtiges. Roman öffnete das Schreibprogramm und begann zu tippen.

Roman hatte schon drei Becher Kaffee geleert und der Bericht über das Gespräch mit Markus Eigenbrood war fast fertig, als das Telefon auf seinem Schreibtisch klingelte. Janssen von der Wache. Ob der Kollege Sturm mal eben runterkommen könnte.

Unten in dem kleinen Besprechungsraum redete Meike Sieben in besänftigendem Ton auf eine dicke Frau mit weißen Pudellöckchen ein, die an dem weißen Resopaltisch saß. Die Frau sah nach gefährlichem Bluthochdruck aus. Obwohl es erst kurz nach neun war und noch gar nicht so heiß, hatte sie dicke Schweißperlen auf der Stirn. Das dunkle Rot ihres rundwangigen Gesichtes passte überhaupt nicht zum leuchtenden Rosa ihrer kurzärmeligen Bluse und dem farblich darauf abgestimmten Brillengestell. Als Roman den fensterlosen Raum betrat, sprang die Frau so heftig auf, dass der schwarze Plastikstuhl auf seinen Stahlrohrbeinen nach hinten kippte. Meike Sieben griff geistesgegenwärtig zu und stellte ihn wieder hin. Gut sah sie aus mit ihrer schwarzen Uniform, stand ihr viel besser als die alte grüne. Aber ihr sommersprossiges Gesicht hatte einen ungewöhnlich genervten Ausdruck, fand Roman. Als die Frau den Mund öffnete, konnte er sich denken, warum.

„Was will der denn jetzt hier?“, fragte die Rotgesichtige angriffslustig. „Ist es nicht genug, dass ich mich zu Hause mit diesem Pack rumschlagen muss?“

„Frau Bauer ...“ In Meikes Siebens Stimme klang eine deutliche Warnung. „Wir haben Kommissar Sturm dazugeholt, weil er ...“

„Kommissar?“ Frau Bauers Stimme schwang sich zu einem Keifen empor. „Erzählen Sie mir doch keinen Blödsinn, Fräuleinchen! Wir sind hier in Ostfriesland und nicht in ...“, sie musterte Roman mit abfälligem Blick vom schwarzglänzenden

Scheitel bis zu den braunen Zehen, die aus seinen Sandalenwracks hervorlugten, „... in Afrika oder im wilden Kurdistan.“ Sie schnaubte.

Roman erwiderte den Blick ruhig und mit beinahe wissenschaftlichem Interesse.

Die schwitzende Frau Bauer, deren Gesichtsrot jetzt einen Stich ins Violette angenommen hatte, wandte sich abrupt um und baute sich vor Meike Sieben auf, ohne Roman eines weiteren Blickes zu würdigen. „Ich bin Deutsche und habe jahrelang meine Steuern gezahlt. Da habe ich doch wohl ein Recht darauf, dass Sie sich anständig um meine Probleme kümmern und mich nicht so einem überlassen! Die stecken doch alle unter einer Decke. Kommen her, leben von unserem Geld und dann terrorisieren sie friedliebende Menschen, die nichts weiter wollen, als ihren Lebensabend zu genießen. So eine schöne, ruhige Wohngegend war das, als wir eingezogen sind – und jetzt? Jeden Tag diese Musik und immer stinkt es bis zu unserem Balkon hoch nach Knoblauch, fürchterlich. Und deren Kinder, die sind frech wie Rotz am Ärmel, sage ich Ihnen! Spielen Fußball auf dem Rasen, obwohl der Hausmeister da extra ein Schild aufgestellt hat, dass das verboten ist. Und dauernd ballern sie mit Knallkörpern herum, nicht nur an Silvester. Und dieser junge, bullige Kerl, der mit den anderen da in der Wohnung wohnt. Zum Fürchten. Kurze Haare hat er ja wenigstens“, sie blickte über die Schulter verächtlich auf Romans schulterlange Mähne, „aber das Benehmen! Komm ich da gestern mit dem Hund nach Hause, da hat er doch die Stirn, mich zu grüßen! So katzenfreundlich, mit Bückling. Und der andere, mit den schwarzen Locken, der hat nicht mal den Mund aufgemacht, nur angestiert hat er mich. Eiskalt den Rücken runtergelaufen ist es mir, das können Sie mir glauben. Ich sag Ihnen, Fräuleinchen, Terroristen sind das alle, lassen einen nicht in Frieden leben.“

„Was macht Sie denn nun so ... besorgt?“, fragte Meike Sieben, mühsam beherrscht.

„Das sage ich Ihnen doch: Ich fühle mich bedroht von diesen ... Leuten ... aus der Friesenstraße.“

„Ja, das sagten Sie schon. Mehrfach. Deshalb haben wir ja auch den Kollegen eingeschaltet, der für Gewaltdelikte zuständig ist. Wenn Sie sich jetzt wieder hinsetzen und ihm in Ruhe alles berichten ...“

„Damit er hinterher gleich zu seinen Kumpanen läuft und denen alles erzählt? Denken Sie, ich will heute noch ein Messer in den Rücken bekommen? Denen ist doch alles zuzutrauen. Oder sie stecken mir das Haus über dem Kopf an, wie sie es mit dem Zollhaus gemacht haben!“

Meike Sieben sah Roman hilfesuchend an.

„Tja, Frau Kollegin, da kann ich wohl nichts machen. Begleiten Sie Frau Bauer bitte zum Ausgang. Vielleicht mag sie ja nächste Woche wiederkommen, da haben meine arischen Kollegen wieder Dienst.“ Roman zwinkerte Meike Sieben im Gehen zu und ignorierte das Zetern, das ihn über den Flur verfolgte. Er ging hinüber zur Wache. Eben Janssen Bescheid sagen, dass Meike die Aussage notieren sollte, der Vollständigkeit halber, und dass Frau Bauer keinen Wert auf die Hilfe von Kommissar Sturm legte.

Janssen schaute kaum auf, als Roman die Tür öffnete. Er hob nur kurz die rechte Hand, um zu signalisieren, dass er ihn gesehen hatte. In der linken hielt er den Telefonhörer, sein Gesicht war konzentriert. „Wie viele?“, hörte Roman ihn sagen. „Verstehe. – Ja. – Gebe ich weiter. – Wir schicken Einsatzkräfte hin. Danke, gleichfalls.“ Janssen beendete das Telefonat mit einem Tastendruck, behielt aber den Hörer in der Hand und wählte sofort wieder. Roman schlenderte ans andere Ende des Raumes, um Janssen nicht zu stören, der inzwischen offenbar Funkkontakt mit den Einsatzwagen aufgenommen hatte. Durch die große Glasscheibe sah Roman, das Lükka Tammling das Gebäude betrat. Gut, dass er genug Kaffee gebrüht hatte. Er winkte hinüber, sie stutzte und grüßte zurück, ehe sie im Treppenhaus verschwand. Janssen sprach immer noch, endlich drehte er sich zu Roman um.

„Was Größeres?“, fragte Roman.

„Kann ich noch nicht genau sagen“, entgegnete Janssen.

„Aber wir sollten für alle Fälle ausreichend Leute vor Ort haben. Deshalb fahren jetzt ein paar Wagen zum Bahnhof rüber."

„Ach, ist wieder Regionalliga? Oldenburg gegen Meppen?" Wenn die VfB-Fans aus Oldenburg in Leer in den Zug nach Meppen umstiegen, musste schon mal eine halbe Hundertschaft von Polizisten verhindern, dass es schon vor der Ankunft im Emsland Randale gab. Als hätte die Polizei nichts Besseres zu tun, als sogenannte Fußballfans in Schach zu halten.

Aber Janssen schüttelte den Kopf. „Eben kam die Meldung rein, dass eine größere Gruppe Nazis in Bremen in den Zug gestiegen ist. Vielleicht wollen sie nur bis Oldenburg, vielleicht auch bis Emden weiter. Aber solange wir nicht sicher wissen, dass sie nicht hier in Leer aussteigen wollen, schicke ich lieber ein paar Wagen mehr hin. Nicht, dass es noch Ärger mit dieser Mahnwache am Zollhaus gibt."

„Du glaubst, das könnte was mit dem Brand zu tun haben?", fragte Roman.

Janssen zuckte die Schultern.

„Was heißt überhaupt: größere Gruppe?", wollte Roman wissen. Im Geiste sah er hundert oder mehr Glatzen mit Springerstiefeln aus dem Zug quellen und sich auf das armselige Demonstrantenhäuflein an der Zollhausruine stürzen. Er war auf einmal sehr froh, dass er nicht zum Einsatz- und Streifendienst gehörte und den Nazis gegenübertreten musste. Wenn schon eine gesetzestreue ostfriesische Rentnerin sich nicht davon beeindrucken ließ, dass er Polizist war, wie würden dann erst bekennende Ausländerfeinde auf einen dunkelhäutigen Bullen reagieren?

Janssen winkte beschwichtigend. „Die Kollegen von der Bundespolizei haben etwa zwölf bis fünfzehn gezählt. Also nichts, was wir mit unseren Kräften nicht kontrollieren könnten. Und wahrscheinlich kommen sie ohnehin gar nicht hierher. Wer weiß", er grinste Roman an, „vielleicht machen sie nur einen Familienausflug zu einer der Inseln. Legen sich da an den Strand, um so richtig braun zu werden." Er lachte noch, als Roman wieder unterwegs zu seinem Büro war.

25.

Lükka hatte sich schon einen Kaffee eingegossen und stand mit der Tasse am offenen Fenster. Sie begrüßte Roman mit einem Lächeln. „Du musst ja schon eine ganze Weile hier sein. Der Kaffee ist schon völlig eingedickt auf der Heizplatte." Sie trank einen großen Schluck. „Ist mächtig was los in der Stadt."

Roman füllte seinen Becher ein viertes Mal, ließ zwei Würfel Zucker hineingleiten und goss Dosenmilch dazu. Der Kaffee wurde kaum heller und roch wirklich schon etwas brenzlig. Roman rümpfte die Nase. „Erinnere mich dran, dass ich eine Thermoskanne kaufe."

„Wolltest du das nicht schon letzten Monat?"

Roman trank einen Schluck und verzog das Gesicht. „Jetzt mach ich es aber wirklich. – Sind so viele Leute zum Shoppen unterwegs? Bei der Wärme kann ich mir echt was Schöneres vorstellen." Mit Pia an den Badesee fahren, zum Beispiel. Aber das sagte er natürlich nicht.

„Nein, nach Einkaufsbummel sahen die nicht aus. Eher nach Ärger", sagte Pia.

Roman sah sie erschrocken an. „Sag bloß, die Nazis sind schon angekommen! Ich dachte, die sitzen noch im Zug."

Jetzt war es Lükka, die einen Schreck bekam. „Wieso Nazis?"

Roman berichtete ihr, was Janssen gesagt hatte.

Lükka nagte an ihrer Unterlippe. „Das in der Stadt sind bestimmt keine Nazis, die sahen mir eher nach autonomen Linken aus. Keiner dabei, den ich kenne, also vermutlich von außerhalb angereist."

Roman pfiff leise. „Und eine Gruppe Nazis im Zug Richtung Nordwesten. Das nenne ich Zufall!" Er griff zum Telefonhörer und wählte Janssens Nummer. Dass die Glatzen nach Oldenburg wollten oder auf die Insel zum Sonnenbaden, hielt er mittlerweile für ausgeschlossen.

„Ich habe übrigens Bungeroths Alibi überprüft", sagte Lükka, als Roman das Telefongespräch beendet hatte. „Er hatte tatsächlich einen Auswärtstermin, wie er gesagt hat, und war über Nacht weg."

„Wirklich schade", antwortete Roman.

„Schon", gab Lükka zu. „Aber dieser Termin klingt sehr interessant. Bungeroth hat sich mit einem Architekten getroffen, der sich auf Großprojekte und Städtebau spezialisiert hat."

„Aha. Und um was für ein Projekt ging es?"

Lükka grinste. „Es läuft seit einiger Zeit ein Ideenwettbewerb zur Neugestaltung des gesamten Bereichs am nördlichen Handelshafen. Die Nesse-Halbinsel ist ja nach der Sanierung schon ganz schick geworden, jetzt will der Bürgermeister den Hafen aufwerten und die runtergekommenen Ecken mit den stillgelegten Gleisen und dem Brachgelände auf Vordermann bringen. Und dazu gehört auch die Gegend des alten Docks zwischen Bahnhof, Post, Polizei und Innenstadt." Sie sah Roman gespannt an.

„Zwischen dem Bahnhof und der Post? Aber dort steht doch das Zollhaus! Ich meine: Dort *stand* es."

„Richtig. Und die Pläne, die bisher vorliegen, sehen unter anderem vor, den zugeschütteten Hafenteil wieder aufzubaggern und das ganze Gelände neu zu gestalten. Die Stadt hat für das Sanierungsprogramm Nesse/Dock schon gewaltige Mittel besorgt, das ist ein Millionending."

„Und dieses Ding würde unser Freund Bungeroth sicher nur zu gerne drehen." Roman nickte. „Das passt. Er hat genügend Mitarbeiter, da ist sicher auch einer dabei, der mal einen kleinen Sondereinsatz vor Dienstbeginn übernehmen kann. Während der Chef schön weit weg ist, legt einer seiner Leute das Feuer. – Na, dann lass uns mal schauen, wo Bungeroths Leute die Nacht zum Dienstag verbracht haben."

Sie waren noch nicht lange wieder an der Arbeit, als die Tür aufgerissen wurde.

„Lükka, mein Sahneschnittchen!" Dixi Baukloh ignorierte Lükkas Stirnrunzeln und zog sich schwungvoll den Besucherstuhl heran, schwang ihn mit der Lehne nach vorne und setzte sich rittlings darauf. „Heute Nachmittag trinken wir beide einen Kaffee. Du zahlst!"

„Ganz bestimmt trinke ich heute noch Kaffee. Was du machst, ist mir so was von egal, solange du mich in Ruhe lässt."

Dixi grinste. „Diesmal kommst du mir nicht so davon, Wir haben schließlich einen Deal gemacht gestern. Ich bringe dir deinen Brandstifter und du lädst mich zum Kaffee ein."

„Es ist genauso gut Romans Brandstifter", wandte Lükka ein. „Lass dich doch von ihm einladen."

„Ach, weißte ... Aber Roman kann dir gerne das Geld mitgeben. Krieg ich noch ein Stück Kuchen dazu."

„Dann solltest du dich jetzt aber schnell auf den Weg machen. Sonst hast du unseren Fall bis heute Mittag nicht gelöst", meinte Roman.

Dixis Grinsen wurde noch ein paar Zentimeter breiter. „Warum bis zum Mittag warten? Der frühe Vogel fängt den Wurm, sagt man doch so schön." Er sprang auf und deutete mit einer weit ausholenden Geste zur Tür. „Wenn mir die Herrschaften bitte folgen würden. Es ist serviert!"

Er führte die beiden nicht zu seinem Büro, sondern nach unten in einen der Besprechungsräume in der Nähe des Zellentraktes. „Macht's euch schon mal gemütlich. Bin gleich wieder da." Weg war er.

Was für einen armen Wurm hat unser komischer Vogel da wohl gefangen, dachte Roman. Wurm traf es schon ganz gut, fand er, als Baukloh zurückkam, am linken Handgelenk die Handschellen, an deren anderen Ende er seinen Fang förmlich hinter sich herzog. Lang und dünn war er, das Gesicht blass und verängstigt. Um die langen Beine schlotterte eine verwaschene bunte Batikhose, die bleichen Füße steckten in lila Badeschlappen. Er bemühte sich, den Abstand zu Dixi so groß zu halten, wie es seine Armlänge zuließ. Für Sekundenbruchteile starrte er Lükka und Roman an, dann irrten seine Augen ab. Zur gegenüberliegenden fensterlosen Wand, kurz und scheu zu Dixi, zur Zimmerdecke. Zurück zu Lükka, dann zur Tür.

„So, Herr van der Tuin“, sagte Dixi barsch. „Jetzt setzen Sie sich hier an den Tisch.“

Der bunte Wurm wand sich, bog seinen hageren Körper von Dixi fort und wandte den Kopf ab. Sonst rührte er sich nicht von der Stelle. Es schien Roman, als sei Dixis Anweisung gar nicht bis zu ihm vorgedrungen.

„Sie sollen sich dort hinsetzen“, wiederholte Dixi. Mit der freien rechten Hand deutete er erst auf van der Tuin, dann auf den Stuhl.

Eine Badelatsche bewegte sich. Rückwärts, Richtung Ausgang. In van der Tuins Blick flackerte Panik auf, als Dixi seinen eigenen linken Arm stärker anwinkelte, um den Gefangenen in die geforderte Richtung zu dirigieren. Wie ein gefangenes Eichhörnchen, dachte Roman. Nur Panik und Fluchtinstinkt. So ist mit ihm nichts anzufangen.

„Vielleicht können wir die Handschellen besser abnehmen“, schlug Lükka vor, die offenbar den gleichen Gedanken hatte. „Dann können wir uns bequemer unterhalten.“

Sie fing einen Blick des Fremden auf. Ein Anflug von Erleichterung stand darin. Verstanden hatte er sie also offenbar.

Dixi schüttelte den Kopf. „Dann krieg ich den nachher nicht wieder in seine Zelle. Ist zappelig wie ein Aal.“

„Luft“, flüsterte van der Tuin auf einmal. „Ich bekomme kein Luft hier.“ Er hatte einen starken niederländischen Akzent. „Zu eng!“

Roman stellte sich die karge Gewahrsamszelle vor, jetzt dieser fensterlose kleine Verhörraum. Jemand, der an Klaustrophobie litt, musste da Höllenqualen leiden, wenn er dann auch noch gefesselt war.

„Müssen wir das Gespräch unbedingt hier führen?“, fragte er. „Bei uns oben ist es hell und luftig.“ Er sah Lükka an, die zustimmend nickte.

Dixi zögerte.

Van der Tuin starrte auf seine Zehen. „Luft“, wiederholte er. „Oben ist besser“, erklärte er seiner Sandale. „Mit Fenster. Ist besser.“

„Na ja. Gut“, meinte Dixi schließlich. „Aber dass Sie ja keine Dummheiten versuchen.“ Er öffnete die Tür und van der Tuin wand sich hindurch, den Polizisten hinter sich herziehend wie ein ungebärdiger Hund. Für seine magere Statur hatte er erstaunlich viel Kraft. Im Flur ging es besser. Van der Tuin trabte brav neben Dixi her, bis sie das Büro von Roman und Lükka erreicht hatten. Durch das offene Fenster wehte das Jaulen von Martinshörnern herein. Roman meinte, Trillerpfeifen und Geschrei zu hören.

„So, Herr van der Tuin. Ist hier genug Luft?“, fragte Roman.

Der Holländer nickte heftig. „Besser.“ Sein schmaler Körper schien sich etwas zu entspannen, auch wenn er noch immer den größtmöglichen Abstand zu Dixi Baukloh suchte. Ich sag ihm doch immer, dass sein Aftershave unerträglich stinkt, dachte Roman. Aber der hört ja nicht auf mich. Er setzte sich hinter seinen Schreibtisch und deutete auf den Stuhl, der davor stand.

Lükka schloss die Tür und blieb daneben stehen, als müsse sie van der Tuin an der Flucht hindern. Der Holländer warf ihr einen schnellen Blick zu, dann ließ er sich auf der Vorderkante des Stuhls nieder, wobei er sich so drehte, dass er zwar das Fenster im Blick hatte, Lükka aber aus den Augenwinkeln beobachten konnte.

Dixi war neben dem Stuhl stehen geblieben. „Kannst du die Tür eigentlich abschließen?“, fragte er.

Lükka nickte und drehte den Schlüssel im Schloss.

Jetzt nestelte Dixi einen kleinen Schlüssel aus seiner Hosentasche und öffnete die Schelle an seiner linken Hand, dann an van der Tuins rechter. „Ihr helft mir dann nachher, das Vögelchen in den Käfig zurückzubringen“, forderte er. „Zu dritt sollten wir das ja schaffen.“

Van der Tuin zog seine befreite Hand zurück, als hätte er sich verbrannt, und begann, sein knochiges Handgelenk zu reiben. Als Dixi sich den zweiten Besucherstuhl heranzog und sich neben ihn setzte, hoppelte er mit seinem Stuhl ein Stück seitwärts und nach vorne. Dixi sah aus, als wollte er ihm folgen, zuckte dann aber die Schultern und blieb, wo er war.

Lükka rollte sich ihren Schreibtischstuhl heran und angelte ihr Notizbuch vom Tisch. „Sie heißen also van der Tuin?“, begann sie.

Der Mann nickte. „Henk van der Tuin. 38 Jahre alt. Niederländischer Staatsbürger“, spulte er ab, den Blick an Lükkas rechtem Ohr vorbei zum Fenster gerichtet.

„Und Sie wissen, weshalb Sie hier sind?“

Ein schneller Blick zu Dixi, dann zur Zimmerdecke. Nicken. „Das ist wegen die Geheimdienst.“

Lükka warf einen fragenden Blick auf Dixi. Der schüttelte den Kopf und machte hinter van der Tuins Rücken mit dem Zeigefinger eine kreisende Bewegung in Schläfenhöhe. Schraube locker, hieß das wohl.

„Die Geheimdienst“, erklärte van der Tuin, den Blick zur Abwechslung auf Romans Schulter geheftet, „die macht mir immer Ärger. Seit Jahren schon.“ Er zupfte nervös an seinem Ohrläppchen, dann rieb er mit beiden Händen die mageren Unterarme unter den weiten Ärmeln seines grün-gelb gestreiften Hemdes. Ich möchte ja nicht wissen, wie diese Unterarme aussehen, dachte Roman.

„Sie sind hier aber nicht beim Geheimdienst, sondern bei der Kriminalpolizei“, erklärte Lükka geduldig.

Henk van der Tuin schrak zusammen. „Mit die Polizei habe ich nie zu tun.“ Er hob abwehrend beide Hände. „Das ist alles die Geheimdienst. – Der da“, er beugte sich verschwörerisch vor und wies mit dem Daumen auf Dixi, der hinter ihm saß, „der ist einer von *denen*.“ Sein Blick glitt knapp an Romans Augen vorbei und kreiste wieder zur Decke. Als Dixi Baukloh sich auf seinem Stuhl bewegte, kroch van der Tuin in sich zusammen und zog den dünnen Hals zwischen die bunten Schultern.

„Henk van der Tuin ist einer unserer treuesten Kunden“, warf Dixi ein. „Wir sammeln ihn immer wieder mal auf, meistens im Zug, manchmal kommt er aber auch per Anhalter über die Grenze. Wir nehmen ihm sein Dope weg und bringen ihn wieder rüber. In der letzten Zeit habe ich ihn allerdings nicht gesehen, hat vermutlich zu Hause im Knast gesessen. Deshalb habe ich ihn auch auf dem Foto erst nicht erkannt."

„Wo waren Sie am vergangenen Dienstag, Herr van der Tuin?", fragte Roman.

Der Holländer sah fragend Romans Hals an. „Welche Tag?"

„Dienstag", wiederholte Roman. Was hieß das auf Niederländisch? Er zählte an den Fingern vor: „Montag, Dienstag, Mittwoch ... heute ist Sonnabend. Zaterdag."

„Ach ja. Dienstag. Da war ich in Groningen. Bisschen einkaufen." Zum ersten Mal huschte etwas Ähnliches wie ein Lächeln über sein Gesicht, das seine gelben lückenhaften Zähne entblößte.

„Den ganzen Tag?" Lükka zog die Mappe mit den Fotos aus ihrer Schublade und legte sie auf Romans Schreibtisch.

Van der Tuin nickte nachdrücklich. „Ich war lange nicht in Deutschland. Wegen die Geheimdienst muss ich immer umziehen, sie haben mich viel ... sagt man viel? – verfolgt die letzte Zeit. Gestern war ich die erste Mal wieder hier. Und dann ..." Er warf einen feindseligen Blick über die Schulter auf Dixi. „... war da dieser Mann mit den roten Haaren." Er schauderte und beugte sich zu Roman hinüber. „Sie haben sich nicht die Haare gefärbt?"

Roman schüttelte verwundert den Kopf.

Van der Tuin atmete auf. „Das ist gut. Wenn Sie rote Haare hätten, könnte ich nicht mit Ihnen reden. Zu gefährlich."

„Sie meinen, Rothaarige sind ... gefährlich?", vergewisserte sich Roman.

Der Holländer nickte. „Sicher. Alles Böse, was ich erlebt habe, das waren alles Leute mit roten Haaren. Ich rede nie mit Rothaarigen."

Das erklärt manches, dachte Roman. Also war doch nicht Dixis Rasierwasser schuld. „Aber mit mir können Sie reden", beteuerte er. „Ich will Ihnen nichts Böses tun, ich habe nur ein paar Fragen an Sie." Er versuchte, van der Tuins Blick im Vorbeifliegen aufzufangen, aber der klebte schon an der Schreibtischlampe. Roman griff nach Lükkas Klarsichtmappe und zog das Foto heraus, das Noormann am Dienstagmorgen beim Zollhaus aufgenommen hatte. Er betrachtete das Bild, verglich es mit dem Mann, der vor ihm auf dem Besucherstuhl kauerte und nervös mit den Zehen wippte. Die langen blonden Haare und die schmale Gestalt passten. Das Gesicht auf dem Foto war nicht ganz scharf, aber eine Ähnlichkeit war deutlich zu sehen. Keinen Zweifel ließ die Kleidung übrig. Das gelbgrüne Hemd, die bunte Batikhose – Henk van der Tuin schien seine Klamotten nicht allzu häufig zu wechseln. Das roch man allerdings auch.

„Herr van der Tuin, sind Sie sicher, dass Sie am Dienstag nicht hier in Leer waren? Vielleicht waren Sie ja an einem anderen Tag in Groningen?"

Van der Tuin schüttelte den Kopf so heftig, dass die blonden Strähnen flogen.

„Dieses Foto hier zeigt Sie." Roman drehte das Bild so, dass van der Tuin es sehen konnte. Der Holländer griff hastig danach, sah es an und wurde noch blasser. „Ich habe es gewusst", murmelte er. „Sie verfolgen mich. Überall. Hat der da es gemacht?" Er zeigte mit einer ruckartigen Kopfbewegung auf Dixi.

„Sie erkennen sich auf dem Bild."

Van der Tuin nickte.

„Das heißt, Sie waren in Leer, und zwar am Dienstag, früh morgens."

„War das Dienstag? Dann war ich vielleicht Montag in Groningen, kann sein. Warum ist das wichtig?"

„Weil wir Sie danach gefragt haben, zunächst mal", sagte Roman scharf.

Van der Tuin sank auf seinem Stuhl zusammen. Von draußen klangen laute Stimmen durchs offene Fenster, irgendetwas klirrte. Im Büro war es still. „Gut, ja. Ich war in Leer. Ich darf doch reisen, wir leben in der EU. Jeder darf reisen, nur ich soll nicht?"

„Wann sind Sie angekommen?"

Van der Tuin zuckte mit der linken Schulter. „Na, morgens.

Mit dem Zug. Weiß nicht, wie spät das war." Er hob den linken Arm. „Ich habe keine Uhr mehr. Ist gestohlen worden, als ich auf die Flucht war."

„Vor dem Geheimdienst", half Lükka aus.

Van der Tuin nickte.

„Kurz nachdem Sie dort fotografiert worden sind, ist ein Feuer ausgebrochen", sagte Roman. „Haben Sie etwas beobachtet? War jemand bei dem Gebäude, als Sie da waren?"

„Ja, sicher."

Roman hob die Augenbrauen. „Können Sie die Person beschreiben?"

„Welche Person?"

Allmählich verlor Roman Sturm die Geduld. Er holte tief Luft, um sich zu beruhigen. „Die Person, die Sie beim Zollhaus gesehen haben."

Henk van der Tuin sah ihn zum ersten Mal an. „Ich habe niemanden gesehen."

Das darf doch nicht wahr sein, dachte Roman. „Sie sagten, es war jemand dort."

„Sicher. Es muss einer da gewesen sein. Er hat doch das Foto gemacht. Aber gesehen habe ich ihn nicht, der war getarnt."

Es war nicht zu fassen! Ganz ruhig, Roman, dachte Roman.

26.

Es war ein hartes Stück Arbeit gewesen, Henk van der Tuin nach der Vernehmung in die Gewahrsamszelle zurückzubringen. Wie ein Iltis hatte er sich gewunden, gekratzt und gebissen, als Dixi ihm die Handschellen wieder anlegen wollte. Erst als der böse Rothaarige sich vor dem offenen Fenster postiert hatte, war es Lükka und Roman unter gutem Zureden gelungen, sich der Ecke hinter dem Aktenschrank zu nähern, in die der Holländer sich geflüchtet hatte. Zitternd hatte er dagestanden, an die Wand gedrückt, als Roman das Eisen um sein Handgelenk geschlossen hatte. Vermutlich hatte ihm nicht nur die Angst im Nacken gesessen, sondern auch der Entzug zeigte Wirkung.

Jetzt saß Henk van der Tuin wieder auf der gemauerten Pritsche mit der dünnen Matratze und wartete auf seinen Termin beim Haftrichter. Trotzdem spürte Roman nicht die Erleichterung, die sich sonst mit der Lösung eines Falles einstellte. Auch Lükka schien unzufrieden. Sie stand am Waschbecken, den blutbefleckten Ärmel ihrer Bluse hochgeschoben, und betupfte mit einem Papiertaschentuch die Kratzer, die van der Tuin ihr verpasst hatte. Roman meinte, neben den frischen Schrammen noch ältere Verletzungen zu sehen. Einige waren nur als weiße Striche zu erkennen, andere hatten schorfige Krusten. Die konnten nicht von vorhin sein. Trug Lükka deswegen immer lange Ärmel? Woher konnten diese Kratzer stammen? Von einer Katze hatte sie ihm nie etwas erzählt und einen Garten mit Rosensträuchern oder anderen Dornengewächsen hatte sie auch nicht, soweit Roman wusste. Sie wirkte in letzter Zeit so verändert, ihr Herumstochern im Essen, ihre Reizbarkeit – vielleicht hatte sie größere Probleme. Er hatte oft davon gehört, dass Menschen sich selbst verletzten, um seelischen Druck abzubauen. Dass seine Kollegin zu ihnen gehörte, mochte er sich nicht vorstellen.

„Geh damit mal lieber zum Arzt“, empfahl Roman. „Wer

weiß, was der unter den Fingernägeln hat – nicht, dass du dir noch was wegholst."

„Hmm, später." Lükka holte ein Paket Heftpflaster aus ihrer Umhängetasche und klebte einen breiten Streifen auf die schlimmste Schramme. Sie ließ den Abfall in den Papierkorb fallen, ein Papierfetzen segelte daneben und landete auf dem Teppichboden. Sie schien es nicht zu bemerken. Sie drehte ihren Schreibtischstuhl so, dass sie aus dem Fenster blicken konnte, und versank in dumpfes Brüten.

Warum habe ich nicht das Gefühl, dass wir den Brandstifter da unten sitzen haben?, dachte Roman. Auf den ersten Blick schien es zusammenzupassen. Henk van der Tuin, drogenabhängiger Kleindealer mit einer gepflegten Paranoia, fühlte sich verfolgt. Die Dienststelle des Zolls, für ihn das Hauptquartier des Geheimdienstes, war der Unterschlupf seiner Feinde. Er nahm sich also ein paar Flaschen Verdünnung oder Benzin und legte Feuer, um den Gegner auszuräuchern, vielleicht ein paar Akten zu vernichten, die ihn belasteten. Beckmann, den sie über das Ergebnis der Vernehmung informiert hatten, war jedenfalls begeistert gewesen und hätte am liebsten sofort eine Pressekonferenz angesetzt.

Allerdings war in der Stadt inzwischen so viel los, dass niemand die Zeit hatte, sich von Beckmann die Welt erklären zu lassen. Der Zug aus Bremen war angekommen und weitergefahren, die paar Glatzen waren ausgestiegen und von den Kollegen eingekesselt worden.

Klares Ablenkungsmanöver, denn die richtige Kampftruppe war mit Autos gekommen. Vielen Autos, die auf der Großen Bleiche und in den Seitenstraßen parkten. In der Brunnenstraße standen sie doppelreihig, nicht mal die Abschleppwagen kamen da durch. Seit dem Mittag zogen große Gruppen durch die Innenstadt, nicht einfach Glatzen mit Springerstiefeln, sondern schwarz gekleidete Nationale Autonome. Bis die Bereitschaftspolizei aus Oldenburg endlich eingetroffen war, hatten die Nachwuchs-SA-Männer die Mahnwache am Zollhaus auseinandergetrieben, und mehrere Demonstranten und ein halbes Dutzend Polizisten saßen mit blutenden Nasen, Platzwunden und Prellungen auf den Fluren vor den Notaufnahmen der beiden Krankenhäuser.

Die linken Autonomen, die Lükka morgens in der Stadt gesehen hatte, hatten die Herausforderung angenommen und den Rechten ein paar handfeste Keilereien geliefert. Ein Zug Bepo hatte sich schließlich dazwischengedrängt und es geschafft, die langsamsten Randalierer einzusacken.

Janssen hatte Roman von den Ereignissen berichtet, als dieser nachmittags noch einmal auf die Wache gegangen war, um ihm fürs Tagebuch den Verlauf des Zwischenfalls mit Frau Bauer zu schildern. Wegen der Meldung mit den anreisenden Nazis hatte er das am Morgen glatt vergessen gehabt.

Im Moment herrschte wieder Ruhe auf den Straßen.

Roman sah auf die Uhr. Schon nach halb vier, sein Magen knurrte, seit heute früh um kurz nach sechs hatte er nichts gegessen. Er suchte in seinem Aktenstapel, aber die Schokolade war alle. Verdammt, für vier hatte er sich mit Pia verabredet, es wurde höchste Zeit, dass er loskam. Hier konnte er jetzt ohnehin nichts mehr tun. Die Berichte waren getippt, van der Tuin sicher verwahrt, die Fahndung nach Chalid Bihal lief weiter. Wenn irgendetwas passierte, war er immer noch übers Handy zu erreichen. Er hob den Hörer seines Telefons ab und tippte die Tastenkombination ein, die jeden Anruf auf sein Mobilgerät umleiten würde. Lükka sah kaum auf, als er sich von ihr verabschiedete.

27.

In der Mühlenstraße liefen die ersten Aufräumungsarbeiten. Vor der Buchhandlung knieten mehrere Angestellte auf dem Pflaster und klaubten die Bücher zusammen, die aus dem umgestürzten Stiegen gefallen waren und verstreut und schmutzig im Straßenstaub lagen. Beim Telefonladen war eine Scheibe zu Bruch gegangen, der Verkäufer war mit einer großen Rolle breiten Klebebandes dabei, die Scherben zu fixieren. Ein Sonnenschirm lag quer über der Straße und mehrere Kleiderständer standen nackt in einem Haufen bunter Textilien.

Pia Eden saß schon vor dem Eiscafé, als Roman zehn Minuten zu spät eintraf. Roman erschrak, als er sie sah. Sie lächelte ihm zwar zu, aber ihre Lippe war geschwollen und auf ihrem linken Wangenknochen schillerte ein großer Bluterguss.

„Wer hat dich denn so zugerichtet?", fragte Roman entsetzt, als er sich zu ihr an den Tisch setzte und ihr vorsichtig einen Kuss auf die unverletzte Wange drückte. Pia zuckte die Schultern. „Kann ich gar nicht so genau sagen. Es ging alles so schnell und völlig durcheinander. Auf einmal waren alle auf einmal da, ein gewaltiges Schreien, Schieben. Kann ein Nazibaseballschläger gewesen sein, vielleicht auch ein Polizeiknüppel. Ich glaube nicht, dass noch irgendjemand sich drum gekümmert hat, auf wen er gerade einschlägt. Ich habe nur noch zugesehen, dass ich aus dem schlimmsten Gewühl rauskam."

Pia war in den Tumult beim Zollhaus geraten ... Roman wurde übel, als er sich vorstellte, was ihr hätte passieren können. Klar, er hatte sie ja gestern schon unter den Demonstranten gesehen.

„Ist ja nicht allzu viel passiert", beschwichtigte Pia ihn mit einem Achselzucken, als sie Romans besorgten Blick sah. „Wer sich engagiert, der kriegt auch mal Kloppe. War mir immer klar, zumindest theoretisch."

Roman nickte. Er hatte damit schon seine praktischen Erfahrungen gesammelt. Ihm fiel ein, dass Pia noch gar nicht wusste, wofür er seine Knochen hinhielt und woher er seine blauen Flecken bezog, wenn er sich nicht gerade von Eisbärenhunden über den Haufen rennen ließ. Bisher hatte sich das einfach nicht ergeben. Roman war gerne Polizist, meistens jedenfalls, aber er hatte es sich abgewöhnt, gleich beim ersten Date über seinen Beruf zu reden. Das hatte schon zu oft die romantische Stimmung verdorben. Entweder hatten die Frauen sofort ihre Unbefangenheit verloren und waren auf Distanz gegangen, oder sie hatten ihm im Gegenteil Löcher in den Bauch gefragt und ihm das Gefühl vermittelt, seine Dienstmarke wäre wesentlich aufregender als er. Irgendwann würde er Pia natürlich erzählen, dass er Bulle war, aber vielleicht nicht gerade jetzt. Erst mal abwarten, wie sich die Geschichte weiterentwickelte.

Einträchtig schweigend löffelten sie ihr Eis. Pia hatte sich einen Becher bestellt, der Romans in der Größe ebenbürtig war. Allzu lange würde das süße Zeug sicher nicht vorhalten, aber für den Moment fühlte Roman sich angenehm satt und zufrieden. Er zahlte und sie wollten gerade aufbrechen, als sich Pias Handy meldete. Dreimal kurz, zweimal lang, dreimal kurz. Sie zog es aus der Jeanstasche und las die Kurznachricht, während Roman schon ein paar Schritte die Mühlenstraße entlangging. Stirnrunzelnd beendete sie das SMS-Programm. „Kleinen Moment noch“, rief sie Roman nach. „Ich muss kurz mal telefonieren.“ Sie tippte eine Nummer ein.

Roman setzte sich auf ein Bank und wartete. In diesem Augenblick düdelte sein eigenes Telefon. Passte ja prima. Er holte es aus der Brusttasche seines Hemdes und drückte die grüne Taste. „Sturm“, meldete er sich. Niemand antwortete. „Hallo, wer ist da?“ Sein Blick fiel auf Pia, die wenige Meter entfernt stand, ihr Telefon am Ohr. Sie sah ihn fassungslos an.

28.

Trotz seiner langen Beine fiel es Roman schwer, mit Pia Schritt zu halten, die die Mühlenstraße hinuntereilte, ohne sich nach ihm umzusehen.

„Nun warte doch eben. Pia! Hör mir doch mal zu, bitte!"

Sie blieb so abrupt stehen, dass Roman fast mit ihr zusammengestoßen wäre. „Was soll ich mir denn anhören, bitteschön? Dass du dich nur mit mir verabredet hast, um mich auszuhorchen? Dass dein Fall so unglaublich wichtig ist und du über mich unbedingt an Chalid herankommen wolltest? Danke, das muss ich mir nicht anhören, das ist mir auch so klar." Ihr Blick flammte vor Wut und verletztem Stolz.

Roman starrte sie an. „Was hat Chalid damit zu tun?", fragte er entgeistert.

„Tu doch nicht so unschuldig", fauchte Pia. „Gestern Nachmittag hast du von meinem Vater erfahren, dass ich Chalid den Zollhausschlüssel gegeben habe, gleich danach wolltest du dich unbedingt mit mir treffen. Was für ein Zufall!"

„Von deinem Vater? Eigenbrood ist ... dein Vater? Woher sollte ich das denn wissen?"

Offenbar hatte Romans Überraschung überzeugend ehrlich gewirkt, denn Pia beruhigte sich ein wenig. „Er hat dir doch gesagt, dass ich den Schlüssel genommen habe, oder etwa nicht?", fragte sie.

Roman dachte nach. „Er hat gesagt, seine Tochter hätte den Schlüssel weitergegeben und dass sie sich bei mir melden würde, deshalb habe ich ihm meine Dienstnummer gegeben. Einen Namen hat er nicht erwähnt. Woher sollte ich wissen, dass du diese Tochter bist? Du hast doch einen anderen Nachnamen."

Pias Züge wurden weicher. „Du hast es wirklich nicht gewusst?"

Roman schüttelte den Kopf. „Dass ich Polizist bin, hätte ich dir vielleicht eher sagen sollen. Aber ich wollte erst warten, bis du mich ein bisschen besser kennst." Er grinste schief. „Hätte ja sein können, dass du da irgendwelche Vorbehalte hast."

Pia betastete ihre geschwollene Wange. „Nee, wieso denn." Sie lachte und Roman lief ein wohliger Schauer der Erleichterung über den Rücken. „Aber so leicht kommst du mir nicht davon", warnte Pia ihn. „Zur Strafe musst du jetzt mit Lars und mir Gassi gehen."

29.

Eigentlich war Roman Sturm für heute genug gelaufen, zumal ihm der Spaziergang von gestern Abend noch in den Beinen steckte. Pia hingegen schien das viele Laufen überhaupt nichts auszumachen. Vielleicht sollte ich mir auch einen Hund anschaffen, dachte Roman, so als Fitnesstrainer. Aber bei diesen unberechenbaren Arbeitszeiten – vergiss es. Außerdem war ein Hund viel praktischer, den man nur dann hatte, wenn man wirklich Gassi gehen wollte. Pias Hund zum Beispiel. Wenn Roman ehrlich war, ging er auch viel lieber mit Pia alleine Gassi. Trotzdem hatte er Lars natürlich in Kauf genommen. Jetzt saßen Hund und Frauchen wieder zu Hause. Roman hatte Pia Lükkas Telefonnummer gegeben, damit nicht er Pias offizielle Aussage aufnehmen musste.

Roman war rechtschaffen müde, trotzdem zögerte er jetzt, nach Hause zu gehen. Bestimmt war es noch immer heiß und stickig in seiner Wohnung. Lieber noch ein bisschen rumtrödeln, bis die Sonne unterging. Ohne es richtig zu bemerken, hatte Roman die Fußgängerzone verlassen und fand sich am Ostersteg wieder. Nicht gerade die attraktivste Straße der Innenstadt mit dem hässlichen Arbeitsamtsklotz, dem Parkhaus und anderen nüchternen Zweckbauten. Er bog lieber in die Bergmannstraße ein. Hübsch, die Villen, dachte Roman, wie immer, wenn er hier entlangkam. Bestimmt schön, hier zu wohnen.

Na gut, vielleicht ein bisschen zu viel Verkehr, tröstete er sich, als ein Wagen mit hoher Geschwindigkeit an ihm vorbeifuhr, gleich hinterher ein zweiter, voll besetzt mit schwarz gekleideten Männern. Beide bogen mit quietschenden Reifen nach links in die Friesenstraße ein. Ein weiteres Auto folgte, aus den weit geöffneten Fenstern wummerten Bässe. Die fünf Insassen trugen ebenfalls Schwarz.

Roman ging schneller. Als er um die Ecke bog, standen die Autos am linken Fahrbahnrand, die Türen waren geschlossen, keiner stieg aus. Warteten die auf etwas? Aus Richtung Bahnhof tauchten zwei Vans auf und hielten dahinter. Verdammt, was sollte das denn werden?

Auf der Treppe des Jugendzentrums standen mehrere Jugendliche, die miteinander tuschelten und misstrauische Blicke zu den wartenden Autos hinüberwarfen.

Wie auf Kommando platzten die Türen der Wagen auf und der kleine Platz vor dem Jugendzentrum wurde gewittrig dunkel. Schwarze Hosen, schwarze Hemden mit blitzzackigen weißen Emblemen. Roman erkannte die Buchstaben N,A,Z. Nationale Autonome Zelle. Keine Gesichter, nur weiße Sehschlitze in schwarzen Sturmhauben. Roman stand wie festgefroren.

Als die Kinder vor dem Jugendzentrum aus ihrer Erstarrung erwachten und sich entsetzt durch die enge Tür ins Innere des Hauses drängen wollten, waren die Schwarzen schon zwischen ihnen. Ob sie Jungs oder Mädchen trafen, Deutsche oder Ausländer, war ihnen offenbar völlig gleichgültig. Fäuste flogen, schwere Stiefel schossen hoch. Ein schwarzhaariges Mädchen schrie, als eine eisenbewehrte Faust seinen Kiefer zermalmte.

Ich muss das beenden, dachte Roman. Aber wenn ich mich dazwischenwerfe, bin ich am Boden, ehe ich meinen Polizeiausweis aus der Tasche geholt habe. Wie viele sind das? Fünfundzwanzig bestimmt, eher dreißig. Ein Warnschuss in die Luft, das würde vielleicht helfen. Im selben Augenblick fiel ihm ein, dass seine Dienstwaffe im Waffenfach eingeschlossen war. Scheiß Vorschriften. Blieb nur das Handy. Mit eiskalten Fingern zog er es aus der Tasche, tippte die Nummer ein und wartete auf das Freizeichen. Das Gerät schwieg. Roman nahm es vom Ohr und sah aufs Display, über das eine gepunktete Linie wanderte. Die Linie verschwand, zwei Wörter erschienen: *Verbindungsaufbau fehlgeschlagen*. Verdammt! Roman wollte das Telefon wieder einstecken, dann besann er sich anders. Er tippte eine SMS ein und drückte auf „Mitteilung senden“. Die Nachricht würde so lange in der Warteschleife hängen, bis das Netz wieder verfügbar war. Vielleicht rief wenigstens einer der Nachbarn die Polizei übers Festnetz an. Hoffentlich dauerte es nicht lange, in der Zwischenzeit musste er selbst etwas unternehmen.

Er war nicht weit vom hintersten Van entfernt. Wenn er den Angreifern auch nicht alleine gegenübertreten konnte, ihren Rückzug würde er zumindest stören, damit die Kollegen sie nachher festhalten konnten, auch wenn das den Opfern jetzt nichts half.

Roman hockte sich hinter den Wagen und zückte sein Taschenmesser. Wenn mich jetzt einer von den Nazis sieht, sind sie zwar abgelenkt, aber ich bin tot, dachte er und stieß die Klinge in die Seite des Hinterreifens. Mühsam zog er sie aus dem zähen Gummi und hörte erleichtert, wie die Luft herauszischte. Auch Roman ließ die Luft aus seinen Lungen zischen, die er vor Anspannung angehalten hatte. Geduckt eilte zum nächsten Kleinbus. Diesmal war er zu hastig vorgegangen, die Klinge klappte ein und traf seinen rechten Zeigefinger. Noch ehe das Blut herausquellen konnte, hatte Roman die Schneide wieder aufgerichtet und in den Reifen gestochen. Mit einem scharfen Knacken brach die Klinge ab, aber der Reifen sank in sich zusammen. Roman presste den Finger gegen die Zähne und saugte an der Schnittwunde. Blut schmeckt wirklich nach Metall, dachte er.

Das Messer war unbrauchbar, was jetzt? Die Ventile, natürlich, das konnte funktionieren. Hätte er auch gleich drauf kommen können. Die anderen Autos standen dichter am Jugendzentrum. Roman richtete sich auf.

Die Schlacht vor der Tür tobte mit unverminderter Wucht. Die Jugendlichen wehrten sich heftig gegen die Schläge und Tritte, die auf sie niederprasselten. Einige der Jungen waren groß und kräftig und konnten auch austeilen, trotzdem war das kein Kampf, sondern ein Gemetzel.

Ein Mädchen hatte sich aus dem Getümmel befreien können und rannte die Straße entlang auf Roman zu. Ihr kurzer Rock hing in Fetzen von ihren Hüften, ein Spaghettiträger ihres

Sonnentops war gerissen. Einer der Schwarzhemden nahm die Verfolgung auf. Als er Roman entdeckte, der noch immer mit dem Messer in der Hand zwischen den Autos stand, brüllte er vor Wut. „Hey, hier rüber! Der dreckige Fidschi hat ein Messer!“

Super, da hatte Roman mal wieder den Beweis für die tolle Signalwirkung seiner Hautfarbe. Aber er hatte ja für Ablenkung sorgen wollen, das war ihm prima gelungen.

Vier Kämpfer wandten sich um und Roman fasste das Messer fester. „Hau endlich ab und ruf die Polizei“, rief er dem Mädchen zu, das ein Stückchen entfernt stehen geblieben war, als es bemerkt hatte, dass ihr Verfolger abgelenkt war. Sie nickte verstört und rannte los.

In diesem Moment krachte es. Auf der Straße vor den parkenden Autos breitete sich eine dicke, schwarze Rauchwolke aus. Wieder knallte es, Funken stoben in die Dämmerung. Die Schläger, die auf Roman zustürmten, verhielten ihre Schritte. Im gleichen Moment waren sie von ihrer Haupttruppe abgeschnitten. Mit Knüppeln, Besen und Messern bewaffnet, stürzten sich mindestens zehn Türken auf die Nazis, erwachsene Männer mit entschlossenen Gesichtern. Aus den Fenstern der gegenüberliegenden Häuser warfen kleine Jungen angezündete Chinaböller in die Gruppe.

Der Schlägertrupp vor dem Jugendzentrum ließ von seinen Opfern ab, die sich jetzt teilweise ins Haus flüchteten, teilweise zum Gegenangriff übergingen.

Gegen dreißig kampferprobte Randalierer hatten ein gutes Dutzend türkischer Familienväter und Kinder, von denen viele verletzt waren, keine Chance. Aber die Schlachtordnung der Nationalen Autonomen war gestört. Ein Schwarzhemd ging zu Boden, als ein Besenstiel von unten kraftvoll zwischen seine Beine fuhr. Roman riss den rechten Arm hoch, als der am nächsten stehende Nazi ausholte, und blockte den Schlag ab. Der Schmerz durchzuckte seinen Arm, als hätte er gegen einen Laternenpfahl geschlagen. Roman ließ die Faust von oben auf den Schädel des Angreifers krachen. Der Mann taumelte und sackte zusammen. Roman fühlte sich von hinten gepackt. Er zog das Knie hoch und keilte nach hinten aus. Sein Fuß landete nahezu wirkungslos auf dem Spann des anderen. Sandale gegen Springerstiefel. Immerhin lockerte sich der Griff so weit, dass Roman mit beiden Armen nach hinten greifen konnte. Er krallte die Finger in den Stoff der Sturmhaube und riss den Kopf den Angreifers nach vorne, während er seinen eigenen nach hinten warf. Ein Schrei und ein Knacken zeigten ihm, dass er die Nase getroffen haben musste. Der Mann ließ ihn los und presste die Hände vors Gesicht. Blut rann zwischen den Fingern hindurch.

Von ferne war ein Martinshorn zu hören. Kam die Polizei endlich?

Roman trat einen Schritt zur Seite und stieß gegen einen jungen Türken, der gerade seine fleischige Hand gegen das Ohr eines Schwarzhemds schmetterte. Auf der Straße sammelten sich immer neue Kämpfer. Junge Männer quollen jetzt aus den Hauseingängen, muskulöse Arme in ärmellosen Shirts, breite Schultern, gezielte Schläge und Tritte. Auf einigen T-Shirts sah Roman die Silhouette eines heulenden Wolfes. Das waren keine Opfer, das waren echte Gegner.

Ein junger Mann mit nahezu kahl rasiertem Schädel über einem kräftigen Stiernacken hielt eine Flasche in der rechten Hand. In der linken flammte ein Feuerzeug auf, das er an einen Lappen hielt, der den Flaschenhals verstopfte. Mit einer fließenden, kraftvollen Bewegung schleuderte er das brennende Geschoss durch das offene Fenster eines Autos. Roman erkannte den Wagen, der vorhin mit wummernden Bässen an ihm vorbeigefahren war. Der Molotowcocktail explodierte mit scharfem Knall und das brennende Benzin verteilte sich mit den Scherben im Innenraum des Autos. Fetter schwarzer Qualm quoll aus den Fenstern. Der Werfer drehte sich um, ein triumphierendes Lächeln auf dem runden, weißen Gesicht, und hob die Hand. Seine Finger formten etwas, das nach Teufelshörnern oder Hasenohren aussah. Er sagte etwas zu einem schwarzlockigen jungen Mann, der neben ihm stand. Der grinste zwar zurück, aber sein Gesicht wirkte ängstlich und erschrocken. Dieses Gesicht, die ernsten dunklen Augen – das war Chalid Bihal. Eindeutig.

Mit wütendem Gebrüll stürzten mehrere Nationale Autonome an ihrem brennenden Auto vorbei auf die Straße. Der Flaschenwerfer schob Chalid mit dem Ellenbogen etwas zur Seite. Ohne den Blick von den heranstürmenden Angreifern abzuwenden, streckte er auffordernd die Hand aus und einer der alten Männer reichte ihm einen Besenstiel. Er packte ihn mit beiden Händen, ließ ihn spielerisch herumwirbeln. Er täuschte einen Schlag von oben an und stieß mit dem Ende zu. Einer der Nazis sackte lautlos zusammen, als ihn der Stock genau in der Magengrube traf. Die anderen umringten den Stiernackigen, aber er hielt sie mit dem wirbelnden Holz auf Abstand.

Aus den Fenstern regneten noch immer Chinaböller. Ein schwarzes Hemd fing Feuer, panisch schreiend warf sich der Mann mit der Sturmhaube auf den Asphalt und versuchte, die Flammen zu ersticken. Gleich waren mehrere über ihm – seine eigenen Leute, um das Feuer zu löschen, die anderen traktierten ihn mit Schlägen und Tritten.

Roman versuchte, sich an den kämpfenden Gruppen vorbeizudrängen und zu Chalid zu gelangen, aber ein Baseballschläger streifte seine Schulter und riss ihm den Kopf zur Seite. Als er wieder aufblickte, war von Chalid nichts mehr zu sehen.

In das rötliche Flackern des brennenden Autos mischte sich endlich das rhythmische Zucken von Blaulicht. Mit quietschenden Reifen stoppten zwei Polizeiautos in der Friesenstraße, drei weitere rasten mit jaulenden Sirenen entgegen der Fahrtrichtung heran und kamen abrupt zum Stehen.

Irgendjemand hatte mehrere blaue Altpapiertonnen so auf die Straße gerollt, dass die noch unbeschädigten Naziwagen blockiert waren. Dazwischen lagen prallgefüllte gelbe und dunkelgraue Plastiksäcke. Hinter dieser Müllbarrikade gingen mehrere Kinder in Stellung. Sie hatten von den letzten Silvestereinkäufen offensichtlich nicht nur Knaller übrigbehalten. Mit scharfem Zischen sauste etwas flach über die Straße. In einem bunten Feuerregen zerplatzte eine Feuerwerksrakete. Es roch nach verschmortem Plastik. Die nächste Rakete flog höher. Der erste Polizist, der sich zwischen den Müllsäcken hindurchzwängen wollte, schrie auf, als das brennende Geschoss seine schwarze Mütze mitriss und einen Meter hinter seinem Kopf explodierte. Sein Kollege riss den Schlagstock von der Hüfte und bahnte mit weit ausholenden Schlägen einen Weg in Richtung Jugendzentrum. Ein alter Mann mit eisengrauem Haar und buschigem Schnauzbart, dessen weißes Hemd mit Schmutz, Ruß und Blut befleckt war, taumelte vom Knüppel getroffen gegen eine der Altpapiertonnen und stürzte zusammen mit ihr zu Boden. Zwei junge Türken, die eben noch einen der schwarzgekleideten Nazis im Klammergriff gehalten hatten, brüllten wütend und stürzten sich jetzt auf den neuen Gegner in der schwarzen Uniform.

Mehrere der anderen Polizisten hatten die Mülltonnen beiseite geräumt und versuchten sich zwischen die kämpfenden Parteien zu drängen. Die Scheinwerfer ihrer Fahrzeuge tauchten die Szenerie in ein gespenstisch weißes Licht, machten es jedoch nicht leichter zu unterscheiden, wer jetzt gegen wen kämpfte. Polizisten in schwarzen Uniformen, Nationale Autonome ebenfalls ganz in Schwarz. Die mit den Sturmhauben mussten die Nazis sein, doch einige hatten ihre Masken schon eingebüßt. Die Polizisten trugen theoretisch ihre Dienstmützen, aber mehrere davon lagen schon zwischen dem Müll, der aus den geplatzten Säcken quoll, oder waren zwischen die Füße und Autos gerollt. Die Kinder hinter der Barrikade und in den Fenstern feuerten in die Menge, die alten Männer wehrten Schläge von schwarzgekleideten Gestalten ab, die stiernackigen Jungen mit den Wolfshemden schlugen auf alles ein, was Schwarz trug.

Roman sah den Flaschenwerfer, der vorhin mit Chalid gesprochen hatte, und versuchte, zu ihm vorzudringen. Der Schlag, der ihn zu Boden schickte, traf ihn unerwartet von hinten. Das Letzte, was Roman Sturm an diesem Abend sah, war ein prachtvoller lila-silberner Funkenregen, der über der Friesenstraße am dunkelblauen Abendhimmel erblühte.

Sonntag

30.

Der Sternenregen funkelte nicht mehr so heftig, sondern flackerte nur noch etwas. In das Lila und Silberweiß mischte sich zartes Grün. Roman Sturm blinzelte. Auch der Hintergrund kam ihm verändert vor, nicht mehr dämmerungsblau, sondern weiß. Er öffnete seine Augen ein Stück weiter und das Feuerwerksgefunkel verdichtete sich zu einem großen Blumenstrauß, der dicht neben Romans Kopf auf dem weißen Nachttisch stand. Seit wann hatte er weiße Möbel? Er drehte den Kopf zur Seite, um sich in dem Zimmer umzusehen. In seinem Schädel pochte es dumpf wie nach einer durchzechten Nacht.

„Na, endlich ausgeschlafen?"

Roman fuhr hoch und setzte sich im Bett auf. Was zum Kuckuck hatte Lükka Tammling in seinem Schlafzimmer zu suchen? Oder er in ihrem? Und wie sollte er das jemals Pia erklären? Verwirrt blickte er sich im Zimmer um. Weißer Schrank, weißer Nachttisch neben weißem Bett. Einem schmalen Bett mit Metallgestell.

„Der ist noch nicht wieder ganz da", stellte Lükka fest.

„Kein Wunder", antwortete Pia. Sie wuchs hinter dem Blumenstrauß in die Höhe, schob den Stuhl zur Seite, auf dem sie bisher gesessen hatte, und kam um den Nachttisch herum auf Romans Bett zu.

„Von wem sind die Blumen?" Roman hatte Mühe, seine eigene Stimme zu erkennen, seine Zunge fühlte sich riesengroß an und sein Mund war ausgedörrt. Er warf einen durstigen Blick auf die Vase, den Lükka sofort registrierte. Sie öffnete eine Flasche und goss ein Glas voll Wasser, das sie Roman reichte. Das Zischen der Kohlensäure und das perlende Prickeln im Glas waren schon fast so erfrischend wie der erste Schluck. Roman trank in langen Zügen aus.

„Die erste Frage ist in solchen Situationen doch immer: ‚Wo bin ich?'", kritisierte Pia. „Nicht: ‚Von wem sind die Blumen?'"

„Bei Roman Sturm läuft eben alles etwas anders. Das wirst du schon noch lernen." Lükka lachte, auf ihrem Gesicht las Roman Erleichterung.

Bloß gut, dass Lükka nicht wusste, wo er sich eben beim Aufwachen geglaubt hatte. Roman spürte, dass er rot wurde. Zum Glück hatte er das Fenster im Rücken, vielleicht fiel es im Gegenlicht nicht auf.

„Ich tippe mal auf Krankenhaus", sagte er.

„Messerscharf kombiniert, Herr Kollege", lobte Lükka. „Das Hirn hat also nicht gelitten."

„Und Farbe bekommst du auch schon wieder, vorhin sahst du richtig grün aus", meinte Pia.

War nichts mit Gegenlicht.

„Die Blumen sind vom Einsatzleiter mit den besten Grüßen", erklärte Lükka. „Es war ihm sehr peinlich, dass er dich versehentlich krankenhausreif geschlagen hat."

Roman betastete seinen Kopf und fühlte eine gewaltige Beule. Daher der Brummschädel. Allmählich kehrte die Erinnerung an den Abend zurück. „Wer hat gewonnen?", fragte er.

Lükka begann zu berichten. Kurz nach Romans Blackout hatte der Zug Bereitschaftspolizei, der eigentlich schon wieder auf dem Rückweg nach Oldenburg gewesen war, die Friesenstraße erreicht und den Kampf beendet. Mehr als zwanzig Verletzte mussten in die Krankenhäuser gebracht werden, die meisten waren aber inzwischen aber wieder entlassen. Ein Mädchen lag noch mit gebrochenem Kiefer in einer Oldenburger Klinik, einer der Nazis hatte Verbrennungen dritten Grades und mehrere Rippenbrüche erlitten, auf die übrigen verteilten sich ein paar Knochenbrüche, viele Platzwunden und Prellungen und leichtere Verbrennungen. Ein älterer Mann hatte sich beim Sturz über eine Mülltonne die Hand gebrochen und vor Aufregung einen Herzanfall bekommen.

„Es geht ihm aber inzwischen wieder besser", sagte Lükka. „Gut war es, dass du eine SMS geschrieben hast. Sonst wären die Kollegen wohl nicht so leicht dahintergekommen, wer überhaupt angefangen hat. Die ersten Anrufer beschwerten sich nämlich nur über Lärm beim Jugendzentrum und sagten etwas von einer Schlägerei zwischen Ausländern. Dass die Nazis das JUZ überfallen haben, war anfangs gar nicht klar."

„Sind wenigstens ein paar von denen ins Netz gegangen?", wollte Roman wissen. Er hatte sich von Pia die Wasserflasche geben lassen und goss sich das Glas wieder voll.

Lükka grinste. „Vermutlich haben sie sogar alle erwischt. Sie waren ja doch etwas angeschlagen, und dann klappte es mit dem Abhauen nicht so wie geplant. Ein Auto war ausgebrannt, bei einem anderen alle Scheiben kaputt. Und bei den Vans hatte jemand ganz clever die Reifen zerstochen."

Roman grinste. Hatte er sein Taschenmesser doch nicht umsonst geopfert.

„Na ja, und wenn dreißig Mann in ein Auto steigen wollen, hört auch bei den Nationalen Autonomen die Kameradschaft auf. Ein paar Zahnlücken und blaue Flecken haben sie sich noch gegenseitig verpasst. Am Ende hat die Bepo sie alle schön eingesackt."

Na, wenigstens etwas. „Ist sonst noch jemand festgenommen worden?", fragte Roman. Der Flaschenwerfer und Chalid fielen ihm ein.

„Nein, soweit ich weiß, wurden die Personalien der anderen Beteiligten aufgenommen, aber nach deiner SMS war ja bekannt, dass sie die Opfer waren."

„Chalid Bihal war dort", sagte Roman.

„Ach, sieh an! Das ist ja interessant." Lükka nagte an ihrer Unterlippe. „Du hast wahrscheinlich nicht mit ihm reden können?"

Roman schüttelte den Kopf. „Ich wollte zu ihm, aber das Getümmel war zu dicht und dann war er plötzlich verschwunden. Er hat mit so einem Stiernacken geredet, das ist ein richtiger Fighter. Der hat mit einem Besenstiel den Jedi gespielt, so was hab ich noch nicht gesehen. Und mit Mollis konnte er auch gut umgehen. Der hat offenbar Kampferfahrung."

„Dann haben die vom LKA womöglich doch recht", sagte Lükka nachdenklich. „Die haben sich eingeschaltet, weil sie glauben, dass an dem Kampf eine Splittergruppe der *Grauen Wölfe* beteiligt war, eine mit stark islamistischer Ausrichtung. Ich dachte, die spinnen. Aber wenn du sagst, die waren zum Kämpfen ausgebildet ..."

„Das muss doch gar nicht sein", beschwichtigte Roman. „Vielleicht war nur dieser eine ein Kampfsportler." Überzeugt war er davon allerdings selber nicht. Er erinnerte sich an das Auftreten der kräftigen jungen Männer. Die hatten nicht nach kleinen Jungs ausgesehen, die ein bisschen Straßengang spielen. „Ein paar von denen hatten Wölfe auf den Hemden", fiel ihm ein. Nachdenklich betrachtete Roman seine rechte Hand. Der Zeigefinger steckte in einem dicken weißen Verband, so dass er ihn nicht beugen konnte. Roman spreizte auch den kleinen Finger ab. Teufelshörner. Hasenohren. Nein, ganz so hatte die Geste nicht ausgesehen, die Chalids Bekannter gemacht hatte. Roman drehte die Hand, streckte die mittleren Finger etwas und legte den Daumen von unten dagegen. So schon eher. Er hob die Hand. „Sagt dir das etwas?"

„Ein Hund", sagte Lükka sofort.

„Nein", widersprach Pia leise. „Ein Wolf."

31.

Sie lehne jede Verantwortung ab, hatte die kleine grauhaarige Stationsschwester geschimpft. Mit Bewusstseinstrübungen hatte sie gedroht, Hirndruck, Blutungen und frühem, aber nicht unverdientem Tod, als Roman Sturm versucht hatte, ungesehen am Schwesternzimmer vorbeizuschleichen. Während sie aufgebracht mit dem Arzt telefonierte, war ihr Patient unbeirrt den Flur entlangspaziert und hatte das Krankenhaus verlassen, rechts und links von Pia Eden und Lükka Tammling eskortiert.

Roman fühlte sich wackeliger, als er zugeben mochte, und war froh, dass Lükkas Auto in der Nähe stand. Er ließ sich in den Beifahrersitz sinken und versuchte, nicht zu sichtbar zusammenzuzucken, als die Tür ins Schloss fiel. Lükka hatte nur eingewilligt, ihm zur Flucht zu verhelfen, weil er ihr versprochen hatte, sich vor morgen keinesfalls in der Polizeiinspektion sehen zu lassen, und auch dann nur zur Arbeit zu gehen, wenn er völlig fit war. Natürlich würde er fit sein, das hatte Roman längst beschlossen. Ein starker Kaffee würde ihn wieder auf die Beine bringen.

Pia stieg ebenfalls ein und setzte sich auf die Rückbank. Sie wollte aufpassen, dass Roman sich an sein Versprechen hielt und zu Hause blieb.

„Woher wusstest du überhaupt, dass ich im Krankenhaus bin?", fragte Roman, der allmählich wieder logisch denken konnte.

„Das habe ich ihr verraten", schaltete sich Lükka ein, die den Parkplatz verlassen hatte und ihren Wagen jetzt Richtung Innenstadt in den spärlichen Verkehr einfädelte. „Sie hat mich heute früh angerufen, weil sie dich nicht erreichen konnte."

Roman wandte vorsichtig den Kopf und sah, dass Pia rot angelaufen war.

„Ich hatte ein paar Mal bei dir angerufen. Irgendwann habe ich angefangen, mir Sorgen zu machen, weil du nicht ans Telefon gegangen bist. Da habe ich heute Morgen bei deiner Kollegin angerufen. Du hattest mir ja ihre Nummer gegeben."

„Wir haben uns in der PI getroffen und ich habe gleich noch ihre Aussage wegen des Zollhausschlüssels aufgenommen. Sie sagte, du hättest ihr geraten, sich damit an mich zu wenden." Lükka Tammling zog spöttisch die Augenbrauen hoch, aber Roman tat ihr nicht den Gefallen, rot zu werden. „Und weil ich sowieso nachsehen wollte, wie dick die Beule auf deinem Schädel ist, habe ich sie gleich mit ins Krankenhaus genommen. – Das war dir doch recht, oder?"

„Hast du wunderbar gemacht." Roman lächelte. „Zum Dank bekommst du gleich noch einen Keks zum Kaffee."

Lükka zögerte. Roman hatte sie noch nie zu sich nach Hause eingeladen, obwohl sie schon so lange zusammenarbeiteten und er direkt gegenüber der PI wohnte. Sollte sie jetzt für ihn und seine offenbar frische Freundin den Anstandswauwau spielen? Hoffentlich hatte Roman Sturm überhaupt genügend saubere Tassen. Wenn seine Wohnung auch nur entfernte Ähnlichkeit mit seinem Schreibtisch und seinem Auto hatte, musste darin ein fürchterliches Chaos herrschen. Schließlich siegte ihre Neugier und sie zuckte die Schultern. „Schokokekse?", fragte sie.

„Glaub schon", meinte Roman.

Sie parkten bei der PI und gingen zusammen die wenigen Schritte bis zu dem großen Eckhaus am Hafenbecken. Roman fühlte sich ein wenig befangen, als er mit Pia und Lükka die Treppen zu seiner Wohnung emporstieg. Sein Kopf pochte wieder stärker, vermutlich hatte er doch eine Gehirnerschütterung. Egal, zu Hause fühlte er sich allemal besser aufgehoben als im Krankenhaus.

Er schloss die Tür auf und stellte erleichtert fest, dass es nicht annähernd so stickig in der Wohnung war, wie er befürchtet hatte. Die Fenster waren seit Freitagnachmittag weit offen; bevor er Samstagfrüh zur Arbeit gegangen war, hatte er nur die Rollläden heruntergelassen, um die Sonne auszusperren. Jetzt war es vergleichsweise luftig und dämmerig in den Räumen. Roman legte die Zeitungen, die er von unten aus dem Briefkasten mitgenommen hatte, auf die Flurkommode und schloss im Vorbeigehen die Türen von Bad und Schlafzimmer, ehe er die beiden Frauen geradeaus in sein Wohnzimmer führte.

Während Roman den Rollladen hochzog, sah Lükka sich überrascht in dem geräumigen Zimmer um. Auf dem dunkelblauen Nadelfilzboden lagen keine zerknüllten Socken, das bequem aussehende schwarze Sofa war ebenso frei von Müll wie der passende Ledersessel, der auf einen großen Fernseher und ein Regal voller DVDs ausgerichtet mitten im Wohnzimmer stand. Dass ihr chaotischer Kollege Roman Sturm hier wohnte, hätte sie nicht für möglich gehalten.

Pia Eden kannte Sturm offenbar noch nicht lange genug, um von der Ordnung und Sauberkeit seiner Wohnung überrascht zu sein. Wie selbstverständlich war sie um die schwarzglänzende Frühstückstheke herum in die offene Küche gegangen und machte sich an der Kaffeemaschine zu schaffen. Die Einrichtung machte es ihr leicht, die benötigten Dinge zu finden, denn alles stand auf offenen Regalen oder hinter Glastüren. Konsequent, dachte Lükka. So musste Roman nicht immer die Türen offen lassen. Seine Marotte, nichts in verschlossene Schubladen und Ordner zu räumen, entsprang offenbar der Sorge, etwas Wichtiges deshalb zu vergessen, weil er es nicht unmittelbar vor Augen hatte. Man lernt nie aus, dachte Lükka. Sie hatte ihren Kollegen für einen hoffnungslosen Messie gehalten, dabei folgte sein Ordnungssinn nur anderen Gesetzen als ihrer.

Lükka setzte die Musterung von Romans Wohnzimmer fort. Eine Wand verschwand komplett hinter einem großen Bücherregal. Bunte Buchrücken, überwiegend eckige Schriften, bemerkte Lükka. Sie trat neugierig näher und neigte den Kopf, um die Titel lesen zu können. Ein wenig Fantasy, vereinzelte Krimis und Nachschlagewerke, ansonsten Utopie und Sciencefiction. Die gegenüberliegende Wand zierte ein gewaltiges Poster eines Raumschiffs, die Enterprise oder eines der Folgeschiffe, vermutete Lükka. Daneben farbige Aufnahmen von Sternenhaufen, Galaxien und Nebeln. Lükka Tammling suchte automatisch nach den balzenden Schweinen und wirbelnden Mühlenflügeln von Thedinghausens verbrannten Gemälden.

Roman hatte eine Handvoll trockene Blätter vom Teppich gesammelt, die durch die offene Balkontür hereingeweht waren. Er warf sie in den Mülleimer, der hinter der einzigen undurchsichtigen Tür unter der Spüle stand, und kam mit drei Kaffeetassen, einer Zuckerdose und einer Packung Milch zurück ins Wohnzimmer. Er sah, dass seine Kollegin grinsend vor den Bildern stand und wusste, woran sie dachte.

„Was meinst du – ob es Thedinghausen wohl tröstet, dass wir einen Tatverdächtigen festgenommen haben?", fragte Lükka.

Sie sagte nicht ‚den Täter', bemerkte Roman. Offenbar stand er mit seinen Zweifeln an van der Tuins Schuld nicht alleine da. Er zuckte die Schultern. Vorsichtig, um seine Kopfschmerzen nicht zu verstärken. „Warum sollte es?", fragte er. „Dadurch bekommt er seine Bilder schließlich auch nicht zurück."

„Wer ist Thedinghausen?", wollte Pia wissen. „Oder darf ich das nicht fragen? Sind vielleicht Dienstgeheimnisse?"

Lükka schüttelte den Kopf. „Kein Geheimnis. Thedinghausen ist der Maler, dessen Ausstellung beim Zollhausbrand zerstört wurde." Sie schnitt eine Grimasse. „Ich persönlich halte das nicht für einen Verlust, aber für ihn ist es ziemlich schlimm."

„Das kann ich mir vorstellen", meinte Pia. „Wenn so ein Haufen Bilder verbrennt, an denen man vielleicht lange gearbeitet hat, ist die Versicherungssumme sicher nur ein kleines Trostpflaster. Habt ihr den Brandstifter wirklich gefasst? Das hast du mir ja gar nicht erzählt!"

„Wir haben einen Verdächtigen festgenommen und unser Chef meint, wir hätten den Richtigen. Ich glaube aber, es sind noch zu viele Details ungeklärt", erklärte Roman.

Lükka nickte. „Er war zur richtigen Zeit am richtigen Ort, ein Motiv könnte er auch haben. Aber wie er in das Gebäude gelangt ist, wissen wir noch nicht, das ist der springende Punkt." Der Kaffee war durchgelaufen und sie holte die Kanne.

Roman hatte sich im Fernsehsessel niedergelassen, er sah blass aus. Pia verteilte Tassen und Löffel auf dem Tisch und setzte sich aufs Sofa. Lükka schenkte Kaffee ein und setzte sich neben sie.

„Was meintest du eben mit der Versicherungssumme?", wollte sie wissen.

„Die Bilder müssen doch versichert gewesen sein", erklärte Pia. „Kunstwerke öffentlich auszustellen, ist immer ein Risiko. Für den Fall, dass was beschädigt wird oder wegkommt, muss sich der Galerist absichern."

Roman und Lükka sahen sich an. Die Fährte „Versicherungsbetrug" hatten sie zwar verfolgt, aber nur den Verein in Verdacht gehabt, und das hatte sich als Irrweg erwiesen. Auf jeden Fall musste er morgen wieder zur Arbeit, entschied Roman. Einer von ihnen musste Vera Reifschneider nach der Ausstellungsversicherung fragen, der andere würde Thedinghausens Alibi noch einmal genau unter die Lupe nehmen. Um auf den Abschluss ihres Falles anzustoßen, war es vielleicht wirklich noch zu früh.

„Wenn wir bloß Chalid finden würden", meinte Roman. „Vielleicht könnte er uns doch etwas erzählen, was uns weiterhilft. Aber nach den Unruhen gestern wird er bestimmt richtig abtauchen." Er wandte sich an Pia. „Du kennst ihn doch. Kannst du dir vorstellen, dass er ein Grauer Wolf ist oder ein Islamist?"

Pia überlegte, dann schüttelte sie nachdrücklich den Kopf. „Die Bihals waren hier gut integriert. Sie sind zwar Muslime, aber gemäßigt wie die allermeisten in Ostfriesland. Die Mädchen und Frauen in der Familie tragen keine Kopftücher, Songûl hat in der Schule am Sportunterricht und am Schwimmen teilgenommen und bei den Jungs habe ich nie irgendwelches Machogehabe bemerkt. Nationalisten können sie auch nicht sein, sonst wäre der Vater ja nicht als kritischer Journalist ins Gefängnis gekommen. Wahrscheinlich weiß er noch nicht einmal, was mit seinen Kindern passiert ist." Sie hatte Tränen in den Augen „Wir hätten uns doch nicht so für sie eingesetzt, wenn wir sie für Terroristen gehalten hätten. Ich habe Bihals, ich meine Chalids Onkel und Tante, bei denen Chalid und die anderen nach der Abschiebung der Eltern gewohnt haben, doch sogar geraten, sich ans Fernsehen zu wenden – um ihnen Öffentlichkeit zu verschaffen, damit die Ausweisung der Kinder vom Tisch kommt und sie endlich in Ruhe hier leben können!"

„Du warst das?" Lükkas Gesicht spiegelt ihre Erleichterung. Sie war so fest davon überzeugt gewesen, dass ihr eigener Leichtsinn im Gespräch mit Wilma Poppen zu den Fernsehberichten geführt hatte. Bloß gut, dass Roman sie davon abgehalten hatte, mit Beckmann darüber zu sprechen. Sie lächelte Roman an.

Er erwiderte ihren Blick mit einem schiefen „Na-siehste"-Grinsen. „So klärt sich alles auf", sagte er. „Jetzt müssen wir nur noch Chalid finden, ehe er zu tief in schlechte Gesellschaft gerät. Vielleicht könnte er auch Daud zum Sprechen bringen." Er sah Pias überraschten Blick und hätte sich am liebsten auf die Zunge gebissen. „Das hast du jetzt nicht gehört!", bat er eindringlich. „Niemand weiß, dass der Kleine das Feuer überlebt hat, und das muss auch unbedingt so bleiben." Er sah Pia beschwörend an. „Daud Bihal ist vielleicht unser wichtigster Zeuge, und wenn der Täter das erfährt, ist der Junge in Gefahr."

Pia nickte langsam. „Ich verstehe. Aber seine Angehörigen dürfen es doch wenigstens erfahren?"

„Niemand", sagte Roman. „Sein Onkel und die Tante nicht, dein Vater nicht und auch sonst keiner. Und du weißt es auch nicht, verstanden?" Er fand selbst, dass er unnötig barsch klang. Sein Kopf schmerzte und er fühlte sich schwindelig. „Wenn ich morgen fit sein will, sollte ich mich besser ein bisschen hinlegen. Nicht, dass ich euch rausschmeißen will ..."

Lükka trank ihren Kaffee aus und stand auf. „Klar, hau dich aufs Ohr. Und wenn du morgen früh nicht kommen kannst, schaffe ich das auch erst mal alleine. – Bleibst du noch hier?"

Pia schüttelte den Kopf. „Ich gehe wohl auch besser. Ich muss mit dem Hund raus."

Zwei tolle Frauen in meiner Wohnung, dachte Roman, als die Tür hinter Pia und Lükka ins Schloss fiel. Und ich habe nichts Eiligeres zu tun, als beide rauszuschmeißen. Und die Schokokekse habe ich auch vergessen.

32.

Dass ein Knöchel so dick werden konnte, hatte Chalid noch nie gesehen. Metin saß in der kleinen Küche seiner Wohnung und hatte den angeschwollenen Fuß auf einen Stuhl gelegt. Chalid tauchte ein Geschirrtuch in das kalte Wasser, das er ins Spülbecken eingelassen hatte, wrang es aus und wickelte es um Metins blaurot angeschwollenen Fuß. Metin sog scharf die Luft durch die Zähne, verzog sonst aber keine Miene.

„Vielleicht solltest du damit doch besser ins Krankenhaus gehen", riet Chalid. „Ist vielleicht was gebrochen."

„Und wenn schon." Metin zuckte überheblich die Schulter. „Was glaubst du, was passiert, wenn ich damit zum Arzt renne. Gibt nur dumme Fragen und dann haben wir ganz schnell die Bullen hier auf der Matte stehen. Kann mir was Besseres vorstellen nach allem, was gestern war."

Chalid versuchte, seine Erleichterung zu verbergen. Metin hatte recht, die Polizei auf sie aufmerksam zu machen, durften sie nicht riskieren, wenn es sich irgendwie vermeiden ließ. Die hatten zwar nur die Nazischläger mitgenommen, aber wenn sie draufkamen, dass Metin in die Schlägerei verwickelt gewesen war und das Auto in Brand gesetzt hatte, dann würden sie ziemlich schnell auch auf Chalid stoßen. Und das durfte nicht passieren. Ehe das größte Chaos ausgebrochen war, hatte er gestern Abend diesen Polizisten von weitem gesehen, dessen Fahrrad er dummerweise genommen hatte. Was hatte der in der Friesenstraße zu suchen gehabt? Vielleicht hatte der Mann ihn ja gar nicht erkannt. Es war bestimmt nicht nötig, Metin von dem Polizisten zu erzählen, womöglich würde der Chalid gleich wieder rauswerfen, und wo sollte er dann hingehen?

„Kannst du eigentlich Auto fahren?", fragte Metin plötzlich.

Chalid schüttelte den Kopf. „Ich habe noch keinen Führerschein." Woher sollte ich dafür wohl genug Geld haben, dachte er, sagte es aber nicht.

„Das habe ich nicht gefragt." Metin grinste. „Ich wollte

wissen, ob du fahren kannst."

„Nein. Hab es schon mal gemacht, klar. Aber können ..."

„Schade." Metin starrte auf das Geschirrtuch, unter dem sein Knöchel pochte. „Mal schauen. Geht vielleicht bis nachher wieder. Ist ja nicht so weit."

Chalid erinnerte sich, dass Metin gestern etwas von einem Treffen erzählt hatte. Wollte da nicht irgendein Mann von einer Kölner Gemeinde kommen, um etwas über einen Moscheebau zu erzählen? Chalid wusste es nicht mehr genau, es hatte ihn nur mäßig interessiert. Mit Religion hatte er sich nie viel beschäftigt. Natürlich betete er ziemlich regelmäßig und war früher auch ab und zu freitags mit seinem Vater zu den Treffen nach Emden gefahren. Die islamische Gemeinde durfte da einen Klassenraum in einer Schule für ihr Freitagsgebet nutzen. Anschließend hatten sie immer wieder die Tische und Stühle ordentlich an ihre Plätze zurückgestellt und waren danach in den Kulturbunker gefahren, um sich mit anderen Männern zu unterhalten. Einen Imam oder Mullah hatte er da nie kennen gelernt. Die Muslime, die Chalid kannte, betrachteten den Glauben als eine ganz persönliche Angelegenheit zwischen sich selbst und Allah, ein Mittler wie bei den Christen mit ihren Pastoren und Pfarrern war da überflüssig. Deshalb, so hatte er es zumindest verstanden, hatten die ostfriesischen Muslime auch nie Wert auf den Bau einer Moschee gelegt.

Trotzdem hatte Chalid sich bereit erklärt, Metin zu begleiten. Was sollte er alleine zu Hause rumsitzen und grübeln? Außerdem war er Metin, der ihn so spontan mit nach Hause genommen hatte, was schuldig, und wenn er sich nur ihm zuliebe bei einem religiösen Treffen langweilte.

Chalid ging ins Badezimmer und kam wenig später mit einer Salbentube und einer elastischen Binde zurück. „Viel verstehe ich ja nicht davon, aber ich versuche mal, dir einen Verband zu machen. Vielleicht hilft es ja, und du kannst nachher wieder Auto fahren."

Montag

33.

Beckmann würde schäumen, dachte Lükka Tammling, als sie den Bericht noch einmal las, den Detlev Katenhusen ihr gerade geschickt hatte. Bloß gut, dass ihr Vorgesetzter wegen der Unruhen gestern nicht dazu gekommen war, der Presse stolz die Festnahme des Zollhausbrandstifters zu verkünden. Die Kollegen von der Spurensicherung hatten in den vergangenen Tagen die Brandreste akribisch durchforstet und erstaunliche Dinge dabei ausgegraben, fand Lükka. Zu den verschmorten Resten gehörten ein Toaster, mehrere Tauchsieder und elektrische Wasserkocher, was zunächst nicht weiter überraschend war, weil der Brand im Cafébereich des Zollhauses ausgebrochen war. Ungewöhnlich war allerdings, dass all diese Elektrogeräte mit Zeitschaltuhren gekoppelt waren.

Offensichtlich war der Brandstifter ein findiger Tüftler oder er hatte einfach nur gut recherchiert. Lükka erinnerte sich, dass vor ein paar Jahren ein Haus in Holte auf ganz ähnliche Weise angesteckt worden war. Mehr als hundert Brandsätze waren damals mit Hilfe von Zeitschaltuhren, Toastern, Papierlunten und verschiedenen Brandbeschleunigern gezündet worden. Verurteilt hatte man damals den Eigentümer. Er hatte nur drei Jahre wegen versuchten Versicherungsbetruges bekommen, aber bei dem Feuer war ja auch niemand getötet worden. Demjenigen, der den Brand im Zollhaus gelegt hatte, drohte eine deutlich höhere Strafe: Für Brandstiftung mit Todesfolge sah das Strafgesetz mindestens zehn Jahre vor, unter Umständen sogar lebenslange Haft.

Ganz so viel Aufwand wie der Holter hatte der Brandstifter im Zollhaus nicht betrieben, aber die Ähnlichkeit zu dem Fall im Landkreis Leer war doch deutlich. Die Zeitschaltuhren hatten die Toaster und Heißwasserbereiter eingeschaltet. Die

Hitze hatte Papier und Stofffetzen in Brand gesetzt, die mit Brandbeschleunigern getränkt waren, und sich über Bahnen aus Toilettenpapier schnell im Raum ausgebreitet. Mit dem Brandbeschleuniger war der Täter wohl sehr großzügig umgegangen. Was hatte er eigentlich benutzt? Lükka ließ den Text schneller über den Bildschirm rollen. War die Analyse aus Hannover schon da? Ach ja, hier: feinstoffliche Untersuchung ... Gas-Chromatographie ... Isobutylacetat ... Butanol ... Kohlenwasserstoffe. Hätte ich im Chemieunterricht wohl besser aufpassen sollen, dachte Lükka. Offenbar, so viel immerhin verstand sie, war das Feuer mit Hilfe von Nitroverdünnung angefacht worden. Um welches Fabrikat es sich dabei genau handelte, stand noch nicht fest. Es schien aber kein Mittel zu sein, das in jedem Baumarktregal stand. Der genaue Abgleich der Inhaltsstoffe würde etwas mehr Zeit in Anspruch nehmen, kündigte Katenhusen an. *Wenn ihr mir sagen könntet, woher das Zeug stammt*, schrieb er, *könnten wir die Vergleichsprobe durch den GC jagen lassen*.

Na toll. Wenn wir das wüssten, wären wir allerdings auch ohne den Gas-Chromatographen schon ein ganzes Stück weiter, dachte Lükka.

Auf jeden Fall war Henk van der Tuin jetzt aus dem Schneider. Die Zeitschaltuhren waren nach Katenhusens Ermittlungen bereits am Montag gestellt worden. Und da war van der Tuin nachweislich noch in den Niederlanden gewesen. Also konnten sie den verrückten Holländer jetzt Dixi wieder alleine überlassen, außer einem Verfahren wegen unerlaubten Drogenbesitzes würde bei ihm nichts zu holen sein.

Wenigstens komme ich jetzt um das Kaffeetrinken mit Dixi Baukloh herum, dachte Lükka. Ein schwacher Trost, aber immerhin.

34.

Als Roman Sturm wenig später ins Büro kam, hatte er noch immer eine dicke Beule, wo der Schlagstock des Einsatzleiters seinen Schädel getroffen hatte. Lükka wartete, bis er sich ein Glas Wasser geholt hatte, und berichtete ihm dann von der Nachricht der Spurensicherung.

Überrascht war Roman nicht, dass Henk van der Tuin als Brandstifter nicht in Frage kam. Eigentlich war er ganz zufrieden, dass die Untersuchungsergebnisse den Holländer entlasteten. So mussten sie sich Beckmann gegenüber wenigstens nicht dafür rechtfertigen, dass sie weiterermittelten.

„Wer benutzt denn solche Nitroverdünner überhaupt?“, fragte er.

„Na ja, da kommen eine Menge Leute in Frage. Wenn wir jeden verhören wollen, der Nitroverdünnung gekauft hat, werden wir alt und grau“, meinte Lükka. „Benutzt wird das Zeug zum Verdünnen von Lack und manchen Farben und zum Reinigen von Pinseln. Also wäre jeder verdächtig, der seine Heizkörper in letzter Zeit neu gestrichen hat oder seine Türen lackiert. Oder die gesamte Maler- und Lackiererinnung.“ Sie tat, als wollte sie Roman das Telefonbuch reichen. „Fang schon mal an!“

Roman seufzte. „Jeder ja wohl nicht“, fiel ihm zum Glück ein. „Hast du nicht gesagt, das Mittel sei nicht überall zu haben? Der durchschnittliche ostfriesische Heimwerker holt seine Farben und Verdünnung doch bestimmt aus dem Baumarkt.“

„Bleiben aber bestimmt noch genug Leute, die im Fachhandel einkaufen. Handwerker, Firmen ...“

„... vielleicht Künstler?“

„Bestimmt auch.“ Lükka sah ihn an. „Natürlich. Die müssen ihre Pinsel und Paletten auch mit so etwas sauber machen, jedenfalls, wenn sie mit Öl malen.“

„Was Joachim Thedinghausen ja zum Beispiel nicht tut“, sagte Roman stirnrunzelnd. „Wir müssen in Erfahrung bringen, ob er trotzdem solche Verdünnung gekauft hat. Lükka, ich schlage vor, du gehst mal zur Abwechslung ins Internet. Versuch herauszufinden, was es für Firmen gibt, die Künstlerbedarf vertreiben. Vielleicht können die dir sagen, was in ihren Flaschen alles drin ist. Notfalls bestellst du was, damit die Kollegen was zum Analysieren haben. Ich fahre noch mal nach Ditzum raus und versuche, Thedinghausen zu fassen zu kriegen. Vielleicht kann ich sein Alibi zerpflücken."

Während Lükka den Internetbrowser startete und die Seite der Suchmaschine aufrief, griff Roman sich die mittlerweile ziemlich dick gewordene Akte *Zollhaus*, um das Protokoll ihres Gesprächs mit dem Maler herauszusuchen. Er fand sie schnell und las, was Lükka mitgeschrieben und ordentlich abgetippt hatte. Thedinghausen hatte ausgesagt, er sei am Montag nach Norddeich gefahren und hätte dort übernachtet. Bei den Unterlagen fand Roman eine Quittung des Wohnmobilstellplatzes am Schwimmbad, das stimmte so weit. Am Dienstag war der Künstler dann mit seinem Wohnmobil nach Greetsiel weitergefahren, um über einen Auftrag zu verhandeln. Der Eigner des Fischkutters, den er malen sollte, hatte bestätigt, dass Thedinghausen am Dienstagmittag bei ihm gewesen sei. Aber das war jetzt ja nicht mehr entscheidend, wenn das Feuer bereits am Montag vorbereitet worden war. Roman blätterte zurück. Am Montagvormittag hatte Thedinghausen im Zollhaus letzte Arbeiten an seiner Ausstellung erledigt. Roman kritzelte auf einen Zettel: *Reifschneider fragen, ob die ganze Zeit jemand bei Thedinghausen war.* Nach der Versicherung für die Bilder musste sich bei der Galeristin auch noch erkundigen, fiel ihm ein. Er ergänzte die Notiz. Zeitschaltuhren ließen sich normalerweise für vierundzwanzig Stunden programmieren. Thedinghausen hätte also, wenn er unbeobachtet gewesen wäre, durchaus die Brandsätze am Montagvormittag verteilen und die Uhren auf den nächsten Morgen stellen können. Der Ausstellungsraum lag direkt neben dem Café, in dem das Feuer ausgebrochen war.

Roman Sturm legte die Akte zur Seite und suchte nach dem

Telefonbuch. Ach ja, das lag auf Lükkas Schreibtisch. Seine Kollegin stöberte noch immer im Internet. „Du glaubst gar nicht, wie viele Seiten du angezeigt kriegst, wenn du *Künstlerbedarf* eingibst", stöhnte sie. „240 000 Einträge! Und schon auf den vorderen Seiten sind jede Menge Händler, von denen die meisten auch Verdünnung und Pinselreiniger verkaufen. So wird das nie was."

Roman nahm das Telefonbuch und blätterte, bis er das R gefunden hatte. „Ich rufe jetzt erst einmal Vera Reifschneider an", erklärte er. „Ich will wissen, ob die Bilder wirklich versichert waren und ob sie Thedinghausen am Montag beim Ausstellungsaufbau alleine gelassen hat. Das könnte uns eine Menge Arbeit ersparen."

Er wählte die Nummer der Galeristin. Während er auf das Freizeichen lauschte, klingelte Lükkas Telefon und sie wandte sich erleichtert von ihrer Internetrecherche ab.

***

„Fehlanzeige", sagte Roman wenig später, als er das Gespräch mit Vera Reifschneider beendet hatte. „Die Bilder seien natürlich versichert gewesen, sagt sie. Sie schien richtig beleidigt, dass ich so etwas überhaupt frage. Ein Motiv hätte Thedinghausen also, und er war auch zur richtigen Zeit am richtigen Ort. Allerdings beteuert sie, dass sie ihn nie länger als fünf Minuten alleine gelassen hätte, um Werkzeug zu holen oder im Café etwas zu trinken zu besorgen. Er hat das Zollhaus gegen elf vor ihr verlassen, sie hat anschließend noch aufgeräumt und überprüft, dass im Café alle Elektrogeräte ausgeschaltet waren. Am frühen Nachmittag, so zwischen drei und vier, genau weiß sie es nicht mehr, war sie dann noch einmal im Zollhaus, da ist ihr auch nichts aufgefallen. Zu dieser Zeit war Thedinghausen schon an der Küste."

„Verdammter Mist. Das hätte so gut gepasst." Lükka runzelte die Stirn. „Irgendwie muss er es doch geschafft haben, danach noch einmal ins Zollhaus zu gehen. Wie lange fährt man denn von Norddeich nach Leer?"

Roman überlegte. Wenn Thedinghausen um elf in Leer losgefahren war, brauchte er nach Ditzum etwa eine halbe Stunde. Also halb zwölf. Dann hatte er das Wohnmobil geholt und war Richtung Norddeich gefahren. Anderthalb Stunden brauchte er dafür mindestens, schätzte Roman. Wahrscheinlich mehr, in der Urlaubszeit war die Strecke immer recht voll und in der Baustelle auf der Autobahn zwischen Leer und Emden verlor man auch Zeit.

„Vielleicht ist er ja mit der Fähre von Ditzum nach Petkum gefahren", schlug Lükka vor. „Das ist doch viel kürzer, als erst bis zur Autobahn zu fahren, durch den Emstunnel und dann erst nach Emden."

„Etwa halb so weit", gab Roman zu. „Aber erstens weiß ich nicht, ob die kleine Fähre überhaupt Wohnmobile mitnimmt, und zweitens sparst du zwar Kilometer, aber die Fähre braucht ja auch eine Weile, bis sie drüben ist. Schneller bist du da sicher nicht. Aber wichtiger ist ohnehin die Strecke von Norddeich nach Leer."

„Das sind etwa siebzig Kilometer", verkündete Lükka, die im Internet einen Routenplaner aufgerufen hatte. „Eine Stunde und zehn Minuten braucht man dafür, steht hier. Plus Urlaubsverkehr und Baustelle."

Roman Sturm rechnete nach. Über den Daumen knapp drei Stunden Fahrzeit. Wie lange brauchte man, um die ganzen Brandsätze zu verteilen, die Uhren mit den Elektrogeräten zu verbinden, zu testen, ob alles funktionierte? Weniger als eine halbe Stunde bestimmt nicht, eher mehr. Zudem hätte Thedinghausen sein Wohnmobil nicht direkt beim Zollhaus parken können, die Stellplätze dort waren zu eng.

„Den Besuch in Ditzum verschiebe ich erst mal, bis wir mehr in der Hand haben. Wir müssen in Norddeich nachfragen, ob Thedinghausen am Nachmittag seinen Stellplatz noch einmal verlassen hat. Aber telefonisch hat das wenig Sinn" sagte er. „Ich fürchte, wir müssen hinfahren und versuchen, ob wir einen Platzwart – oder was die auf so einem Stellplatz haben – zu fassen kriegen."

„Das können uns die Kollegen im Kommissariat Norden abnehmen“, schlug Lükka vor. „Während du telefoniert hat, hat bei mir das Krankenhaus angerufen. Daud Bihal ist am Wochenende in die Kinder- und Jugendpsychiatrie verlegt worden. Wir sollten versuchen, ob wir mit ihm reden können. Vielleicht hat er Thedinghausen gesehen. Oder jemand anderen.“

„Soll ich nicht besser selbst nach Norddeich?“, fragte Roman verzagt. Kinderpsychiatrie – allein bei dem Gedanken gruselte es ihn. Eine Tour nach Norddeich schien ihm wesentlich verlockender, trotz der Hitze, die noch immer über Ostfriesland brütete. Inzwischen schien die Sonne zwar nicht mehr vom strahlend blauen Himmel wie in den vergangenen Wochen, aber die Wolkendecke, die sich über die Stadt gelegt hatte, machte die Wärme nur noch unerträglicher. Ein ordentliches Gewitter, vielleicht ein paar schöne Regentage, das wäre allemal angenehmer als diese klebrige Schwüle.

„Wovor hast du Angst?“, spottete Lükka. „Die behalten dich nicht gleich da, du bist viel zu alt. Du kommst schön mit, vielleicht gelingt es dir besser, an den Kleinen ranzukommen. Außerdem können die Norder das mit dem Stellplatz viel leichter erledigen als wir, die kennen sich da aus und wissen, wen sie fragen müssen.“ Sie stand auf und griff ihre Umhängetasche. „Auf geht's!“

Roman folgte ihr resigniert. An der Tür machte er noch einmal kehrt und holte von seinem Schreibtisch den kleinen Eisbären mit der blauen Schleife. Vielleicht konnte der Daud eher zum Sprechen bringen als Lükka und er.

35.

Blink – zwei, drei vier, fünf, sechs, sieben. Blink – zwei, drei ... Roman Sturm zählte mit, wie lange die enge Aufzugskabine benötigte, um sich quietschend von einem Stockwerk ins nächste zu quälen. Immer sieben Sekunden, bis die Anzeige von einer Etage zur folgenden umsprang. Die Metallwände waren schäbig, der mattgrüne Lack blätterte und das Licht war trübe und schummerig. Das Lämpchen, das die Ankunft im fünften Stock signalisieren sollte, war defekt, doch als Roman mit dem Zählen wieder bei sieben angekommen war, ruckte der Aufzug und kam seufzend zum Stehen. Die Türhälften glitten nur zögernd auseinander und gaben schließlich den Blick auf einen schmalen, dämmerigen Flur frei, dessen kahle Wände bis zur halben Höhe mit gelber Ölfarbe gestrichen waren.

Das war noch schlimmer, als Roman es sich vorgestellt hatte. Wer vorher keine Depressionen hatte, der bekommt sie spätestens hier bei der Ankunft in der *Ostfriesischen Kinderpsychiatrie*, dachte er. Unwillkürlich lauschte er, ob von den Stationen Jammern und Schreie zu hören waren, doch alles war still, nur ein paar Tauben auf dem Dach gurrten. Ein Drachenbaum im zu kleinen Topf reckte seine gelblichen Blätter in den heißen Raum, als flehte er um Wasser oder noch besser um Erlösung und Umsiedlung auf den Komposthaufen.

Lükka bog ohne zu zögern nach rechts in den langen Gang ein und führte Roman um zwei Ecken, bis sie vor einer breiten lavendelblauen Stahltür standen. Ein mit Buntstift gemaltes und mit Blumen und Schmetterlingen verziertes Schild verkündete, hier sei die Station fünf. Lükka drückte auf den kleinen Klingelknopf an einer Gegensprechanlage. Hinter der Tür erklang ein dreitöniger Gong. Als sich kurz darauf Schritte näherte, wappnete Roman sich innerlich für eine Begegnung mit einem bulligen Wärter oder einem Dragoner von Stationsschwester. Die zierliche Brünette, die ihnen die Tür öffnete und sie freundlich anlächelte, war für ihn die erste Überraschung. Die zweite war der helle Flur, in den sie die Besucher führte. Er war zwar ebenfalls nicht breit, aber die großen auf Kipp gestellten Fenster an beiden Enden ließen viel Licht herein. An der Decke schaukelten im Durchzug mehrere Mobiles aus Tonkarton an bizarr geformten Ästen, großformatige Bilder verdeckten den größten Teil der schäbigen Wände. Ein Kindergarten, dachte Roman. In einem alten, heruntergekommenen Gebäude, aber mit engagierten Erzieherinnen, die das Beste aus den Bedingungen herausholen.

„Sie sind also die Polizisten, die unser kleinstes Geißlein besuchen wollen.“ Die Dunkelhaarige lächelte, als sie Romans und Lükkas Verwirrung sah. Dann wurde sie wieder ernst. „Die anderen Geißlein hat der böse Wolf gefressen, nur das jüngste hat sich im Uhrkasten versteckt.“

„Ja, und wir wollen herausfinden, wer der böse Wolf ist“, sagte Roman. „Können Sie uns zeigen, wo wir Daud finden, Frau ...“

„Jessica“, half die Brünette aus. „Ohne ‚Schwester‘. Er sitzt dort drüben.“ Sie wies zum entfernten Ende des Flures, wo sich mehrere Kinder um einen langen Tisch versammelt hatten und Karten spielten. „Er spricht zwar nicht mit den anderen und spielt auch nicht mit, aber wenigstens setzt er sich schon dazu.“

Roman erkannte den kleinen Jungen, den Ahrend Berghaus aus dem Treppenhaus getragen hatte. Seine Gesichtsfarbe war nicht so rosig wie am Morgen des Brandes, aber das war eher ein gutes Zeichen, war doch das scheinbar gesunde Aussehen nur eine Folge der Kohlenmonoxidvergiftung gewesen. Daud trug eine geblümte kurze Hose und ein bunt bedrucktes rosa T-Shirt, beides war ihm ein paar Nummern zu groß und eindeutig für ein Mädchen gedacht. Offensichtlich hatten die Betreuer zusammengesucht, was sie an Kleidungsstücken zu Hause oder in der OKP finden konnten. Da Dauds Überleben geheim bleiben musste, hatten sie ihm keine passenden Sachen von seiner Tante holen können. Roman beschloss, beim nächsten Besuch ein paar Hemden mitzubringen und schalt sich innerlich gleich selbst dafür. Wollte er wirklich freiwillig wiederkommen? Doch er musste sich eingestehen, dass die Atmosphäre dieser Räume sein Unbehagen fast völlig vertrieben hatte. Hier sah es nicht nach Klapsmühle aus, eigentlich nicht einmal nach Krankenhaus. Dass die hübsche Jessica – ohne „Schwester" – keinen weißen Kittel trug, sondern mit ihrer olivgrünen Sommerhose und der schwarzen Bluse ebenso gut in eine alternative Werbeagentur oder eben einen Kindergarten gepasst hätte, verstärkte diesen Eindruck.

Die Kinder schauten von ihrem Spiel auf, als die drei Erwachsenen zu ihnen an den Tisch traten. Daud war eindeutig der jüngste und kleinste unter ihnen, die anderen waren zwischen zehn und sechzehn, schätzte Roman. Er musterte verstohlen die Gesichter und versuchte zu erraten, warum diese Kinder in psychiatrischer Behandlung waren. Das langaufgeschossene Mädchen mit dem Nasenpiercing gab ihm am wenigsten Rätsel auf, sie hatte die Grenze zwischen Modelfigur und Magerkeit weit hinter sich gelassen und wirkte geradezu durchscheinend blass. Der blonde Brillenträger, vielleicht zehn Jahre, der ständig mit seinem Stuhl wippte und mit den Fingern an den Karten knibbelte, war vielleicht hyperaktiv. Aber die Pausbäckige mit den roten Locken? Der Schwarzhaarige mit dem breiten Lächeln oder die Kurzhaarige mit der Zahnspange? Eigentlich war keinem irgendeine Krankheit anzusehen, fand Roman. Auf einem Schulhof oder in der Innenstadt wären sie ihm sicher nicht aufgefallen.

„Daud, du hast Besuch. Kommst du mal mit?", fragte Jessica.

Daud antwortete nicht, aber er schob seinen Stuhl zurück und stand auf. Verstehen kann er uns also wirklich, stellte Roman fest. Jessica öffnete eine der Türen, die vom Flur abgingen, und führte Daud und seine Besucher in einen kleinen Aufenthaltsraum, der mit zwei verschiedenen alten Sofas, ein paar Regalen und einem ausrangierten Couchtisch aus dunkler Eiche ein bisschen nach Sperrmüll aussah, aber trotzdem nicht ungemütlich war. Ganz selbstverständlich setzte sie sich neben Daud auf eines der Sofas, während Lükka und Roman auf dem anderen Platz nahmen. Alleine lassen wollte sie den Jungen offenbar nicht mit den Polizisten.

„Unsere Stationspsychologin hätte gerne an der Unterhaltung teilgenommen“, erklärte Jessica, „aber sie ist noch im Elterngespräch. Vielleicht kommt sie später noch dazu.“

Roman fühlte sich seltsam verlegen. Wie sollten sie die Unterhaltung mit diesem Kind beginnen, das wenige Tage vorher aus einem brennenden Haus gerettet worden war und seine Geschwister verloren hatte? Wusste Daud überhaupt, was mit seinem Bruder und seiner Schwester geschehen war?

Lükka schien denselben Gedanken zu haben. Sie wandte sich an die Pflegerin: „Es ist sehr warm hier drin. Könnten wir wohl etwas zu trinken bekommen? Ich helfe Ihnen auch tragen.“

Bereitwillig stand Jessica auf. „Ich schaffe das schon.“ Sie fing Lükkas Blick auf und begriff, dass die eine Gelegenheit suchte, mit ihr zu reden, ohne dass Daud zuhörte. „Aber wenn Sie die Kekse tragen könnten, wäre das natürlich sehr nett.“

Die beiden Frauen verschwanden und Roman blieb mit dem Jungen zurück, der ruhig auf dem Sofa saß und aus dem Fenster blickte. Viel zu entdecken gab es nicht, die Station lag so weit oben, dass sie von ihren Plätzen aus nur den Himmel sehen konnten. Die Sonne war verschwunden, dicke weiße Wolken türmten sich zu Bergen, der eine war oben abgeflacht und ähnelte einem Amboss. Vielleicht kriegen wir heute noch ein Gewitter, dachte Roman. Dann wird es endlich ein bisschen kühler.

„Magst du Gewitter, Daud?“, fragte er, „oder hast du Angst, wenn es donnert?“ Prima, jetzt unterhalte ich mich mit einem kleinen Jungen, der nicht spricht, übers Wetter. Tolle Gesprächsführung.

Daud antwortete nicht, natürlich, aber er sah Roman an.

„Gefällt es dir hier mit den vielen Kindern?“

Daud musterte ihn mit seinen dunklen Kulleraugen und schwieg. Verdammt, wo blieb Lükka? Und warum redete dieses Kind nicht? War es durch das Feuer so traumatisiert, dass es ihm buchstäblich die Sprache verschlagen hatte? Vielleicht hatte es auch Angst vor Fremden, aber solange sie seinen großen Bruder nicht fanden, würden sie nicht erfahren, ob Daud überhaupt noch sprechen konnte. Weder die Ärzte im Kreiskrankenhaus noch die Psychologen hier hatten bisher erreicht, dass der Junge den Mund aufmachte, und die hatten wesentlich mehr Erfahrung mit Kindern als Roman. Normalerweise hätten sie einen der Kollegen mitgenommen, die im Umgang mit Kindern besonders geschult waren, aber natürlich war jetzt in der Urlaubszeit keiner von denen greifbar.

„Hast du auch Durst?", versuchte Roman es noch einmal. Nichts. Er kramte in seiner Hosentasche und fand eine Blechdose mit Bonbons. Er nahm sich einen, um den Durst zu lindern, und hielt Daud die offene Büchse hin. Daud schaute auf die Bonbons und verschränkte die kleinen Arme vor der rosa T-Shirt-Brust.

„Hast recht. Von fremden Onkels darf man keine Bonbons nehmen." Roman lächelte und steckte die Dose wieder ein. Moment, war das die Lösung? Hatten die Erwachsenen Daud eingeschärft, dass er nicht mit Fremden reden durfte? Die Angst vor Kidnappern und Kinderschändern brachte viele Eltern dazu, ihren Kindern das beizubringen, auch wenn der böse Onkel, der Kinder wehtat, in Wahrheit nur selten ein Fremder war. Für Kinder, die sich vor der Polizei oder der Ausländerbehörde verstecken musste, war dieses Gebot aber wirklich nützlich. Wer niemals mit Fremden sprach, der konnte auch nichts verraten.

Roman Sturm war überzeugt, dass er das Problem erkannt hatte. Eine Lösung hatte er damit allerdings noch immer nicht. Mussten sie das Geheimnis womöglich doch lüften und Dauds Onkel oder Tante einweihen, um dem Jungen die Zunge zu lösen? Sie brauchten jemanden, für den das Redeverbot nicht galt.

Jemanden? Oder: etwas? Ihm fiel ein alter Film ein, den er vor Jahren gesehen hatte, eine Dürrenmatt-Geschichte in der werweißwievielten Wiederholung. *Es geschah am helllichten*

Tag. Gert Fröbe in einer abgrundtief bösen Rolle als Kindermörder hatte sich im Wald an kleine Mädchen herangemacht, indem er ihnen mit einer Kasperlepuppe etwas vorgespielt und so ihr Vertrauen erschlichen hatte. Eine Kasperlepuppe hatte Roman nicht dabei. Stattdessen zog er aus der geräumigen Tasche an seinem Hosenbein den kleinen Eisbären hervor. Vom Couchtisch verdeckt, so dass Daud es nicht sehen konnte, packte er das Plüschtier mit der rechten Hand so, dass sich der pelzige Rücken in seine Handfläche schmiegte und Daumen und Zeigefinger den Hals umschlossen. Er setzte das Vieh auf seinen Oberschenkel. Daud reagierte nicht, er sah wieder zum Fenster. Roman hob den Eisbären ein Stückchen höher, so dass sein Kopf knapp über die Tischplatte ragte. Er drehte seine Finger so, dass der Bär den Kopf schief legte, und gab ein leises Brummen von sich. Hoffentlich kommt jetzt keiner rein, dachte er und brummte noch einmal, diesmal etwas lauter.

Daud wandte den Blick von den Wolken ab und sah den Kommissar an. Nein, verbesserte sich Roman. Den Bären.

Der Eisbär kletterte unbeholfen über die Tischkante und hoppelte ein paar Zentimeter auf Daud zu. Der Junge beobachtete den Bären; die Hand, die ihn hielt und seinen pelzigen Kopf mal nach rechts, mal nach links drehte, schien er gar nicht wahrzunehmen. Er lächelte.

Es funktioniert, dachte Roman triumphierend. Aus den Augenwinkeln sah er, dass sich die Türklinke bewegte. Nicht jetzt!, dachte er. Daud saß mit dem Rücken zur Tür und bemerkte nicht, dass Lükka den Raum betreten wollte. Er sah auch nicht, dass Roman den Kopf schüttelte und seine Kollegin beschwörend ansah, während er den Bären noch ein Stückchen auf das Kind zu bewegte. Die Tür schloss sich unhörbar und Roman atmete auf.

Konnte Dauds Eisbär sprechen? Roman versuchte es. „Hallo, Daud", sagte er mit seiner tiefsten Bärenstimme. „Da bist du ja wieder. Ich hab dich vermisst!"

Der Eisbär senkte den Kopf, um seinen kleinen Besitzer von unten herauf treuherzig anzublicken.

Dauds Lächeln wurde breiter. „Hallo“, sagte er. „Ich dich auch.“

36.

Roman Sturm saß im Schwesternzimmer der Station fünf und leerte mit großen Schlucken das Glas, das ihm Lükka hingestellt hatte. Er trank aus und schenkte Mineralwasser nach. Als er auch dieses Glas zur Hälfte geleert hatte, atmete er tief durch, lehnte sich zurück und schloss für einen Moment die Augen. Er fühlte sich ausgelaugt und hatte gleichzeitig das Gefühl, etwas Großes geleistet zu haben, auch wenn die Frage, ob Daud Bihal am Montag den Brandstifter gesehen hatte, noch immer ungeklärt war. Zufriedenheit, das war es. Manchmal ist mein Beruf doch gar nicht so übel, dachte er.

Eine gute Stunde lang hatte er mit Daud geredet. Nein, nicht er, Flocke hatte das Gespräch geführt. Der kleine Eisbär mit der verblichenen blauen Schleife hatte mit Daud über die Nacht gesprochen, in der er aufgewacht war, weil er Durst hatte. Auf Zehenspitzen war Daud aus der Abstellkammer geschlichen, um Massoud und Songûl nicht zu wecken. Die hätten ihn bestimmt nicht gehen lassen und es Chalid erzählt. Und der hätte mit ihm geschimpft. Chalid hatte ihnen allen verboten, im Haus herumzulaufen, wenn er zur Arbeit musste. Nur auf die Toilette oben beim Theater durften sie gehen und sich da am Waschbecken Wasser holen. Aber Daud hatte etwas anderes trinken wollen, nicht immer nur Leitungswasser. Ein paar Mal war er schon vorher unten gewesen und hatte gesehen, dass es im Erdgeschoss in dem Raum mit den vielen Spiegeln einen Kühlschrank gab, in dem manchmal Saft stand oder Cola. Deshalb hatte er sich mit seinem Bären nach unten geschlichen und ein paar Schlucke aus der einen Flasche genommen. Würde der Eisbär deshalb mit ihm schimpfen? Nein, der Eisbär hatte verständnisvoll gebrummt. Er wollte auch manchmal etwas anderes als Wasser trinken, und er würde auch nicht petzen, Bärenehrenwort. Erleichtert hatte Daud weitererzählt. Heiß war es gewesen, überall im Haus. Aber noch heißer als oben unterm Dach, wo er mit Songûl und Massoud wohnte, war es in der

Mitte geworden. Und es hatte so komisch gerochen, als wenn einer das Bügeleisen vergessen hätte. Da hatte Daud schnell wieder nach ganz oben gehen wollen und Songûl wecken, auch wenn die dann gemerkt hätte, dass er durchs Haus gelaufen war. Aber es hatte so doll gestunken und er hatte auch gar nicht mehr richtig sehen können, wo er hinlief. Alles war so dunkel gewesen. Da war er plötzlich so müde geworden und hatte sogar geweint, obwohl er doch schon groß war.

Verlegen hatte Daud seinen Bären bei diesem Geständnis angesehen und der Eisbär war ihm auf den Arm gekrabbelt und hatte sich von ihm trösten lassen, weil er so lange von ihm getrennt gewesen war.

Jetzt war Daud mit seinem Eisbären in den Gemeinschaftsraum gegangen, wo die anderen Kindern schon beim Mittagessen saßen. Vorher hatte der Bär ihm noch erlaubt, mit allen Leuten hier im Krankenhaus zu sprechen und auch mit Lükka und mit Roman, der ihn wieder zu ihm gebracht hatte.

Roman wischte sich verstohlen über die Augen. Dauds Frage, wann er nach Hause dürfte und ob ihn Massoud, Songûl und Chalid jetzt bald besuchen würden, hatte der kleine Eisbär nicht beantworten können. Dazu war er zu feige gewesen.

„Wollen wir los?“, fragte Lükka. Sie hatte Roman in Ruhe gelassen, aber jetzt sah sie auf die Uhr.

Die Tür zum Schwesternzimmer öffnete sich und eine Gruppe Frauen und zwei junge Männer kamen herein. Schwestern und Zivis vermutlich, die zum Schichtwechsel alles Wichtige besprechen mussten. Roman fing neugierige Blicke auf.

„Sie haben also das Wunder vollbracht?“, fragte eine rundliche Frau, die ihre blonden Haare zu einem straffen Pferdeschwanz zusammengezurrt hatte. „Ein ganzes Team von Psychologen hat das ganze Wochenende versucht, den Lütten zum Sprechen zu bringen, und Sie kommen daher und unterhalten sich eine ganze Stunde mit ihm – alle Achtung. Geben Sie Kurse?“ Erst jetzt bemerkte sie Romans Kollegin. „Ach, Lükka! Auch mal wieder hier? Hattest wohl Sehnsucht nach uns.“

Sie schüttelte Lükka herzlich die Hand und auch einige der anderen begrüßten sie wie eine alte Bekannte. Roman versuchte, sich seine Verwunderung nicht anmerken zu lassen. Lükka Tammling hatte sich nicht nur sofort hier zurechtgefunden, sie war offenbar mit dem Personal vertraut. Ob sie hier als Patientin gewesen war? Seine Sorge um ihr Essverhalten und die Verletzungen an ihrem Arm fiel ihm wieder ein. Offenbar war die doch nicht so unberechtigt, wie er sich eingeredet hatte. Er nahm sich vor, wieder etwas mehr auf sie zu achten.

Auch wenn sie ihm nie etwas über einen Klinikaufenthalt erzählt hatte, war es Lükka anscheinend nicht unangenehm, dass er auf diese Weise davon erfuhr. Sie scherzte unbefangen mit den Betreuerinnen und verabschiedete sich schließlich mit dem Versprechen, bald mal wieder vorbeizuschauen.

Roman war schweigsam, als sie mit dem klappernden Fahrstuhl wieder ins Erdgeschoss hinunterfuhren.

Lükka schien nicht zu bemerken, dass er verlegen war. „Es war wirklich großartig, wie du das mit Daud geschafft hast, sagte sie. „Diesen blöden Bären mitzunehmen und ihn mit dem Jungen sprechen zu lassen – auf die Idee wär ich, ehrlich gesagt, nicht gekommen!“ Sie zog eine Sonnenbrille aus der Tasche und setzte sie auf, als sie das Haus verließen. Es war Mittagszeit und die Sommersonne stand klein und gleißend fast im Zenit. Die Wolkenberge waren spurlos verschwunden, nur ein Dunstschleier überzog den Himmel. Wieder keine Abkühlung in Sicht. Allein der Gedanke, jetzt wieder in das heiße Auto einzusteigen, ließ Roman den Schweiß ausbrechen. Und dann noch eine halbe Stunde bei diesen Temperaturen von Rhauderfehn nach Leer zurückfahren – grässliche Vorstellung.

„Ich habe jetzt erst mal Hunger“, verkündete er. „Lass uns mal zusehen, dass wir unterwegs irgendwo was zu essen finden.“

Halb rechnete er damit, dass Lükka wieder ablehnen würde, aber sie stimmte sofort zu. Wenig später saßen sie vor einer Eisdiele unter dem Sonnenschirm und stürzten das eiskalte Leitungswasser hinunter, das sie sich zu ihren Eisbechern bestellt hatten. Während sie auf den Kellner warteten, gab Roman sich einen Ruck.

„Wie lange warst du eigentlich in der OKP?“, fragte er im Plauderton.

Lükka antwortete, ohne zu zögern: „Ein Jahr.“ Romans Erschrecken schien sie nicht zu bemerken. „Ein Wunder, dass sich die Leute noch an mich erinnern, ist ewig her.“

„Na ja, wenn jemand so lange da war, vergessen ihn die Betreuer wahrscheinlich nicht so schnell“, meinte Roman. „Ein ganzes Jahr ... Ich dachte, man bleibt da höchstens ein paar Wochen ...“

„Das lohnt sich doch gar nicht.“ Lükka lächelte den Kellner an, der einen großen Krokantbecher vor sie auf den Tisch stellte. „Da hast du dich doch gerade erst eingelebt.“ Sie griff nach dem langen, blanken Löffel und tauchte ihn in den Becher.

Roman sah gebannt zu und war erleichtert, als sie die Sahne genüsslich vom Löffel leckte.

Lükka fing seinen Blick auf. Plötzlich begann sie zu lachen. „Du glaubst, ich war als Patientin dort!“

Roman sah sie an und antwortete nicht.

„Und gleich ein ganzes Jahr? Du musst mich ja für einen ziemlich schweren Fall halten.“ Sie lachte so laut, dass die Gäste an den Nachbartischen sich neugierig umdrehten. Lükka wischte sich die Tränen aus den Augen. „Ich habe in der OKP ein Freiwilliges Soziales Jahr gemacht, deshalb kenne ich den Laden und die Leute“, erklärte sie.

Roman kam sich unglaublich dämlich vor.

„Deswegen guckst du mich in letzter Zeit immer so schief an und bietest mir dauernd was zu essen an. Jetzt wird mir einiges klar“, sagte Lükka. „Du denkst, ich hätte Anorexie oder so was, stimmt’s?“

Roman wurde rot und nickte. „Du musst zugeben: Du isst wirklich zu wenig in der letzten Zeit“, verteidigte er sich. „Als wir neulich beim Griechen waren, hast du nur auf dem Teller rumgestochert und das meiste zurückgehen lassen. Und dann trägst du immer langärmelige Sachen, auch wenn es noch so heiß ist und ... Ach, ich hab mir Sorgen gemacht, das ist alles. Tut mir leid", schloss er lahm.

Zum Glück schien seine Kollegin nicht beleidigt zu sein. Sie schob die Ärmel hoch. Die tiefen, langen Kratzer, die sie beim Handgemenge mit Henk van der Tuin davongetragen hatte, waren verschorft, aber die Arme wiesen auch frische Striemen und lange, weiße Narben auf. Ob Kratzer oder Schnitte, konnte Roman nicht unterscheiden. Lükka drehte den Unterarm so, dass Roman die Verletzungen sehen konnte. „Das muss nicht jeder sehen, sonst kommen die Leute noch auf dumme Gedanken." Sie lachte. „Ach ja, bist du ja auch." Sie wurde ernst. „Nein, Roman, ich ritze nicht. Ich habe von meiner Schwester ein Karnickel in Pflege genommen, weil sie in Urlaub fahren wollte." Sie verzog das Gesicht. „Ein furchtbares Biest, das kannst du dir gar nicht vorstellen. Sie hat es als Zwergkaninchen gekauft, aber inzwischen wiegt es bestimmt fast zehn Kilo. So schnell kannst du gar nicht gucken, wie das Vieh das Telefonkabel angenagt hat oder auf den Teppich gekackt. Und wenn du versuchst, es einzufangen und in den Käfig zu sperren, wird es rabiat." Sie schob einen weiteren Löffel Eis in den Mund. „Ein bisschen hast du sogar recht", gab sie zu. „Ich habe in letzter Zeit wenig gegessen, tagsüber jedenfalls. Meistens ist es mir dafür einfach zu warm. Und die Zollhausgeschichte ist mir auf den Magen geschlagen. Lass uns den Fall endlich klären, dann besuche ich dich und wir kochen in deiner tollen Küche zusammen was richtig Gutes."

Roman grinste. „Machen wir", versprach er. „Am besten einen Kaninchenbraten."

37.

Der Stau vor dem Emstunnel reichte mal wieder zurück bis zur Autobahnauffahrt und vermutlich noch weiter. Lükka Tammling fluchte. Mit knapper Not war es ihr gelungen, sich in eine Lücke einzufädeln. Obwohl es ohnehin nicht voranging, geizten die Autofahrer, die schon einen Platz auf der Autobahn ergattert hatten, mit jedem Zentimeter. Normalerweise mied sie in der Ferienzeit die Autobahn, denn dann war der Ostfriesenspieß zwischen Oberhausen und der Nordseeküste als Haupteinfallstrecke der nordrhein-westfälischen Touristen ständig überlastet. Aber jetzt wurde die Jann-Berghaus-Brücke über die Ems verbreitert, damit im Binnenland noch größere Kreuzfahrtschiffe gebaut werden konnten. Und deshalb zwängte sich der gesamte Verkehr durch das Nadelöhr unter dem Fluss.

Eigentlich hatte Roman vorgehabt, nach Ditzum zu fahren und noch einmal mit diesem seltsamen Maler zu reden. Aber bei ihrer Rückkehr aus Rhauderfehn hatte schon ein Kollege aus Emden vom Fachkommissariat 4 auf ihn gewartet, der von Roman Einzelheiten über den Krawall in der Friesenstraße hören und mit ihm die Bilder von Terrorverdächtigen durchgehen wollte. Chalid Bihal stand bislang nicht auf der Liste. Aber das konnte sich jetzt leicht ändern, falls Roman den Flaschenwerfer in der Kartei der Staatsschützer entdeckte, mit dem Chalid unterwegs gewesen war. Als Brandstifter hatte Lükka ihn außerdem noch immer auf der Rechnung.

Lükka legte den ersten Gang ein und ließ den Wagen vorwärts rollen. Der Tunneleingang lag immer noch in weiter Ferne, als die Blechschlange wieder erstarrte. Wenn Chalid schon länger mit diesem Grauen Wolf befreundet war, dann hatte er das Feuer vielleicht wirklich gelegt. Womöglich war er in eine extremistische Gruppe geraten, die ihn davon überzeugt hatte, dass er und seine Geschwister keine Zukunft in Deutschland hatten. Die Brandstiftung im Zollhaus war dann nur der Auftakt, eine Art erweitertes Selbstmordattentat, dessen zweiter Akt anderswo stattfinden und auch Chalid Bihal das Leben kosten würde.

Die Wagenkolonne rollte wieder an und Lükka fuhr in den Tunnel ein. Als die Autos wieder hielten, verdrängte sie den Gedanken an die kakaobraunen Fluten, die sich über ihrem Kopf durch das immer tiefer ausgebaggerte Flussbett wälzten. Die Fließgeschwindigkeit der Ems hatte sich inzwischen so weit erhöht, dass die Wassersportler das Revier verließen, denn die Ems und ihre Nebenflüsse Leda und Jümme waren durch die ständige Vertiefung lebensgefährlich geworden. Erst vor kurzem hatte die Strömung an der Knock in Emden einen Achtjährigen mitgerissen, der am Ufer gespielt hatte. Segler hatten ihn eine Woche später ertrunken viele Kilometer stromaufwärts gefunden.

Natürlich war es nicht möglich, dass einer der Bagger, versehentlich die Tunnelröhre aufriss, trotzdem hatte Lükka die Vision von kaltem, dünnflüssigem Schokoladenpudding, der durch die geborstene Tunneldecke hereinstürzte. Sie stellte sich die Autofahrer vor, die keine Chance zur Flucht hatten und unter einer stinkenden Schlammflut begraben wurden. Unwillkürlich hielt Lükka die Luft an und atmete erst weiter, als die Wagen langsam wieder ins Rollen kamen und der Tunnelausgang sichtbar wurde. Sie tauchte aus der Röhre auf und zog gleich auf die Standspur hinüber zur Ausfahrt. Hinter ihr hupte jemand. Egal, nur raus aus dem Stau.

Die nächsten Kilometer ließ Lükka den Wagen gemächlich rollen. Kaum jemand war auf dem weg ins Rheiderland. Jemgum, Midlum, Critzum, Hatzum – Namen wie aus dem Asterixheft. Der Vergleich mit den unbeugsamen Galliern hätte den meisten Rheiderländern vermutlich geschmeichelt. Die Menschen hier auf dem Landzipfel am westlichen Emsufer waren ein besonderer Schlag, selbst für Friesen. Tatsächlich verkündeten Rheiderländer, die Einkäufe oder Behördengänge in Leer zu erledigen hatten, sie müssten nach Deutschland fahren.

Vor der alten Schlachterei stand kein Auto. Entweder waren Thedinghausens beide ausgeflogen oder das Wohnmobil war für die schmale Sielstraße zu groß und parkte anderswo. Lükka stellte ihren Wagen am Straßenrand vor dem roten Backsteingebäude mit den weiß gerahmten Fenstern ab. Die künstlichen roten Geranien unter den weißen Halbgardinen sahen in der Hitze so fahl aus, als müssten sie dringend gegossen werden. Lükka drückte auf den Messingknopf neben der dunkelgrün gestrichenen Haustür und lauschte auf das altmodische Klingeln im Haus. Das Schrillen verklang wirkungslos. Lükka wartete einige Sekunden. Als sich im Flur und hinter den Halbgardinen noch immer nichts bewegte, presste sie den Finger wieder auf den Klingelknopf und ließ ihn eine Weile dort liegen.

War sie mehr als zwanzig Kilometer durch die Gegend gefahren und hatte ewig im Stau gestanden, um jetzt vor einem leeren Haus zu stehen? Sie hätte wohl doch vorher anrufen sollen und auf den Überraschungseffekt pfeifen.

Missmutig wandte Lükka sich schon zum Gehen, als sie aus dem Hausflur doch noch schabende Schritte hörte. Die Tür schwang nach innen und gab den Blick auf Joachim Thedinghausen frei, der in der rechten Hand einen breiten Spachtel hielt. Der weiße Kittel, der von seinen schmalen Schultern hing, war an Ärmeln und Vorderseite voller Farbflecken. Er lächelte seine Besucherin verhalten an, zu erkennen schien er sie nicht. Vielleicht sollte sie das ausnutzen. Sie schenkte dem Maler ein strahlendes Lächeln. „Einen wunderschönen guten Tag wünsche ich Ihnen, Herr Thedinghausen!" Das war zu dick aufgetragen, Lükka sah, dass das Lächeln des Malers in sich zusammenfiel, vermutlich hielt er sie jetzt für eine Vertreterin. „Ich komme wegen der Bilder", schob sie deshalb eilig nach und das Lächeln erblühte wieder. „Mein Freund hat demnächst Geburtstag und weil er so beeindruckt von Ihrer Kunst ist, überlege ich, ob ich ihm ein Bild schenken soll." Das war eine faustdicke Lüge, aber sie wirkte. Thedinghausen trat einen Schritt zur Seite und bat Lükka ins Haus.

„Ich hoffe, ich störe Sie nicht zu sehr beim Malen," sagte Lükka mit einem Blick auf den farbverschmierten Spachtel.

Thedinghausen zuckte die Achseln. „Nicht wirklich. Ich experimentiere augenblicklich nur ein wenig." Er zögerte, offenbar unschlüssig, ob er sie ins Wohnzimmer oder ins Atelier führen sollte.

„Sollen wir in Ihr Atelier gehen?", half Lükka aus. Ihr graute zwar vor dem Anblick von Thedinghausens Experimenten, aber sie wollte sich gerne überzeugen, ob in seinen Regalen vielleicht doch Flaschen mit Verdünnung und Pinselreiniger standen. Außerdem würden sich Farbflecken bestimmt nicht gut auf dem Sofa machen. So folgte sie Thedinghausen durch das Schlachthaus und den Innenhof in den lichtdurchfluteten Stall.

Sie sah sich um. Die Zwillingsmühlen waren verschwunden. Dafür war auf einer kleinen Staffelei in einer Ecke des Raumes mit Kreppband auf einer Holzplatte ein weißer Papierbogen fixiert, auf dem Lükka die Skizze eines Fischkutters erkannte. Am oberen Rand der Staffelei klebte ein Foto des Schiffes. Offenbar die aktuelle Auftragsarbeit. Lükka gestand sich ein, dass sie von Kunst nicht viel verstand, aber die Skizze erschien ihr reichlich ungelenk.

Mitten im Raum stand eine größere Staffelei mit einer Platte, die in Größe und Form an eine Schrankrückwand erinnerte. Auf der kleinen Ablage sah sie Spachtel in verschiedenen Größen und flache Schalen, die mit Farbe gefüllt waren.

„Ihr neues Projekt?", fragte Lükka. Auf der Platte prangten schon auf dunkelblauem Untergrund konzentrische Kreise in Rot, Orange und Gelb, die sie entfernt die wilden Sonnen erinnerten, die Vincent van Gogh in der Irrenanstalt von St. Remy gemalt hatte.

Thedinghausen nickte, betrachtete sein Werk aber nicht mit Künstlerstolz, sondern eher mit einem Anflug von Verzweiflung, wie es ihr schien. „Sie wissen vielleicht, dass der größte Teil meiner Arbeiten vernichtet wurde. Jetzt muss ich allmählich versuchen, wieder ins Leben zurückzukehren. Welche Art von Bild suchen Sie für Ihren Freund? Haben Sie ein Foto von seinem Schiff dabei oder eine andere Vorlage, nach der ich malen soll?"

Lükka zögerte. „Er hat ein Faible fürs Weltall. Ihn faszinieren Galaxien, Spiralnebel und Raumschiffe." Sie dachte an Romans Poster und stellte sich ein Thedinghausen-Bild dazwischen vor. Passte gar nicht mal so schlecht.

Der Maler schien erleichtert. „Dazu fällt mir bestimmt etwas ein. Wenn Sie das Bild nicht allzu bald brauchen, könnte ich den Auftrag wohl annehmen. Ich muss vorher allerdings diesen Kutter fertig malen." Er wies auf die Staffelei in der Ecke.

Lükka tat, als hätte sie ihn noch nicht bemerkt und trat näher. „Wo ist das Foto aufgenommen?" fragte sie. „Hier in Ditzum?"

Thedinghausen schüttelte den Kopf. „Nein, das ist Greetsiel. Der Eigner hat mir das Foto mitgegeben. Ich habe zwar selbst auch Aufnahmen gemacht, aber der Film ist noch nicht entwickelt. Ich war erst vorige Woche an der Küste, Montag und Dienstag." Er seufzte. „Da war die Welt noch in Ordnung. Als ich zurückkam, habe ich erfahren, dass meine Ausstellung abgebrannt ist."

Das klang so ehrlich betroffen, dass Lükka sich schwer vorstellen konnte, er könnte den Brand selbst gelegt haben. War er ein so guter Schauspieler? Sie sah sich verstohlen im Atelier um. Auf den Regalen und dem Schreibtisch lagen unzählige Tuben, Kästen mit Kreiden und ein großer Aquarellkasten. Ordentlich aufgereiht standen Flaschen mit Acrylfarbe. Ölfarben und Verdünnung konnte sie nicht entdecken.

Thedinghausen strich den Spachtel, den er noch immer in der Hand hielt, am Rand eines Farbnapfes ab und legte ihn auf einen geblümten Porzellanteller. „Am besten gehen wir nach vorne ins Wohnzimmer und besprechen Ihren Auftrag, Frau ... ich habe Ihren Namen vorhin gar nicht verstanden."

„Tammling", sagte Lükka.

Thedinghausen ließ nicht erkennen, dass ihm der Name etwas sagte. Während des Besuchs hatte er sich ja auch überwiegend mit Roman Sturm unterhalten und Lükka ignoriert, als er merkte, dass sie mit seinen Kunstwerken nichts anfangen konnte. Er zog den fleckigen Kittel aus und hängte ihn an die Staffelei. „Meine Frau ist zwar nicht zu Hause, aber einen Tee bekomme ich auch noch zustande."

Er führte Lükka zurück ins Haus und dirigierte sie auf das bequeme Sofa, das offenbar ziemlich neu war, aber mit seinen dunklen Eichenlehnen so altmodisch wirkte, als stamme es aus den Sechzigern. Während er in der Küche verschwand, sah Lükka sich um. Wieder fiel ihr auf, dass keines von Thedinghausens eigenen Bildern im Wohnzimmer hing. Auf der eichenen Anrichte standen ein paar gerahmte Fotografien. Kurzentschlossen griff sie eine Aufnahme, die das Ehepaar Thedinghausen zeigte. Er im dunklen Anzug, sie im Kostüm mit Perlenkette, ordentlich aufgestellt unter einer Blumengirlande, runder Hochzeitstag vermutlich. Sie steckte es in ihre Tasche und saß wieder auf ihrem Platz, als Thedinghausen mit einem Tablett hereinkam, auf dem neben einem Messingstövchen, Kluntjenapf und Sahnekännchen die unvermeidlichen Teetassen mit dem Rosenmuster standen. Es klirrte leise, als er seine Last auf dem Tisch abstellte.

„Der Tee ist auch gleich so weit", versprach er und griff nach Tasse und Untertasse, um sie vor Lükka hinzustellen. Die zierliche Porzellanschale schwankte bedenklich auf dem kleinen Unterteller und der Maler griff mit der zweiten Hand zu. Mühsam stellte er beides ab. Den kleinen Silberlöffel, der auf dem Tablett lag, bekam er erst beim zweiten Versuch zwischen Daumen und Zeigefinger zu fassen, Metall schlug an Porzellan, als er versuchte, ihn auf die Untertasse zu legen.

Lükka verbarg ihre Überraschung. Die Aquarelle und Kreidezeichnungen, die sie beim ersten Besuch gesehen hatte, waren vielleicht keine hohe Kunst, aber detailreich und handwerklich geschickt gearbeitet gewesen. Experimentierte Thedinghausen deshalb mit großformatigen Spachtelbildern, weil er seine Hände nicht mehr ausreichend kontrollieren konnte? Die Kutterskizze, die jetzt im Atelier stand, konnte durchaus von zittrigen Händen stammen. Für einen Maler, der hauptsächlich Bilder an Kunden verkaufte, die ihre Häuser und Schiffe genau wiedergegeben haben wollten, war das ein großes Problem, vermutete Lükka.

Thedinghausen ging wieder in die Küche und kam mit einer bauchigen Kanne zurück. Lükka legte einen dicken Kluntjebrocken in jede Tasse, damit ihr Gastgeber so einschenken konnte, wie es der ostfriesischen Teezeremonie entsprach. Wenn schon traditionell, dann richtig. Als das Knistern des berstenden Zuckers verstummte, griff sie nach dem Sahnekännchen. Auch das war zwar die Aufgabe des Gastgebers, aber sie wollte Thedinghausen das Hantieren mit der winzigen Schöpfkelle ersparen. Sie ließ die Sahne vorsichtig am inneren Tassenrand in die braune Flüssigkeit rinnen und sah mit kindlichem Stolz, wie die rosenförmige Wolke zur Oberfläche quirlte. Vorsichtig nahm sie den ersten Schluck des heißen Tees. „Haben Sie sich vom Verlust Ihrer Bilder inzwischen etwas erholt?“, fragte sie, während sie ihre Teetasse abstellte.

„Ach, wissen Sie, so richtig werde ich wohl nie darüber hinwegkommen“, meinte Thedinghausen. Er hob ebenfalls seine Tasse an, vorsichtig, mit beiden Händen, trotzdem schwappte etwas Tee in die Untertasse und er stellte das Gefäß ab, ohne getrunken zu haben.

„Aber wenigstens der finanzielle Schaden wird Ihnen doch ersetzt, oder? Die Ausstellung war doch bestimmt versichert?“

Thedinghausen sah aus, als sei ihm das gleichgültig. Achselzuckend entgegnete er: „Mag sein. Das weiß ich gar nicht. Von solchen Dingen verstehe ich nichts, darum kümmert sich meine Frau. Ich bin für die Kunst zuständig, sie fürs Geschäft.“ Er lächelte. „Wenn wir uns jetzt über das Bild für Ihren Freund einigen, müssten Sie auch mit ihr über den Preis sprechen.“

„Ach, ich dachte, sie sei gar nicht da.“

„Ist sie auch nicht, sie arbeitet in einer Zahnarztpraxis und kommt erst gegen Abend wieder. Aber ich gebe Ihnen die Telefonnummer, dann können Sie das alles direkt mit ihr besprechen. Ich muss nur wissen, was für ein Bild ich für Sie malen soll.“

„Am liebsten wäre mir ja ein Ölgemälde", sagte Lükka.

„Oh, das wird schwierig", gestand Thedinghausen, wie sie erwartet hatte. „Ich habe gar keine Ölfarben im Haus." Lükka setzte eine enttäuschte Miene auf und der Maler fuhr fort: „Ich müsste alles erst besorgen und dafür müsste ich genau wissen, an welche Farben Sie gedacht haben, damit ich nicht unnötig viel bestelle."

Offenbar hatte er zur Zeit wirklich nicht viele Aufträge, sonst wäre er sicher nicht zu dem Zugeständnis bereit gewesen, mit Öl zu malen, dachte Lükka. „Woher bekommen Sie eigentlich die ganzen Farben?", fragte sie. „Gibt es die hier in Ditzum?"

Thedinghausen lachte. „Nein, ganz bestimmt nicht. In Leer gibt es den einen oder anderen Laden, wo man so etwas kaufen kann. Aber wir bestellen alles im Versandhandel." Er wies auf das Bücherregal, in dem neben alten Buchclubausgaben ein großformatiger Band stand, der bestimmt fünf Zentimeter dick war. Lükka erkannte den Namen des Versandhändlers, er hatte auf der Liste, die sie gegoogelt hatte, weit oben gestanden. „Ich fülle die Liste aus und meine Frau bestellt das Material über das Internet."

„Schade, das ist dann wohl zu viel Aufwand für einen einzelnen Auftrag. Vielleicht wäre das Bild ja auch mit Acrylfarben schön genug."

Thedinghausen nickte heftig. „Ganz sicher", sagte er. „Ich denke, ich habe auch schon eine Idee, was ich für Sie malen könnte."

Prima, dann musste sie sich jetzt nicht den Kopf zerbrechen, was sie ihn malen lassen sollte, zumal sie ja gar kein Bild kaufen wollte. Natürlich war es unfair, ihn mit einer Arbeit zu beauftragen, die sie gar nicht haben wollte, auch wenn Lükka überhaupt keine Vorstellung davon hatte, wie lange Thedinghausen für so ein Bild brauchen würde. Trotzdem sagte sie: „Ich lasse Ihnen völlig freie Hand, schließlich sind Sie ja der Künstler." Sie trank ihren Tee aus. „Und Sie waren vorige Woche in Greetsiel?", fragte sie im Plauderton. „Bekommt man da in der Hochsaison überhaupt ein Zimmer? Sie sagten doch, Sie seien über Nacht an der Küste gewesen?"

„Ja, schon, aber ein Zimmer brauche ich nicht, wenn ich unterwegs bin. Ich habe Bett und Küche immer dabei in meinem Wohnmobil. Wenn ich auf Motivsuche bin, besorge ich mir ein schönes Plätzchen und stelle mich da hin. Vorige Woche war ich erst in Norddeich und bin am nächsten Tag in die Krummhörn weitergefahren."

Das wusste Lükka bereits. Und sie wusste auch, dass Thedinghausens Wohnmobil den Stellplatz beim Schwimmbad wirklich erst am nächsten Tag verlassen hatte. Allerdings hatten die Kollegen in Norden niemanden gefunden, der den Maler nachmittags auf dem Stellplatz gesehen hatte. Der Wagen hatte unbewohnt gewirkt, erst abends nach halb acht hatte der Platzwart bei seiner Runde einen Mann beim Wohnmobil gesehen, auf den Thedinghausens Beschreibung passte.

„Haben Sie denn in Norddeich auch Motive zum Malen gesucht?"

Thedinghausen sah sie scharf an. Offenbar machten ihre vielen Fragen ihn doch allmählich misstrauisch. Lükka beschloss, die Karten endlich aufzudecken. Sie zog ihren Ausweis aus der Tasche und legte ihn vor Thedinghausen auf den Tisch.

„Herr Thedinghausen, es stimmt zwar, dass mein Kollege von Ihren Bildern beeindruckt war, aber ich bin nicht deswegen hier. Ich muss von Ihnen jetzt ganz genau wissen, was Sie am Montag gemacht haben, wo Sie waren und ob jemand bezeugen kann, dass Sie den ganzen Tag in Norddeich waren."

„Ach, so ist das", sagte der Maler leise. Die Enttäuschung spiegelte sich so deutlich auf seinem Gesicht, dass er Lükka leid tat. „Sie verdächtigen mich. Sie glauben, ich hätte meine eigenen Bilder angezündet. Was für ein Wahnsinn", murmelte er. „Warum, um alles in der Welt, hätte ich so etwas tun sollen?"

„Wegen des Geldes", sagte Lükka hart. „Die Ausstellung war

versichert und ich glaube, Sie wussten das. Sie haben uns selbst gesagt, dass Sie vor allem Ihre Auftragsarbeiten verkaufen. Die Bilder in der Ausstellung waren totes Kapital."

Thedinghausen zuckte zusammen, als hätte sie ihn geohrfeigt. In seinen grauen Augen flackerte Zorn auf. „Jetzt hören Sie mir genau zu." Seine Stimme klang auf einmal kräftig und laut. „Ich verstehe überhaupt nicht, warum Sie so sehr am Montagnachmittag interessiert sind. Ich dachte, das Feuer ist am Dienstagmorgen erst ausgebrochen. Trotzdem werde ich Ihre Fragen beantworten, damit Sie Ihren unsinnigen und unverschämten Verdacht fallen lassen. Ich habe am Montagvormittag letzte Hand an meine Ausstellung gelegt und bin nach Hause gefahren. Dann habe ich den PKW vor dem Haus abgestellt, damit meine Frau nachmittags damit zur Arbeit fahren konnte, habe mich von meiner Frau verabschiedet, bin in mein Wohnmobil gestiegen und damit nach Norddeich gefahren. Ach ja, auf der Toilette war ich vorher auch noch. Wollen Sie darüber auch Näheres wissen?" Seine Stimme zitterte vor mühsam gezügelter Wut.

„Nur, wenn es mit unserem Fall zu tun hat, danke", sagte Lükka höflich. „Sind Sie auf direktem Weg nach Norddeich gefahren oder waren Sie vorher noch einmal in Leer?"

„Direkt, das habe ich Ihnen doch schon gesagt! Ich bin in Norddeich geblieben, habe morgens im Wagen einen Kaffee getrunken und bin nach Greetsiel gefahren. Zwischendurch habe ich meine Frau angerufen, um Bescheid zu sagen, wo ich bin, wie ich es immer mache."

„Ihre Frau war demnach zu Hause?"

„Ich sagte doch schon, dass sie nachmittags arbeiten musste und deshalb den Wagen brauchte", sagte der Maler ungeduldig. „Sie hatte viel zu tun. Ich habe sie auf dem Handy angerufen und konnte sie kaum verstehen, weil der Zahnarztbohrer im Hintergrund so laut war. Sie wird Ihnen das bestätigen."

„Und Sie haben den Stellplatz nicht verlassen?", hakte Lükka nach.

„Jetzt in der Hochsaison kann man froh sein, überhaupt

einen Stellplatz zu finden, den gibt niemand auf, wenn es nicht unbedingt sein muss", sagte Thedinghausen verächtlich.

„Ihr Wohnmobil war in Norddeich, das wissen wir", bestätigte Lükka. „Aber Sie hat den ganzen Tag niemand gesehen. Von Norddeich aus fahren etwa stündlich Züge nach Leer und wieder zurück."

Thedinghausen holte tief Luft. „Hören Sie eigentlich nicht zu? Ich war nicht in Leer. Wenn Sie es unbedingt wissen müssen, auch wenn es meine Privatangelegenheit ist und nicht einmal meine Frau davon weiß: Ich hatte in Norden einen Termin. Beim Neurologen. Ich habe eine Stunde im Wartezimmer gesessen, die Untersuchungen haben noch einmal drei Stunden gedauert. Nachdem mir der Arzt dann eröffnet hat, dass ich an Parkinson leide und deshalb bald Schluss mit der Malerei ist, habe ich mich in meinen Wagen gesetzt und mich betrunken." Er zog ein Portemonnaie aus der Hosentasche und nestelte mit bebenden Fingern eine Visitenkarten daraus hervor. „Hier", sagte er. „Rufen Sie ihn an. Er wird Ihnen bestätigen, dass ich die ganze Zeit bei ihm war. Und jetzt verlassen Sie mein Haus und lassen sich nie wieder bei mir blicken."

38.

Chalid fühlte sich erhitzt und müde, als er den Schlüssel auf den Tisch warf und sich auf den Küchenstuhl fallen ließ. Seine schwarzen Haare schienen am Kopf zu kleben. Trotz seiner Erschöpfung war er seltsam beschwingt. Vielleicht lag es daran, dass er es geschafft hatte, Metins Auto nach Hesel und zurück zu fahren, ohne einen Unfall zu bauen oder in eine Polizeikontrolle zu geraten. Und was hatte er zuerst für einen Schiss gehabt, als Metin ihm den Wagenschlüssel in die Hand gedrückt und sich selbst mit zusammengebissenen Zähnen auf den Beifahrersitz gehievt hatte! Chalids Vorschlag, lieber auf diesen Vortrag zu verzichten, hatte er rundweg abgelehnt. Metins Fuß war stark geschwollen und sah aus, als müsste er teuflisch wehtun, aber er hatte sich nichts anmerken lassen. Der war wirklich hart im Nehmen und im Austeilen, das hatte Chalid schon während des Kampfes bemerkt.

Er fuhr sich mit beiden Händen durch den dichten Schopf. Er sollte sich die Haare so kurz schneiden wie Metin. Dem rann der Schweiß zwar auch in breiten Bächen über die Stirn und am Hals hinunter, aber er wirkte mit seiner Stoppelfrisur und dem weißen Achselshirt wie Bruce Willis nach einem harten Kampf. Während Chalid bestimmt nur aussah wie ein kleiner Junge, der zu viel Fußball gespielt hatte.

Trotzdem fühlte sich Chalid erwachsener als noch heute Vormittag. Er war kein kleiner Junge mehr. Seine Kindheit war nicht erst zu Ende gewesen, als seine Geschwister im Zollhaus verbrannt waren, sondern schon, als er die Kleinen dort unterm Dach versteckt hatte und zur Arbeit gegangen war, um sie ernähren zu können, tagsüber im Supermarkt, nachts gelegentlich als Spielhallenaufsicht. Aber als Mann hatte er sich trotzdem nicht gefühlt, ein Mann musste etwas leisten, er musste seine Familie ernähren und beschützen, und dabei hatte Chalid kläglich versagt. Er hatte Songûl, Massoud und Daud nur verstecken können, weil ihm Pia Eden den Schlüssel für das Zollhaus gegeben hatte. Er hätte auch nicht genug zu essen heranschaffen können, wenn der Lehrer ihm nicht immer wieder Brot, Käse und Salat von seinem Stand zugesteckt hätte. Immer war er von anderen Menschen abhängig gewesen und hatte sich darauf verlassen, dass ihm jemand half, die Aufgaben zu erledigen, die ganz allein seine gewesen wären. Er wurde höchste Zeit, dass er sein Leben in die eigenen Hände nahm, das hatte er erkannt, als er vorhin dem Vortrag gelauscht hatte.

Zuerst hatte er befürchtet, er könnte die Rede nicht verstehen, denn der Imam redete auf Türkisch. Aber weil viele junge Männer im Raum waren, die wie Chalid in Deutschland aufgewachsen waren, hatte ein Dolmetscher seine Worte für sie übersetzt. Und Chalid hatte zugehört, gelangweilt und skeptisch zuerst, aber dann hatte dieser alte Mann mit dem weißen Bart seine Begeisterung geweckt und mit seinen eindringlichen Worten sein Leben verändert.

Schon auf der Rückfahrt hatte er mit Metin über die Zukunft gesprochen. Er konnte sowieso nicht in Leer bleiben, selbst wenn die Polizei ihn nicht gesucht hätte, würde ihn hier nichts mehr halten. Metin hatte das verstanden, er hatte ihm sogar geraten, gleich dieses Land zu verlassen, das ihn ohnehin nicht haben wollte.

Natürlich würde er noch vieles lernen müssen, aber Metin kannte Leute, die ihm dabei helfen würden. Er hatte sogar versprochen, Chalid einen neuen Pass zu besorgen. Das würde zwar noch ein paar Tage dauern, aber nächste Woche würde ein Freund von Metin ihn im Auto mitnehmen und ihn zum Flughafen bringen. Er würde sich nicht einmal das Flugticket selbst kaufen müssen, hatte Metin gesagt. Schon morgen wollte Metin mit ihm zusammen zu diesem Freund fahren, damit sie alles in Ruhe regeln konnten. Nach den Unruhen war ihm das Pflaster in der Friesenstraße zu heiß geworden, die Gefahr war zu groß, dass doch jemand Chalid erkannt hatte.

Ein wenig Angst hatte Chalid schon, in einem so fremden Land wie Pakistan neu anfangen zu müssen und wieder Schüler zu sein. Aber anders als in der deutschen Schule würde dort er als Talib Dinge lernen, die er für sein neues Leben wirklich brauchte. Und wenn er dann irgendwann beweisen konnte, dass er wirklich ein Mann war, dann würde er sich auch nicht mehr vor seiner Familie schämen müssen, weil er seine Pflicht vernachlässigt und seine Geschwister nicht beschützt hatte. Er würde ihnen beweisen, was in ihm steckte, ihnen allen.

Mittwoch

39.

Wo war der lose Faden, den sie zu fassen kriegen mussten, um diesen Fall zu entwirren? Roman fühlte sich, als säße er vor einem Sudoku-Rätsel. Fast alle Kästchen waren ausgefüllt, und dann stellte er fest, dass es nicht aufging, weil er eine Zahl falsch eingetragen hatte. Aber welche war es? Er konnte nicht im Lösungsteil nachschlagen, und einfach das ganze Spiel durchstreichen und ein neues anfangen konnte er auch nicht.

Alle Fährten, denen er und Lükka seit dem Brandmorgen gefolgt waren, schienen vor ihren Augen zu verschwinden. Joachim Thedinghausen hatte nach wie vor das stärkste Motiv, davon waren sie beide überzeugt. Aber ein Anruf bei dem Neurologen in Norden hatte bestätigt, was der Maler Lükka erzählt hatte. Er war den ganzen Nachmittag in seiner Praxis gewesen und erst um kurz vor halb sieben gegangen. Dann hätte er in Norden noch einen Zug um 18.48 Uhr erwischen können und wäre laut Fahrplan um 19.35 Uhr in Leer gewesen und hätte nur über die Straße gehen müssen, um zum Zollhaus zu kommen. Aber der letzte Zug von Leer nach Norddeich fuhr schon um 19.25 Uhr ab und Thedinghausen hatte die Nacht nachweislich in seinem Wohnmobil auf dem Stellplatz beim *Ocean Wave* verbracht. Das Alibi war wasserdicht, wie man es auch drehte und wendete. Trotzdem hatte sich Lükka heute früh gleich ans Telefon geklemmt, um die Bestellungen des Malers bei seinem Farbenhändler zu überprüfen. Natürlich war sie erst in einer Warteschleife gelandet und dann in einem Callcenter, das fünfhundert Kilometer von dem Betrieb entfernt war, für den es die Bestellungen aufnahm. Die direkte Telefonnummer der Firma herauszufinden, war echte Detektivarbeit gewesen. Inzwischen war es schon fast Mittag und Lükka verhandelte noch immer zäh mit den

Mitarbeitern in den verschiedenen Abteilungen, die entweder nicht Bescheid wussten oder sich auf den Datenschutz beriefen und keine Bestelldaten herausgeben wollten.

Aus dem Radio auf der Fensterbank plätscherte Popmusik, um Lükkas Kopf kräuselten sich sonnenbeschienene Rauchfahnen in der unbewegten Luft. Roman zog die Tastatur seines Computers heran. Da ihm im Augenblick sowieso nichts einfiel, was sie weiterbrachte, konnte er ebenso gut seinen Bericht über die Schlacht beim Jugendzentrum schreiben. Das würde endlich mal ein unterhaltsames Protokoll werden.

Er begann zu tippen und staunte selber, was an diesem Abend alles passiert war. Als er bei der Schilderung angekommen war, wie der Wagen der Nationalen Autonomen in Flammen aufgegangen war, grinste er. Natürlich war das Sachbeschädigung der härteren Art, aber endlich mal hatte es die Richtigen getroffen. Seit gestern wusste er auch, wer der bullige Kämpfer war, der den Molotowcocktail ins Auto geworfen hatte. Meerburg, der Kollege vom Staatsschutz, hatte ihm seitenweise Bilder gezeigt. Fast alles waren junge Männer mit Alltagsgesichtern, keiner dabei, dem das Wort Terrorist auf der Stirn geschrieben stand. Viele waren bullig, noch mehr trugen die Haare so raspelkurz, dass sie wie Neonazis aussahen.

Erstaunlicherweise gab es zwischen Deutschnationalen und türkischen Nationalisten nicht nur Ähnlichkeiten im Auftreten und bei der Anwerbung neuer Mitglieder durch Musik, Computerspiele und Gespräche auf Schulhöfen. Die einen wollten ein großdeutsches Reich gründen, die anderen ein großtürkisches. Es existierten, so widersinnig Roman das auch erschien, sogar freundschaftliche Verbindungen. Meerburg hatte Roman Flugblätter gezeigt, die die hundertjährige deutsch-türkische Freundschaft beschworen und Deutsche wie Türken aufforderten, stolz auf ihre Nationalität zu sein – immer nach dem Leitspruch: „Gemeinsam gegen Rassenmischung und Multikultur".

Ein paar Fotos hatte Roman in der engeren Wahl gehabt, ehe er schließlich einigermaßen sicher war, den Flaschenwerfer zu erkennen. Laut Computer hatte der Mann zuletzt tatsächlich in Leer gewohnt. Metin Karagozlu war dem Staatsschutz schon mehrfach aufgefallen, zu mehr als zu einer gelegentlichen Beobachtung hatte es aber nicht gereicht, immerhin saß das Fachkommissariat aus Platzgründen in Emden und hatte nur acht Mitarbeiter. Eigentlich reichte das auch, denn Ostfriesland war nicht gerade ein Brennpunkt des politischen Extremismus, gleich welcher Farbe. Vor einer ganzen Weile hatte Karagozlu die Schule verlassen und war aus Leer weggezogen, hatte zunächst seinen Wohnsitz in Hamburg gemeldet und war dann verschwunden. Dass er jetzt wieder in Leer aufgetaucht war, schien Meerburg zu beunruhigen, zumal er sich hier nicht wieder angemeldet hatte.

Nun war Leer zwar keine Großstadt, in der man so einfach untertauchen konnte, aber um unter 35 000 Einwohnern einen bestimmten Mann zu finden, der nicht gefunden werden wollte, brauchte man schon eine gehörige Portion Glück. Das wusste Roman aus der Erfahrung seiner fruchtlosen Suche nach Chalid Bihal. Und der zog jetzt also mit einem Burschen um die Häuser, den der Staatsschutz einer extremistischen Organisation mit ebenso nationalistischen wie islamistischen Zielen zurechnete. Vielleicht hatte Lükka mit ihrer Vermutung recht, dass die beiden schon länger befreundet waren und Chalid das Zollhaus angezündet hatte – entweder aus Verzweiflung oder um der Organisation seinen Wert zu beweisen. Je eher sie ihn fanden, desto besser.

Roman tippte weiter. Eine Struktur in diesen chaotischen Abend zu bringen, schien ihm fast unmöglich, aber nachdem er den Bericht noch einmal durchgelesen und einige Absätze umgestellt hatte, erklärte er ihn erst einmal für fertig.

Er durchforstete die Zettel, die auf seinem Schreibtisch ausgebreitet lagen und auf denen er schon am Montag notiert hatte, was sich am Samstag ereignet hatte.

Die rotgesichtige Frau Bauer mit den weißen Pudellöckchen fiel ihm ein. Für die war die Straßenschlacht sicher die langersehnte Bestätigung ihrer Befürchtung, dass in der Friesenstraße

Terroristen hausten. Dass die Angreifer kurzgeschorene Deutsche waren, die ihren Hass auf Ausländer teilten, würde sie ebenso sicher schnell vergessen. Vermutlich würde sie den Ausländern die Schuld dafür geben, dass sie da waren und sich überfallen ließen.

Moment mal, welches Wort hatte ihn da gerade so alarmiert, dass er jetzt kerzengerade auf seinem Stuhl saß und durchs Fenster auf eine bleigraue Wolke starrte? Roman versuchte, den Gedanken zu fassen zu bekommen, der gerade am Rand seines Bewusstseins vorbeigehuscht war. Als hätte er in der Wohnung seinen Schlüssel verlegt und ginge noch einmal alle Wege der vergangenen Minuten ab, beugte Roman sich wieder über seinen Schreibtisch, durchwühlte die Unterlagen in genau derselben Reihenfolge wie eben und folgte den Gedanken, die ihm dabei durch den Kopf gegangen waren. Rotes Gesicht. Pudellöckchen. Terroristen. Kurzgeschorene Deutsche. Das war es. Kurzgeschoren. Frau Bauer hatte sich vor allem von einem jungen, bulligen Kerl bedroht gefühlt, der sie übertrieben freundlich begrüßt hätte. Dieser Mann sei mit einem Schwarzlockigen zusammengewesen. Natürlich konnte das Zufall sein. Aber womöglich war die Frau tatsächlich Metin Karagozlu und Chalid Bihal begegnet.

Roman griff zum Telefonhörer. Jemand musste Frau Bauer aufsuchen und ihr die Bilder der beiden vorlegen, aber Roman hatte keinesfalls vor, dieser Jemand zu sein. Bestenfalls würde Frau Bauer ihm nicht einmal die Tür öffnen.

Mit leisem Summen erwachte das Faxgerät in der Ecke.

„Na endlich!“ Lükka sprang auf. „Bis zum Geschäftsführer des Ladens musste ich mich durchfragen, um diese Bestelldaten zu bekommen. Hoffentlich hat sich der Aufwand wenigstens gelohnt!“ Als das Faxgerät tutend das Ende der Übertragung signalisierte, zog sie das letzte Blatt zwischen den Walzen hervor und breitete die eng bedruckten Bögen auf dem Schränkchen neben der Kaffeemaschine aus.

Roman war neben sie getreten und blickte ihr über die Schulter.

Außer Thedinghausens Adresse sah er nur Zahlenkolonnen. Na wunderbar, auf den Ausdrucken standen nur die Bestellnummern, jetzt konnten sie im Katalog nachschlagen, welche Artikel sich dahinter verbargen.

Aber er hatte Lükka Tammling wieder einmal unterschätzt. Sie legte ihr Notizbuch neben die Listen, in dem sie bereits die Nummern aller Pinselreiniger und Lösungsmittel notiert hatte, die der Händler im Sortiment hatte.

Aus dem Radio drang ein Nachrichtenjingle. Schon wieder eine Stunde rum, dachte Roman. Während Lükka die Nummern Zeile für Zeile verglich, ging er zur Fensterbank und drehte lauter. Mal hören, was der Wetterbericht heute zu bieten hatte. Die ersten Meldungen waren das Übliche: steigende Benzinpreise, der bevorstehende Antrittsbesuch des amerikanischen Präsidentschaftskandidaten. Ob die USA wirklich schon reif für einen farbigen Präsidenten waren? Roman stellte sich ein Millionenheer von Frau-Bauer-Klonen vor, die gemeinsam mit den passenden Ehemännern zur Wahlurne strebten, um in Deutschland über einen Kanzlerkandidaten abzustimmen, dessen Eltern aus der Türkei stammten. Oder auch nur über einen Landtagskandidaten Roman Sturm. Nur gut, dass er keine solchen Ambitionen hatte.

Ein Triumphschrei von Lükka überdeckte die Stimme des Nachrichtensprechers, der jetzt *„die wichtigsten Neuigkeiten aus Ihrer Region"* ankündigte. „Jetzt kriegen wir ihn!", verkündete Lükka. „Hier: die Bestellung von April. Zehn Flaschen Verdünnung. Im Mai noch einmal fünf und Ende Juni wieder zehn. Immer zusammen mit einer Menge anderer Sachen. Das reicht auf jeden Fall, um Thedinghausen erst einmal einzubuchten, auch wenn ..."

Roman hob die Hand. „Psst mal eben!"

„... im ostfriesischen Leer war in der vergangenen Woche abgebrannt", sagte der Moderator. *„Während zunächst von drei Todesopfern die Rede war, wurde jetzt bekannt, dass offenbar das jüngste Familienmitglied das Feuer überlebt hat und derzeit in der Ostfriesischen Kinderpsychiatrie betreut wird.*

Die Polizei erhofft sich von seiner Vernehmung Aufschlüsse über die Person des Brandstifters. Und nun zum Wetter. Zunächst die Unwetterwarnung. Der Deutsche Wetterdienst gibt bekannt ...“

„Verdammte Kacke, das ist doch jetzt nicht wahr!“, brüllte Roman. „Welcher Vollidiot hat diese Information rausgegeben?“ Er sah Lükka an, deren Begeisterung über ihre Entdeckung wie weggeblasen war. Er hätte sich ohrfeigen können, dass er sich verplappert hatte, als Pia und Lükka ihn vom Krankenhaus in seine Wohnung gebracht hatten. Genauso gut hätte er selbst beim Radio anrufen können. Er hatte doch gewusst, dass Pia schon einmal in bester Absicht das Fernsehen in den Fall eingeschaltet hatte. Wenn Daud etwas zustieß, war es ganz allein seine Schuld.

„Wahrscheinlich war es gar nicht Pia Eden“, sagte Lükka, die offenbar seine Gedanken gelesen hatte. „Es kann einer vom Krankenhauspersonal gewesen sein oder, noch wahrscheinlicher, einer der Patienten hat es erzählt. Die sind da ja nicht eingesperrt, sondern kriegen Besuch und können telefonieren.“

Roman nickte zögernd. Er wollte Lükkas Beschwichtigung zu gerne glauben. „Aber was machen wir jetzt? Wir müssen so schnell wie möglich zu Thedinghausen, aber wir müssen vor allem dafür sorgen, dass Daud nichts passiert.“

„Ich rufe erst mal im Krankenhaus an“, meinte Lükka. Und dann fahren wir zusammen nach Ditzum.“ Sie blätterte in ihrem Notizbuch, bis sie die Nummer gefunden hatte, und wählte. „Besetzt.“ Sie drückte auf die Gabel und wählte wieder, diesmal eine kürzere Nummer. „Die Zentrale auch.“ Sie drückte die Wahlwiederholung und lauschte dem kurzen Tuten, legte auf und wählte erneut.

Roman überlegte. „So bringt das nichts“, sagte er. „Wenn jetzt alle möglichen Pressefuzzis dort anrufen, ist da noch ewig besetzt. Vielleicht haben sie schon den Hörer danebengelegt, um in Ruhe arbeiten zu können. Ich schlage vor, wir teilen uns auf. Ich fahre nach Ditzum und hole Thedinghausen ab, du fährst zur OKP raus und schärfst denen ein, dass sie niemanden an Daud ranlassen. Nicht einmal seinen Bruder." Er hatte schon die Handschellen aus seiner Schublade genommen und in die Hosentasche gesteckt.

„Na gut", sagte Lükka zögernd. „Dann nehme ich gleich das Foto mit, dass ich gestern bei Thedinghausens ... ausgeliehen habe. Vielleicht erkennt Daud den Mann ja darauf."

„Ausgeliehen, hmm?" Roman zog die Schublade noch einmal auf und nahm auch das Pistolenhalfter heraus.

„Wann gewöhnst du dir endlich an, das Ding draußen in den Schrank zu packen?", fragte Lükka kopfschüttelnd.

„Dann vergesse ich es bloß dauernd mitzunehmen. So wie neulich. Einschließen kann ich hier doch auch", entgegnete Roman. Er schnallte das Holster um. Die Heckler & Koch drückte unangenehm schwer gegen seine Hüfte. Er würde sich wohl nie daran gewöhnen, eine Waffe zu tragen, auch wenn er kein schlechter Schütze war.

„Sei vorsichtig", rief Lükka ihm nach. Roman winkte im Hinausgehen bestätigend, ohne sich noch einmal umzudrehen.

40.

Als ihr Kollege den Raum verlassen hatte, beschloss Lükka, noch einen letzten Versuch mit dem Telefon zu machen. Wenn sie in der Klinik doch noch jemanden erreichte, konnte sie Roman folgen, notfalls mit ihrem eigenen Auto.

Wenn er in die Enge getrieben wurde, konnte sogar ein kränklicher alter Mann wie Thedinghausen gefährlich werden. Allzu gut erinnerte sie sich an seine Wut bei ihrem letzten Besuch.

Natürlich war im Krankenhaus noch immer besetzt. Also gut, dann musste sie wirklich hinfahren. Sie tippte die Tastenkombination ins Telefon, die alle Anrufe auf ihr Handy umleiten würde. Dann wählte sie ein letztes Mal die Nummer der Station, auf der Daud untergebracht war, und wartete, bis nach dem Besetztzeichen eine synthetische Frauenstimme erklang, die ihr anbot, einen Rückrufauftrag zu hinterlassen. Sie bestätigte und legte auf. Die Rufumleitung würde auch den Rückruf der Klinik auf ihr Handy schicken, hoffte sie. Dann konnte sie von unterwegs mit den Betreuern sprechen und nach Ditzum weiterfahren.

Warum war sie so unruhig? Roman war ein erfahrener Kriminalbeamter und hatte für den Notfall seine Dienstwaffe dabei. Spätestens in zwei Stunden würde er mit Joachim Thedinghausen zurück sein. Wenn sie sich beeilte, konnte sie die beiden hier in Empfang nehmen und mit ihm zusammen die Vernehmung beginnen.

41.

Roman hatte die Seitenscheibe hinuntergekurbelt, um wenigstens den Fahrtwind einzufangen, trotzdem klebte ihm das Hemd schon wieder am Oberkörper. Obwohl die Sonne hinter dicken Wolken verborgen war, schien es ihm heißer als in den vergangenen Tagen. Seine Hüfte fühlte sich unter der breiten Pistolentasche nass und heiß an. Verglichen mit der Hosenträgeroptik der Schulterholster war das wohl das kleinere Übel, solange ihm der Waffenmeister kein Innenbundholster bewilligte. Trotzdem drückte die Waffe und störte ihn beim Fahren. Roman hielt das Lenkrad mit der linken Hand und fummelte mit der rechten umständlich den Verschluss des Holsters auf. Endlich hatte er den Gurt geöffnet und legte die schwere Tasche neben sich auf den Beifahrersitz. So war es schon besser. Bevor er in Thedinghausens Haus ging, musste er nur daran denken, die Pistole wieder umzuschnallen.

Eine Klimaanlage wäre jetzt was Feines, dachte Roman. Im Armaturenbrett leuchtete eine rote Lampe auf. Die Nadel der Temperaturanzeige hatte den unteren Rand der kritischen Zone erreicht. Wunderbar, jetzt konnte er auch noch die Heizung anstellen, um die Motorwärme abzuführen, damit sein Kühler nicht zu kochen anfing. Vielleicht sollte er sich doch mal ein neues Auto zulegen.

Als er den Emstunnel verließ, hatte Roman das Gefühl, auf eine Schiefermauer zuzufahren. Jenseits der Ems hatte sich eine Wolkenwand aufgetürmt, vor der die Rotoren der Windkraftanlagen in grellem Weiß leuchteten. Dazu das satte Grün der Wiesen – der Kontrast wirkte schön und bedrohlich zugleich und hätte ein gutes Umschlagbild für einen Sciencefiction abgegeben.

Roman setzte den Blinker und verließ endlich die Autobahn. Bald hatte er Jemgum hinter sich gelassen und zwischen Wiesen mit dösenden Schwarzbunten vorbei die ruhige Allee entlang. Weit war es jetzt nicht mehr, den schiefen Glockenturm hatte er schon bald passiert – war es Hatzum, Critzum oder doch Midlum?

Jetzt noch die scharfe Kurve, die schon manchen Autofahrer aus der Bahn geworfen hatte, der dachte, im Rheiderland ginge es immer nur schnurgeradeaus. Vor dem schiefergrauen Himmel konnte er schon die Windmühle von Ditzum sehen und den Kirchturm, der so holländisch aussah und von Touristen immer für einen Leuchtturm gehalten wurde. Er bog rechts ab und ließ den Wagen die Sielstraße entlangrollen. Vor der Garage der ehemaligen Schlachterei, die dem Siel schräg gegenüber lag, stand ein japanischer Kleinwagen. Thedinghausens Wohnmobil parkte ein Stückchen weiter an der Straße. Offenbar waren beide Thedinghausens zu Hause. Roman stellte den Wagen ab und legte das Pistolenhalfter wieder an, ehe er ausstieg und auf die dunkelgrüne Haustür zuging.

Das Schrillen der Türglocke verhallte, aber niemand kam. Roman ging hinüber zum Fenster und spähte zwischen Halbgardinen und Blumentöpfen hindurch ins Wohnzimmer. Auf dem Tisch standen Tassen und eine Kanne. Der Maler und seine Frau waren ordnungsliebende Leute, wenn sie den Teetisch nicht abgeräumt hatten, mussten sie zu Hause sein. Er klingelte noch einmal. Vielleicht waren sie im Garten oder im Gewächshaus hinter dem Schlachthaus.

Über ihm grummelte es und in der Schwärze der Wolken flammten erste Blitze auf. Es wurde Zeit, dass er ins Haus kam, sonst war er triefnass, wenn er seinen Verdächtigen festnahm.

Roman zwängte sich an dem Kleinwagen vorbei und drückte die Klinke der altmodischen Doppeltür herunter, die die Garage verschloss. Die Tür war abgeschlossen, außerdem stand das Auto zu dicht davor, um sie zu öffnen.

Rechts führte eine Lohne am Haus entlang zum Hinterhof und den Nebengebäuden. Kein Wunder, dass der Maler sein großes Wohnmobil an der Straße stehen ließ, die Gasse war zu schmal, um das Ding da hindurch auf den Hof zu fahren.

Der gepflasterte Platz lag verlassen da, die Tür zum Atelier war abgeschlossen.

War da nicht ein Geräusch? Ja, im Schlachthaus war etwas zu hören. Roman drückte die Klinke herunter und drückte gegen die roh gezimmerte Tür, die sich quietschend in den Angeln bewegte und beim Öffnen über den Zementboden des Schlachthauses schleifte. Hier drinnen war es noch düsterer als draußen, das graue Gewitterlicht drang nur spärlich durch die kleinen Fensterscheiben. Draußen donnerte es jetzt lauter.

Roman stolperte im Dämmerlicht und vertrat sich den Fuß. Er hatte die Rinne vergessen, die den Schlachthausboden furchte und in dem vergitterten Gully mündete, durch den früher das Blut der Schlachttiere abgeflossen war. Roman trat hinkend ein paar Schritte in den Raum hinein. Seine Sandale hinterließ auf der staubigen Zementoberfläche einen dunklen Abdruck.

Hoffentlich blieb er jetzt nicht mit dem Auge an einem Fleischerhaken hängen. Vorsichtig sah Roman nach oben. Da war der Querbalken mit den Haken, an dem das riesige Messer hing. Gehangen hatte, anscheinend war es Thedinghausen doch zu gefährlich erschienen.

Da war wieder etwas zu hören, näher als das Donnern und Rumpeln, das durch die offene Tür hereindrang. Es kam von der Stirnseite, dort, von dem alten Holztisch, der bei der Winde neben der halbgeöffneten Tür zum Wohnhaus stand, und es klang wie ein Gurgeln oder Röcheln. Roman vergaß alle Vorsicht. Mit wenigen langen Schritten war er bei dem Tisch angekommen und hockte sich auf den Boden. In seinem grauen Hemd und der noch etwas dunkleren Hose schien der Mann, der dort zusammengekrümmt lag, mit dem Untergrund zu verschmelzen. Sein Rücken, der Roman zugewandt war, hob und senkte sich unter mühsamen Atemzügen. Der Mann lag auf der Seite, das rechte Bein eng an den Leib gezogen. Seine rechte Hand umklammerte die Schulter, die linke hielt er an den Bauch gepresst. Unter ihm hatte sich eine dunkle Lache gebildet, die über den abschüssigen Boden ihren Weg in die Abflussrinne fand.

Vorsichtig griff Roman nach dem Oberarm des Liegenden und beugte sich tiefer hinab. Das schmale Gesicht von Joachim Thedinghausen war blutverschmiert, er atmete rasselnd und schien bewusstlos zu sein.

Draußen grollte der Donner und eine heftige Böe ließ die Tür im Durchzug quietschen. Der Lärm überdeckte die Schritte, die sich von hinten näherten, fast vollständig. Im letzten Augenblick wandte Roman den Kopf und sah im Licht eines Blitzes hoch über sich eine Klinge, lang wie sein Unterarm. Reflexartig warf er sich nach rechts und das blinkende Schlachterbeil traf den verletzten Thedinghausen mit einem dumpfen Klang. Roman, der sich den Kopf hart an der eisernen Winde angeschlagen hatte, kämpfte mit der Übelkeit. Noch ehe er sich auf die Beine kämpfen konnte, traf ihn die flache Seite der Beilklinge im Hochschwingen. Nicht schon wieder, dachte Roman, als er zusammensackte.

42.

Lükka Tammling hatte ihre Sachen zusammengepackt und wollte eben das Büro verlassen, als das Telefon auf Romans Schreibtisch anschlug. Sie legte ihre Tasche auf den Stuhl und hob ab.

„Tammling."

„Ach, Lükka? Habe ich mich jetzt verwählt? Ich wollte eigentlich Roman sprechen."

Lükka erkannte Meike Siebens Stimme, die etwas enttäuscht klang, und musste lächeln. „Roman ist unterwegs. Kann ich denn was für dich tun?"

„Ich wollte ihm nur eben Bescheid sagen", erklärte Meike. „Ich komme gerade von dieser fürchterlichen Frau Bauer – hat er dir von der erzählt?"

Lükka sah ungeduldig auf die Uhr.

„Jedenfalls, die hatte sich am Samstag über die Leute aus der Friesenstraße beschwert und so einen Tanz aufgeführt, weil sie nicht wollte, dass Roman ihren Fall übernimmt. Und weil sie zwei junge Männer beschrieben hat, die euren Gesuchten ähneln, meinte Roman, ich sollte ihr mal die Bilder zeigen."

„Meike, komm auf den Punkt", bat Lükka. „Ich muss dringend los."

„Bin ich doch schon", sagte Meike Sieben. „Ich bin also zu ihr hingefahren und habe sicherheitshalber noch ein paar Bilder mehr mitgenommen zur Auswahl."

Clever, dachte Lükka. „Prima gemacht", sagte sie. „Und hat sie unsere Kandidaten erkannt?"

„Ohne jeden Zweifel, sagt sie. Und sie hat mir auch gezeigt, in welchem Haus sie wohnen."

„Du bist da doch hoffentlich nicht gleich hingegangen."

„Nein, natürlich nicht. Wir sind gleich wieder reingekommen und ich habe bei Roman angerufen. Beziehungsweise bei dir."

Lükka notierte die Adresse, die Meike Sieben ihr durchgab, legte auf und überlegte. Roman saß vermutlich noch im Auto und sein Besuch bei Thedinghausen war ebenso wichtig wie die Festnahme von Chalid Bihal und Metin Karagozlu. Ihn anzurufen, war witzlos. Sie beschloss, Meerburg zu informieren, schließlich war der Staatsschutz an den beiden genauso interessiert wie Roman und sie. Ihr Telefon schwieg beharrlich, es hatte keinen Sinn, noch länger auf den Rückruf der Klinik zu warten. Also eben noch mal zur Toilette und dann nichts wie los.

Lükkas Handy klingelte, als sie gerade gespült hatte. Die Hose noch auf Halbmast, stand sie in der engen Kabine und wühlte das Telefon aus der Tasche. Hoffentlich war das jetzt die OKP, dann konnte sie sich die Fahrt nach Rhauderfehn sparen. Sie drückte die Annahmetaste. Als sie die Stimme am anderen Ende der Leitung hörte, wünschte sie, sie hätte das bleiben lassen. Ausgerechnet Dixi hatte sie auf dem Klo erwischt.

„Lükka, mein Brausepulvertütchen, ich wollte dich fragen, wie es heute mit unserem Kaffeetrinken aussieht. Ich hätte gerade etwas Zeit übrig."

„Das kratz dir mal vom Latz", knurrte Lükka. Sie klemmte das Telefon zwischen Ohr und Schulter ein, um beide Hände frei zu haben. Bildtelefon hatten sie zwar nicht, aber mit hängender Hose mit Dixi zu telefonieren, gefiel ihr trotzdem nicht. „Du wolltest zum Kaffee eingeladen werden, wenn du uns den Brandstifter bringst. Und das hast du eindeutig nicht, van der Tuin hat mit dem Feuer nichts zu tun, schon vergessen?" Sie sprach lauter, um das anhaltende Rauschen der Spülung zu überdecken.

„Nee, schon klar", gab Dixi zu. „Aber du sollst mich ja auch gar nicht einladen, ich gebe dir einen aus, wie wäre das? – Sag mal, Lükkalein, was ist denn in deinem Büro los? Bist du neben einen Wasserfall gezogen oder was plätschert da so?"

Lükka hatte ihre Garderobe in Ordnung gebracht und trat in den Vorraum, das Telefon noch immer am Ohr. „Hör mal,

Dixi, du weißt, ich plaudere immer gerne mit dir" – faustdicke Lüge, das musste er wissen – „aber ich habe jetzt wirklich keine Zeit." Sie drehte den Wasserhahn auf. „Ich bin dabei, mir die Hände zu waschen und muss dringend los."

„Ach, du musst dringend, wenn das so ist ... Dann war das gerade hoffentlich die Spülung?" Er kicherte. „Oder tust du nur so und hast in Wirklichkeit ein Covergeräusch aufs Handy geladen? Mach ich auch gerne ..."

„Dixi ..." Lükka wusste nicht, ob sie wütend werden sollte oder lachen. „Was meinst du damit: Covergeräusch?" Bei aller Eile, sie war hellhörig geworden. Sie drehte das Wasser wieder ab und schüttelte die Hände über dem Waschbecken ab, der Handtuchspender war wieder mal leer.

„Sag bloß, das kennst du nicht!" Dixi verbarg seine Freude nicht, dass etwas besser wusste als Lükka, noch dazu etwas, das Computer betraf. „Ist 'ne coole Sache: Du lädst dir im Internet bei Soundercover Hintergrundgeräusche aufs Handy. Und wenn du eine gute Ausrede brauchst, weil du verpennt hast, rufst du einfach an und legst Verkehrslärm übers Gespräch, weil du leider im Stau stehst. Oder Wasserplätschern, weil du gerade einen Rohrbruch hast. – Also, was ist jetzt mit Kaffeetrinken?"

„Später mal. Vielleicht", sagte Lükka und meinte: wenn die Hölle zufriert. „Ich sag dir Bescheid, wenn ich mal Zeit habe."

43.

Auf der Bundesstraße, die aus der Stadt hinaus Richtung Süden führte, herrschte schon dichter Feierabendverkehr. Im Rückspiegel sah Lükka die schwarze Gewitterwand, in der bereits erste Blitze zuckten. Hoffentlich schaffte sie es bis zur Klinik, ehe das Unwetter losging. Im Wolkenbruch Auto zu fahren, war kein Vergnügen. Schon gar nicht auf den schmalen Straßen ihm Fehngebiet, die unmittelbar an den Kanälen entlangführten, auf denen früher die Torfkähne gefahren waren.

Es war fast dunkel und die Straßenlaternen leuchteten fahl, als Lükka den Wagen auf dem Klinikparkplatz abstellte, dabei war er noch nicht mal fünf Uhr nachmittags. Eine warme Windböe zauste ihre Locken und wirbelte im Weiterbrausen dürre Blätter auf, die sich an der Hausecke gesammelt hatten. Erste dicke Tropfen malten schwarze Kreise in den Staub.

Lükka fuhr mit dem Fahrstuhl nach oben und stand kurz darauf vor der lavendelblauen Tür, die sich auf ihr Klingeln schnell öffnete.

„Hallo, Jessica“, begrüßte Lükka die Schwester. „Tut mir leid, dass ich schon wieder hier auftauche, aber ich muss dringend mit Daud reden und auch mit euch.“

Die Schwester trat zur Seite. „Kein Problem, kommen Sie rein. Aber ich weiß gar nicht, ob Daud überhaupt oben ist. Muss ich mal nachschauen.“ Sie blätterte in einem großen Buch, das auf einem Tisch im Flur lag. „Nein, tut mir leid, der ist weg.“

Lükka war alarmiert. Wieso war Daud nicht da?

„Bei der Hitze können die Kids doch nicht den ganzen Tag im Haus hocken“, erklärte die Schwester. „Sie haben doch auch mal hier gearbeitet, habe ich gehört. Dann wissen Sie selber, wie ungenießbar die werden. Die sind alle mit dem Zivi an der frischen Luft. Aber jetzt kommen sie bestimmt gleich wieder, es fängt an zu regnen.“

Lükka atmete tief durch. Natürlich, die Kinder durften in

Gruppen auf den Spielplatz oder spazieren gehen, die älteren von ihnen sogar manchmal ohne Betreuer. Aber dass sie Daud mit nach draußen schickten, fand sie reichlich leichtsinnig. „Haben Sie denn gar keine Nachrichten gehört?“, fragte sie ungläubig. „Ich habe die ganze Zeit versucht, hier anzurufen, aber es war ständig besetzt.“

„Nachrichten? Nein, auf der Station lassen wir kein Radio laufen, da kommen zu häufig Meldungen, die unseren Kinder hier unnötig Angst machen würden. Und das Telefon“, sie zuckte die Schultern, „das spinnt schon den ganzen Tag. Wir haben die Störungsstelle angerufen, aber offenbar hat irgend so ein Depp ein Kabel angebaggert. Das kann dauern.“

Dann wusste in der Klinik noch niemand, das Dauds Aufenthalt hier bekannt geworden war! Schnell erzählte Lükka der Schwester, was das Radio berichtet hatte. Jessica zog besorgt die Stirn kraus, aber ihre Miene hellte sich gleich wieder auf, denn auf dem Flur waren laute Kinderstimmen und ausgelassenes Lachen zu hören. „Na also“, sagte sie erleichtert. „Da ist ja die ganze Bande. Und nass bis auf die Haut“, fügte sie hinzu, als die ersten tropfenden Kinder in den Flur tobten. Zusammen mit dem Zivildienstleistenden, dessen Haare und Kleidung ebenfalls vor Nässe trieften, scheuchte sie die quirlige Schar in die Badezimmer, verteilte Handtücher und tröstete nebenbei ein Mädchen, das bei jedem Donnerschlag wimmernd die Hände gegen die Ohren presste.

Ich hatte ganz vergessen, was das hier für Getümmel mit den Kindern ist, dachte Lükka. Dagegen habe ich ja einen echt ruhigen Job. Sie hielt Ausschau nach Daud, konnte ihn aber nicht entdecken. Sicher war er schon in einem der Zimmer verschwunden. Sie musste eben warten, bis Jessica die Hände wieder einigermaßen frei hatte, auf die paar Minuten kam es jetzt auch nicht an. Sie setzte sich auf eines der durchgesessenen Sofas, die im Flur standen. Mehrere Kinder tobten vorbei, einige mit Handtüchern um den Kopf, andere nur mit Badeanzügen bekleidet, es war ein Lärm wie auf dem Schulhof. Wenn mich jetzt jemand anriefe, bräuchte ich kein Alibigeräusch auf dem Handy, dachte Lükka. Was konnte man sich aus dem Internet wohl so alles herunterladen? Einen Verkehrsstau oder Wasserrauschen, hatte Dixi gesagt. Ob es da wohl auch einen Zahnarztbohrer gab? Lükka schluckte. Thedinghausen hatte ausgesagt, dass er von Norddeich aus seine Frau angerufen hätte, die in einer Zahnarztpraxis arbeitete. Er hätte sie kaum verstanden, weil der Bohrer im Hintergrund so laut gewesen sei. War es möglich, dass Irmgard Thedinghausen Kundin bei Soundercover war? Im Internet musste sie sich auskennen, schließlich erledigte sie auch die Bestellungen ihres Mannes.

Die ganze Zeit hatten sie versucht, Joachim Thedinghausens Alibi zu zerpflücken, dabei hatten sie seine Frau völlig aus den Augen verloren, die Frau, die in der Beziehung für alles Geschäftliche zuständig war und deshalb mit Sicherheit auch von der Ausstellungsversicherung wusste. Lükka hätte sich ohrfeigen mögen. Hastig zog sie ihr Telefon hervor. Sie musste Roman erreichen, vielleicht war er mit Thedinghausen schon wieder in der Dienststelle angekommen. Nein, sein Apparat klingelte durch. Also übers Handy. Lükka lauschte mit wachsender Sorge dem Tuten. Schließlich klickte es, aber statt der Stimme ihres Kollegen kam nur eine Bandansage: „*Der gewünschte Teilnehmer ist zur Zeit nicht erreichbar. Sie können aber ...*“

Eine Nachricht hinterlassen wollte Lükka nicht. Sie legte auf wählte die Nummer der Wache. Nein, sagte Meike Sieben, Roman sei noch nicht wieder reingekommen.

„Du musst eben was für uns erledigen“, bat Lükka. „Besorg von der Telefongesellschaft die Verbindungsdaten von Irmgard Thedinghausens Handy.“ Sie diktierte ihr die Nummer, die Thedinghausen ihr gegeben hatte. „Die Frau arbeitet als Zahnarzthelferin, ich weiß aber leider nicht, in welcher Praxis, versuch das bitte schnell herauszufinden. Und wenn du das hast, frag nach, ob sie am Montag voriger Woche bei der Arbeit war. Und ruf mich an, sobald du etwas weißt.“ Hoffentlich hatte die Kollegin Erfolg. Lükka beschloss, selbst nach Ditzum zu fahren, sobald sie hier fertig war.

Sie stand auf und wollte zum Schwesternzimmer hinübergehen, als Jessica plötzlich vor ihr stand, das Gesicht ratlos und besorgt.

„Er ist nicht hier", sagte sie. „Er ist mit den anderen nach draußen gegangen, aber nicht wieder hereingekommen. Kevin hat keine Ahnung, wann und wohin er verschwunden ist." Sie wies auf den Zivi, der verstört im Schwesternzimmer saß, offenbar den Tränen nahe.

Lükka brach der Schweiß aus. „Haben Sie die anderen Kinder schon gefragt?"

Jessica schüttelte den Kopf und eilte davon. Im Nu hatte sie die jungen Patienten im größten Gruppenraum versammelt und versuchte, sie so weit zur Ruhe zu bringen, dass sie nach Daud fragen konnten. Sie ernteten Kopfschütteln und Achselzucken. Jeder hatte Daud draußen gesehen, ein paar hatten mit ihm gespielt, aber dass er irgendwann nicht mehr bei ihnen gewesen war, hatte keiner bemerkt. Die Kinder sahen sich im Raum um, als könnten sie den Vermissten doch noch in ihrer Runde entdecken.

„Aber der ist doch abgeholt worden!", meldete sich plötzlich ein Mädchen, das vielleicht sieben Jahre alt war. Als Lükka und Jessica sie überrascht ansahen, wurde die Kleine rot und schien sich in ihrem Sessel verkriechen zu wollen.

„Abgeholt?", fragte Lükka fassungslos.

„Ja, von seiner Mutter, glaube ich", flüsterte das Mädchen. „Die hatte jedenfalls auch so schwarze Haare mit Weiß drin, aber nur vorne. Das sah komisch aus, wie bei einem von den Vögeln, die immer bei den Müllsäcken sitzen."

Eine Dohle, dachte Lükka. Sie und Roman hatten darüber gelästert, wie viel Ähnlichkeit Irmgard Thedinghausen mit einer Dohle hatte. „Hast du gesehen, wo sie hingegangen sind?" Sie bemühte sich, ruhig zu sprechen, um die Kleine nicht noch mehr einzuschüchtern.

„Nicht genau." Das Mädchen sah aus, als würde es gleich anfangen zu weinen. „Zum Parkplatz, glaube ich. Da stand so ein ganz großes Auto, so eins zum Verreisen."

44.

Obwohl die Scheibenwischer es kaum schafften, die Wassermassen von der Windschutzscheibe zu schaufeln, drückte Lükka das Gaspedal durch. Die Fahndung nach dem Wohnmobil war eingeleitet, jetzt musste sie so schnell wie möglich Roman Sturm finden, der immer noch nicht ans Telefon ging. Sie versuchte sich einzureden, dass er das Handy vielleicht abgeschaltet hatte, um bei der Festnahme nicht gestört zu werden, aber die Angst hatte sie mit festem Griff gepackt. Lükka biss die Zähne so fest zusammen, dass ihre Kiefermuskeln sich schmerzhaft verkrampften. Im Wasserschleier, der über der Fahrbahn lag, sah sie im letzten Augenblick die trüben Rücklichter eines Treckers und scherte aus, ohne die Geschwindigkeit mehr als unbedingt nötig zu drosseln. Für Sekundenbruchteile blockierten die Räder, als sie durch eine tiefe Wasserlache fuhr; und der Wagen schlingerte. Das Herz schlug ihr bis zum Hals und sie zwang sich zu ein paar tiefen Atemzügen.

Die Straße war gerade, aber schmal und lief an einem ebenso geraden Kanal entlang, nur durch einen schmalen Grasstreifen vom Wasser getrennt. Wenigstens waren bei diesem Sauwetter nicht viele Autos unterwegs. Rundherum flammten noch immer in dichter Folge die Blitze auf, aber der Regen ließ etwas nach. In einiger Entfernung sah sie wieder Rücklichter, ziemlich weit oben, vor ihr musste ein Lastwagen fahren. Er war langsam und Lükka holte schnell auf. Jetzt erkannte sie auch, dass es kein Laster war, sondern ein großes Wohnmobil. Noch war sie zu weit entfernt, um durch Regen und Spritzwasser die Autonummer erkennen zu können, aber der Wagen ähnelte dem von Thedinghausen.

Als sie sich dem Wohnmobil näherte, beschleunigte es auf einmal, aber Lükka erhaschte einen Blick auf das Nummernschild. Kein Zweifel, das war Thedinghausens Wagen, der vor ihr fuhr! Mit einer Hand versuchte Lükka, ihr Auto auf Kurs zu halten, und tastete mit der anderen nach ihrem Handy, das sie auf den Beifahrersitz gelegt hatte.

Sie nahm etwas Gas weg, schneller als ein Wohnmobil war ihr Auto allemal und den Vorsprung, den sie ihm jetzt ließ, würde sie leicht einholen. Das Telefon mit der rechten Hand zu halten, war ungewohnt, aber sie hatte zuletzt auf der Wache angerufen und brauchte jetzt nur mit dem Daumen zweimal die Anruftaste zu drücken. Sie gab dem Kollegen ihre Position durch und bat um Verstärkung, dann trat sie wieder aufs Gaspedal, um das Wohnmobil einzuholen, dass vor ihr im Dunst nur noch schemenhaft zu sehen war.

Thedinghausen musste im Rückspiegel gesehen haben, dass er verfolgt wurde, denn das Wohnmobil wurde ebenfalls schneller. Lükka warf einen Blick auf den Tacho. Sie fuhr schon hundertzwanzig, das war bei diesen Straßenverhältnissen Wahnsinn. Verdammt, halt endlich an, dachte sie. Lükka hupte und ließ das Fernlicht aufleuchten, aber das Wohnmobil beschleunigte nur noch mehr. Es half nichts, sie musste vorbeiziehen und sich vor den flüchtenden Wagen setzen.

Als sie fast auf Höhe der Fahrertür war, sah sie zu ihrem Entsetzen zwei aufgeblendete Scheinwerfer entgegenkommen. Verzweifelt stemmte sie den rechten Fuß aufs Gaspedal, hielt das Lenkrad fest umklammert und riss es nach rechts herum. Sie scherte gerade noch direkt vor dem Wohnmobil auf die rechte Spur ein, als das entgegenkommende Fahrzeug auch schon auf ihrer Höhe war. Lükka sah in die weit aufgerissenen Augen des Fahrers, der wild hupend mit unverminderter Geschwindigkeit vorbeibrauste.

Im Rückspiegel ragte das Wohnmobil bedrohlich dicht in die Höhe, der mächtige Alkoven war schon außerhalb des Gesichtsfeldes. Am Steuer erkannte sie Irmgard Thedinghausen, der Beifahrersitz schien leer zu sein. Lükka nahm vorsichtig Gas weg. Sie musste den Wagen zum Stehen bringen, durfte aber nicht so heftig bremsen, dass das Wohnmobil sie rammte.

Sie schaltete den Warnblinker ein, tippte die Bremse kurz an und ließ das Bremslicht warnend aufleuchten. Im Spiegel sah sie, wie das riesige Schiff hinter ihr zu schlingern begann. Verdammt, was hat die vor, dachte Lükka. Brems, du dumme Kuh, brems endlich!

Aber Irmgard Thedinghausen gab Gas. Eine fette Rußwolke quoll aus dem Auspuff, als das Wohnmobil sich mit brüllendem Motor links an Lükka vobeischob. Es zog wieder auf die rechte Spur, aber zu weit. Die rechten Räder fuhren über das nasse Gras und verloren auf dem durchweichten Boden den Halt. Noch einmal schlingerte das Wohnmobil nach links hinüber, dann brach es nach rechts aus und kippte mit der Nase voran in den Kanal.

Zitternd brachte Lükka ihr Auto zum Stehen und schaltete den Motor ab. Nur das Klicken des Warnblinkers und das Trommeln des Regens auf dem Blechdach waren zu hören. Lükka löste die Schnalle ihres Sicherheitsgurtes und schaltete die Scheinwerfer aus, dann gab sie die Unfallmeldung durch.

Als sie ausstieg, klatschte ihr eiskalter Regen ins Gesicht und sie fröstelte. Das Wohnmobil stand im Kanal, das Führerhaus war teilweise unter Wasser. Der Motor schwieg und die Scheinwerfer waren erloschen. Lükka zog die Schuhe aus und fühlte die kalte Nässe des Asphalts an ihren Fußsohlen. Widerstrebend ließ sie sich über die schlammige, zerfurchte Böschung in den Kanal gleiten. Das Wasser war nicht so kalt, wie sie befürchtet hatte, es hatte sich in den letzten heißen Wochen so stark erwärmt, dass ein heftiger Platzregen nicht ausreichte, um es abzukühlen. Trotzdem hielt Lükka den Atem an, als das Wasser über dem Hosenbund den empfindlichen Bauch umspülte. Ihre Zehen versanken im schlammigen Untergrund. Mühsam watete Lükka ein paar Schritte, dann gab sie auf und entschloss sich zu schwimmen. Mit wenigen Zügen hatte sie die Fahrertür des Wohnmobils erreicht. Irmgard Thedinghausen war auf dem Fahrersitz zusammengesunken und hing schlaff im Sicherheitsgurt. Das Wasser reichte ihr bereits bis über die Knie. Daud war von hier aus nicht zu sehen.

Lükka packte den Griff und zog, aber der Druck des Wassers presste die Tür zu. Sie überlegte fieberhaft. Wenn sich der

Druck im Inneren steigerte, wäre es ein Leichtes, die Tür zu öffnen, aber die Fahrerin war nicht bei Bewusstsein und konnte die Seitenscheibe nicht hinunterkurbeln. Und wenn Daud auf dem Wagenboden oder in einer der unteren Koje lag, würde er ertrinken, ehe sie das Auto aufbekam. Lükka hatte nichts bei sich, womit sie die Scheibe einschlagen konnte. Sollte sie zum Ufer zurückschwimmen und aus ihrem Wagen Werkzeug holen? Sie verwarf den Gedanken sofort wieder, das Wasser stieg – oder der Wagen sank – zu schnell. Alle Seitenfenster waren geschlossen, kein Wunder bei diesem Wetter.

Aber vom Dach stand etwas in schrägem Winkel leicht ab. Das musste eine Luke sein. Lükka stieß sich vorsichtig vom Wagen ab und schwamm zum Hinterende des Wohnmobils. Erleichtert entdeckte sie, dass am Heck eine Leiter angebracht war. An Land hätte Lükka sie kaum benutzen können, weil das untere Ende nicht montiert war, aber vom Wasser aus konnte sie sich leicht auf die unterste Sprosse hieven.

Der Wagen gab unter ihrem Gewicht nach und rutschte ein Stück weiter in den Kanal. Bloß keine unnötigen Erschütterungen verursachen, sonst versank der Wagen umso schneller. Vorsichtig erklomm Lükka die Leiter, die nassen Sprossen waren glatt und die metallenen Rundstäbe drückten schmerzhaft in ihre nackten Fußsohlen, aber endlich war sie auf dem abschüssigen Dach des Wohnmobils angekommen. Dort vorne war die Luke, vielleicht zwei Meter entfernt. Lükka legte sich auf den Bauch und ließ sich behutsam darauf zugleiten. Die Plexiglashaube war leicht geöffnet, wahrscheinlich hatte Irmgard Thedinghausen es beim Losfahren so eilig gehabt, dass sie vergessen hatte, sie zu schließen. Das mochte ihr jetzt das Leben retten.

Lükka versuchte, den Lukendeckel anzuheben, aber er gab nicht nach.

Ein Hebel. Dort musste irgendwo ein Hebel sein, der das Oberlicht in geöffnetem Zustand fixierte. Sie tastete durch die Öffnung. Mit klammen Fingern löste sie die Verriegelung und klappte den Deckel auf. Verdammt eng war der Durchlass, aber es musste reichen. Direkt unter ihr stand ein Tisch. Langsam, ganz langsam ließ Lükka ihre Beine in das Loch gleiten. Der Rand schabte an ihren Hüften, doch sie blieb nicht stecken. Als Lükka spürte, dass ihre Füße die Tischplatte berührten, atmete sie auf. Sie hielt die Arme hoch über den Kopf gereckt und schlüpfte jetzt auch mit Oberkörper, Kopf und Armen in das Wohnmobil. Vorsichtig stieg sie vom Tisch auf die Sitzbank und weiter auf den Boden, bemüht, jede Erschütterung zu vermeiden. Schnell sah sie sich in dem kleinen Raum um. Im Heck war ein Bett, aber es war leer bis auf eine abgelegte Leiter. Auch auf dem Boden, der schon knietief überspült war, lag Daud nicht.

Lükka wandte sich zur Fahrerkabine um. Das Wasser hatte die Sitzfläche des Fahrersitzes erreicht und die Wellen, die Lükka verursachte, schwappten über den Schoß der bewusstlosen Fahrerin. Über der Kabine war das Polster einer Rückenlehne in den Zugang zum Alkoven geklemmt und wurde von einem Netz festgehalten. Lükka hakte das Netz aus und zog das Polster herunter. Von unten konnte sie nicht genug erkennen, deshalb nahm sie die Leiter aus der hinteren Koje, hakte sie in die Halterungen am Alkovenrand ein und kletterte hinauf.

Zwischen den Decken in dem dunklen Schlafraum lag Daud. Er rührte sich nicht, aber als Lükka sanft seinen Arm fasste und ihn an der Schulter rüttelte, wandte er den Kopf und sah sie schläfrig an. Sein Mund war mit einem breiten Heftpflaster verklebt, seine Hände mit einem Stück Schnur gefesselt. Lükka lächelte den Jungen aufmunternd an und hoffte, er würde sie erkennen. Dann zog sie mit einem kräftigen Ruck das Pflaster ab. Daud begann vor Schreck und Schmerz zu weinen.

„Schsch, ist ja alles gut“, sagte Lükka. „Bleib ganz ruhig liegen. Ich mache gleich das Seil ab und dann gehen wir beide hier raus.“ Sie sah nach unten. Dieses Wohnmobil war wirklich komplett ausgestattet, es gab sogar eine Küchenzeile. Lükka fand in einer Schublade ein scharfes Messer und zerschnitt die Fesseln. Dann half sie Daud, aus der Koje zu klettern. „Kannst du eigentlich schwimmen?“, fragte sie.

Daud schüttelte den Kopf.

„Na, macht nichts. Das kriegen wir schon hin.“

Sie beugte sich zwischen den Sitzen hindurch in die Fahrerkabine. Das Wasser reichte Irmgard Thedinghausen inzwischen bis zur Brust. Trotzdem war es für Lükka keine Frage, wen sie zuerst aus diesem Wohnmobil herausholen wollte. Sie richtete die bewusstlose Fahrerin in ihrem Sitz etwas auf, damit ihr Gesicht mehr Abstand zur Wasseroberfläche bekam. Sollte sie versuchen, ob die Fahrertür schon aufging? Aber wenn die Tür sich tatsächlich öffnen ließ und das Wasser in den Innenraum strömte, blieb ihr womöglich nicht genügend Zeit, um beide Insassen zu retten.

Aber es gab auch hinten eine Tür, neben der Küche in der Seitenwand, Dort stand das Wasser noch nicht so hoch wie vorne. Lükka schlang den Arm um Daud und drückte gegen die Tür. Das Wasser draußen leistete Widerstand, aber schließlich schaffte sie es. Zusammen mit dem Kind ließ sie sich ins Wasser gleiten und schwamm zum Ufer.

„Prima, du schaffst es. Komm, wir haben ihn gleich.“

Verwirrt starrte Lükka auf die Hände, die sich ihr entgegenstreckten und Daud aus ihrer Umklammerung lösten. Erst jetzt sah sie den Streifenwagen, der hinter ihrem Auto am Straßenrand stand. Der Kollege ging mit dem Jungen auf dem Arm zum Wagen hinüber.

Ein zweiter Mann umfasste Lükkas Unterarm mit festem Griff und half ihr die glitschige Böschung hinauf.

„Wenn ich jetzt keinen Kaffee bei dir guthabe, dann weiß ich auch nicht, was ich noch machen soll“, sagte Dixi Baukloh, als er aus dem Streifenwagen eine Decke holte und ihr um die Schultern legte. Sein Kollege hatte Daud auf dem Rücksitz verstaut und die Wagentüren abgeschlossen. Jetzt befestigte er ein Abschleppseil am Wagen, mit dem er zum Ufer zurücklief.

„Zwei sogar", versprach Lükka. Sie fror entsetzlich im kalten Wind und ihre Zähne klapperten, aber sie brachte ein Lächeln zustande. Auf der Straße näherte sich jetzt ein Feuerwehrwagen, eine Ambulanz folgte.

„Was machst du überhaupt hier?", fragte Lükka.

Dixi zuckte verlegen die Achseln. „Als du mir vorhin einen Korb gegeben hast, hebe ich mich eine Weile auf der Wache rumgedrückt und mitbekommen, wie du angerufen und Verstärkung angefordert hast. Da dachte ich, ich fahr einfach mal mit raus, hatte ja sonst nix zu tun."

„Danke", sagte Lükka und streifte die nasse Decke ab. „Aber jetzt müssen wir da wieder rein." Sie wies auf den Kanal. „Irmgard Thedinghausen sitzt noch im Wagen und die soll mir nicht absaufen, ehe ich sie vernehmen kann."

„Du nicht", sagte Dixi und wickelte sie wieder in die Decke. „Das übernehmen die Kollegen und die Feuerwehr."

„Stimmt!", rief Lükka. „Ich muss ja dringend nach Ditzum fahren. Roman ist dort und ich kann ihn nicht erreichen. Ich hab ein ganz mieses Gefühl." Sie drückte Dixi die Decke in die Hand und lief zu ihrem Auto hinüber, das noch immer mit zwinkernden Warnblinkern am Straßenrand stand. Ihre Hose klebte kalt an den Beinen, aus den langen Ärmeln ihrer Bluse rann das Wasser. Als sie sich triefend nass in den Fahrersitz sinken ließ, riss Dixi die Beifahrertür auf.

„Willst du dir eine Lungenentzündung holen? Mensch, Lükka, steig aus und zieh dir erst mal was Trockenes an!"

Lükka hatte schon den Motor gestartet und legte den ersten Gang ein. „Umziehen kann ich mich später immer noch. Mach die Tür zu."

Dixi schwang sich auf den Beifahrersitz und zog die Tür hinter sich ins Schloss. „Tür ist zu. Fahr los und erzähl mir unterwegs, was Sache ist."

45.

Das Erste, was in Roman Sturms Bewusstsein sickerte, war der Lärm, der ihn umhüllte. Tausende Finger trommelten auf seine Schädeldecke, Riesenfäuste hämmerten auf Türen und Tische ein, durch seine geschlossenen Lider sah er, dass irgendwer immer wieder das Licht ein- und gleich wieder ausschaltete. Dabei wollte er doch nur schlafen, er war so fürchterlich müde. „Hört endlich auf!“, schrie er und hörte nur ein leises Stöhnen, das den Krach nicht übertönen konnte.

Mit größter Anstrengung öffnete Roman die Augen und fand sich umgeben von dunklem Grau. Sein Rücken schmerzte und der Kopf drohte zu bersten. Er lag auf dem Rücken, bemerkte er, und der Untergrund war hart und uneben. Schwerfällig bewegte er seine Hand und tastete über den Boden. Der schien aus Holz zu bestehen. War er wieder auf einem Boot eingeschlafen? Dazu passte das stete Rauschen, das musste Wasser sein. Aber das Boot lag doch am Steg und fuhr nicht, mehr als ein leises Plätschern des Hafenwassers hätte er nicht hören dürfen. Das Trommeln und Hämmern hatte nicht aufgehört, es umgab ihn, als läge er in einer Glocke, die von außen angeschlagen wurde. Das Licht flammte wieder auf, blendend hell, aber es verlosch wieder, ehe Roman auch nur entscheiden konnte, ob er die Augen zusammenkneifen oder sich umschauen sollte. Auf seinen Netzhäuten tanzten bunte Nachbilder des grellen Scheins und die Fäuste hämmerten noch wütender als zuvor. Es klang wie Donner.

Es *war* Donner. Donner und heftiger Regen. Roman versuchte, sich aufzurichten, aber das war zu schwer und er war zu müde, deshalb ließ er nur den Kopf zur Seite rollen. Der Schmerz brandete wieder auf und ließ ihn aufstöhnen, aber es gelang ihm, die Augen offen zu halten. Ein weiterer Blitz erhellte den Raum, in dem er lag. Roman erkannte Holzplanken und dicht neben seinem Kopf eine dunkle, kantige Masse. Wenn er doch nur aufstehen und sich hier umsehen könnte, herausfinden, wo er sich befand! Aber die Dämmerung und eine wohlige Wärme hielten ihn wie mit Seilen an den Boden gefesselt. Vielleicht sollte er sich erst einmal richtig ausschlafen. Es machte ihm doch sonst auch nichts aus, bei Gewitter zu schlafen, wenn er ein Dach über dem Kopf hatte, und das leise Zischen, das irgendwo von seinen Füßen kommen musste, war so gleichmäßig, dass es ihn auch nicht weiter störte.

Aber vielleicht war es besser, nicht zu schlafen. Roman meinte sich zu erinnern, dass er etwas erledigen musste, das keinen Aufschub duldete. Aber was?

Richtig; er musste nach Ditzum fahren, um Thedinghausen festzunehmen.

Nein, verbesserte sich Roman, er *war* nach Ditzum gefahren. Und dann, was war dann geschehen? Das Denken fiel ihm so schwer, vielleicht benebelte ihn dieser eigenartige Geruch. Ein wenig roch es nach Campingkocher, aber vor allem nach Wald, schwer und etwas modrig. Und ein bisschen würzig, wie Tomaten und Kräuter. Sobald es wieder hell wurde, musste er herausfinden, wo er sich befand! Wo blieben die Blitze, wenn man sie mal brauchte? Das Gewitter schien allmählich abzuziehen, der Donner war nur noch ein gemäßigtes Grollen, nur der Regen trommelte unablässig.

Ganz vorsichtig drehte Roman den Kopf zur anderen Seite und versuchte, das Schwindelgefühl und die aufsteigende Übelkeit zu ignorieren. Endlich zuckte wieder ein Blitz und Roman erkannte neben und über sich Blätter. Ein Stückchen entfernt lag eine dunkle Masse auf dem Boden, die an eine menschliche Gestalt erinnerte.

Schlagartig war die Erinnerung wieder da. Das Schlachthaus, der Maler blutüberströmt und röchelnd auf dem Boden, die Fleischeraxt, die in den liegenden Körper eindrang und wieder hochschwang.

Aber im Schlachthaus gab es keine Blätter. Zentimeter für Zentimeter hob Roman die Hand und tastete nach der kantigen schwarzen Masse, neben der er lag. Die Seite war eben, dann fühlte er oben eine Kante und gleich darauf etwas Weiches, Feuchtes, das unter seinen Fingern krümelte. Erde. Ein Blumenkasten. Er musste im Gewächshaus auf der anderen Hofseite liegen. Das gläserne Häuschen war klein, erinnerte sich Roman, nur ein paar Schritte lang und am First gerade hoch genug, um darin aufrecht zu stehen. *Berechne den Rauminhalt*, murmelte Roman. Zu schwierig. Aber bestimmt war das Gewächshaus größer als eine Fahrstuhlkabine, die Atemluft würde ihm also nicht so bald ausgehen, selbst wenn Thedinghausen noch lebte und Sauerstoff verbrauchte. Pflanzen produzierten doch Sauerstoff. Ja, dachte Roman. Photosynthese. Pflanzen brauchen Wasser und Kohlendioxid, das bauen sie zu Zucker um und geben Sauerstoff ab, dafür brauchen sie nur Sonnenlicht.

Aber jetzt war es dunkel, da gab es keine Photosynthese und die vielen Pflanzen im Gewächshaus verbrauchten Sauerstoff. Wie viel? Keine Ahnung. Ich muss hier raus, dachte Roman. Gleich. Dann schlief er wieder ein.

46.

„Da steht Romans Auto!“ Lükka sprang aus dem Wagen und rannte auf bloßen Füßen zum Haus. Dixi folgte ihr. Lükka klingelte Sturm und rüttelte an der Eingangstür.

„Das Schloss kriege ich vielleicht auf“, sagte Dixi. „Aber lass uns erst mal sehen, ob wir woanders leichter reinkommen. Vielleicht ist eine Hintertür offen oder ein Fenster gekippt.“

„Hinten ist das Schlachthaus“, sagte Lükka. „Die Tür dort sah alt aus, die hat bestimmt kein Sicherheitsschloss!“

„Die schaffe ich locker“, sagte Dixi siegessicher, als sie kurz darauf vor der einfachen Holztür mit dem altmodischen Schlüsselloch standen. Er drückte die Klinke hinunter und stemmte sich gegen die Tür, aber sie war abgeschlossen. „Wäre ja auch zu schön gewesen.“ Er zog ein schwarzes Mäppchen aus der Tasche, das Lükka an ein Reisenecessaire erinnerte. Als er den Reißverschluss aufzog, sah sie darin ein Sortiment langstieliger Haken mit unterschiedlichen Kurven und Krümmungen. Nach einem prüfenden Blick wählte Dixi einen besonders großen Haken aus und stocherte damit im Schlüsselloch. Die Tür schwang auf.

„Keine Herausforderung!“ Dixi steckte sein Einbruchswerkzeug wieder ein. „Hinter solchen Türen darf man nichts von Wert aufbewahren. Was ist hier drin?“

„Bilder, normalerweise“, antwortete Lükka.

„Na dann, das geht ja.“

Zusammen betraten sie den dämmerigen Raum, an den Lükka sich nur zu gut erinnerte.

„Hier ist nichts“, sagte sie enttäuscht. Der Zement unter ihren Füßen fühlte sich kalt und feucht an. „Es ist nass“, stellte sie überrascht fest. Sie schaute zur Decke, konnte aber keine Flecken sehen. „Reingeregnet hat es aber nicht.“ Sie sah sich genauer in dem unheimlichen Raum um. Die Rinne im Boden war nasser als der Rest des Zements, so als sei kürzlich Wasser hindurchgeflossen. Sie ging zum anderen Ende des Schlachthauses. Dort war die Winde, daneben hing der Schlauch. „Der ist vor kurzem benutzt worden“, stellte sie fest. „Hier sind Tropfen auf dem Boden.“

Kaltes, helles Licht flutete durch den Raum, als Dixi den Schalter gefunden hatte. „Es sieht aus, als hätte jemand gründlich den Boden abgespritzt“, meinte Dixi. Er ging in die Hocke und betastete den Estrich. Dann zerrieb er die Feuchtigkeit zwischen den Fingern, betrachtete seine Hand und schnupperte daran. Er sah Lükka besorgt an. „Das ist kein reines Wasser“, sagte er. „Ich halte das für Blut.“

„Roman“, flüsterte Lükka. „Nein. Das ist unmöglich. – Roman!“ rief sie, „Roman, wo steckst du?“

„Lass uns die Kollegen anrufen, sie sollen gleich mit der Spurensicherung kommen und einen Krankenwagen herschicken.“ Dixi klappte sein Handy auf. „In der Zwischenzeit sehen wir uns um.“

Lükka nickte. „Hast du Handschuhe dabei?“

Dixi holte ein Päckchen aus der Tasche, warf ihr ein Paar zu und streifte selber Handschuhe über, als er mit dem Telefonieren fertig war. Dann zog er seine Dienstwaffe und entsicherte sie. „Wir bleiben zusammen“, ordnete er an. „Wir wissen nicht, ob dieser Maler im Haus ist, und du bist unbewaffnet.“

Lükka nickte. Gemeinsam durchkämmten sie das Haus, vom Keller, in dem das Regenwasser ihnen bis zu den Knöcheln reichte, bis zum zugigen Dachboden, durch dessen unverkleidete Ziegel sie den grauen Himmel sehen konnten. Sie fanden niemanden.

„Was ist mit Nebengebäuden?“, fragte Dixi, als sie wieder in der Küche standen.

„Links über den Hof ist das Atelier“, meinte Lükka. „Aber warte mal, ich habe eine Idee.“ Sie tastete ihre Hosentasche ab. Ach ja, das Handy hatte sie gar nicht eingesteckt, das lag noch im Auto. Sie holte es und wählte schon im Gehen Romans Nummer. Mit dem Telefon am Ohr ging sie ein zweites

Mal durch Haus, lauschte gleichzeitig dem Tuten des Freizeichens und hoffte, den vertrauten Klingelton von Romans Handy zu hören. Als sie im ersten Stock stand, meinte sie, etwas zu hören. Aber woher kam der Ton? Der Klang brach ab und aus dem Hörer drang: „*Der gewünschte Teilnehmer ...*"

Lükka fluchte und drückte die Wahlwiederholung. Da war es wieder. Sie öffnete das Fenster, die Melodie wurde deutlicher. „Es kommt von draußen!", rief sie und hastete die Treppe hinunter. Als sie das Schlachthaus verließ und auf dem gepflasterten Hof stand, hatte sie keinen Zweifel mehr: Da klingelte Roman Sturms Handy. Sie folgte dem Klang und stand vor dem Gewächshaus. Die Tür war mit einem Vorhängeschloss gesichert und die Scheiben waren von innen so beschlagen, das sie nichts erkennen konnte, aber eindeutig lag dort drinnen Romans Telefon.

Lükka sah sich nach einem Werkzeug um. An der Wand des Gewächshauses lehnte ein Spaten. Sie nahm ihn und rammte ihn mit aller Kraft gegen die Scheibe. Beim dritten Schlag knackte es endlich und das Plexiglas barst.

Dixi half ihr, das Loch zu vergrößern, und sie kletterten nacheinander in das Gewächshaus. Dixi leuchtete mit der Taschenlampe den Raum ab. Auf dem Boden ausgestreckt lagen Joachim Thedinghausen und Roman Sturm.

Lükka wollte sich sofort zu Roman hinabbeugen, aber Dixi hielt sie am Arm fest. „Halt, warte!" Er drehte ein Rad an einer großen Stahlflasche, die neben der verschlossenen Tür stand. „Kohlendioxid", erklärte er. „Haben meine Eltern auch im Gewächshaus, damit die Pflanzen besser wachsen. Das Gas ist schwerer als Luft und sammelt sich am Boden. Wir brauchen mehr Sauerstoff hier drin." Er warf sich von innen gegen die Tür, bis die Angeln barsten. Dann beugte er sich über Roman, packte ihn unter den Achseln und schleifte ihn ins Freie.

„Er lebt", beruhigte er Lükka, die sich mit weichen Knien neben ihrem Kollegen auf die nassen Steine hockte. Dann ging er ins Gewächshaus zurück, um nach Thedinghausen zu sehen.

Als das mehrstimmige Jaulen von Martinshörnern sich der alten Schlachterei näherte, hätte Lükka vor Erleichterung am liebsten geheult.

47.

Mit dem dicken Verband, der ihre schwarzen Haare und die weiße Strähne verbarg, wirkte Irmgard Thedinghausen noch farbloser, als Lükka sie in Erinnerung hatte. Die Kommissarin hatte sich einen Stuhl ans Fußende des Bettes gezogen und versuchte, in der unscheinbaren Frau im weißen Kliniknachthemd die raffinierte Brandstifterin und kaltblütige Mörderin zu sehen, für die sie den Haftbefehl mitgebracht hatte. Die Verlegung ins Gefängniskrankenhaus Lingen war schon vorbereitet, aber Lükka wollte jetzt gleich mit der Frau des Malers sprechen. Besser gesagt: mit seiner Witwe, denn Joachim Thedinghausen war vermutlich bereits tot gewesen, als seine Frau ihn mit einer Sackkarre hinüber ins Gewächshaus geschafft hatte.

„Was ist mit dem Kind?", fragte Irmgard Thedinghausen leise.

„Der Junge hat den Unfall überlebt", erwiderte Lükka. „Aber ob er sich jemals ganz von allem erholen wird, was Sie ihm angetan haben, weiß ich nicht. Als hätte es nicht gereicht, dass Sie ihm seine Familie genommen haben – Sie wollten auch ihn selbst noch töten, um keinen Zeugen für ihr Verbrechen zu hinterlassen. Und jetzt wagen Sie es zu fragen, wie es ihm geht?"

„Um Himmels willen, nein! Ich wollte ihn doch nicht töten. Das müssen Sie mir glauben!" Irmgard Thedinghausen versuchte mühsam, sich im Bett aufzurichten. „Als ich aus dem Radio erfahren habe, dass er das Feuer überlebt hat, wollte ich doch nur nicht, dass er mit der Polizei redet, weiter nichts."

„Und wie wollten Sie ihn zum Schweigen bringen?"

Die Frau zuckte die Schultern, es wirkte hilflos. „Ich dachte, ich bringe ihn einfach erst einmal weg und versuche herauszufinden, was er ... ich meine ..." Sie brach ab.

„Was er an jenem Montagnachmittag beobachtet hat, als Sie die Brandsätze im Zollhaus verteilt haben, um die Bilder Ihres Mannes zu zerstören", half Lükka aus.

Irmgard Thedinghausen wandte den Blick ab und starrte an

die Zimmerdecke. „Diese Bilder“, stieß sie hervor. „Warum hat er die bloß gemalt? Kein Mensch will so etwas kaufen! Die anderen Sachen, die waren doch schön und haben wenigstens Geld eingebracht. Davon hätte er viel mehr machen sollen und sich damit überall hinstellen, wo die Touristen hinkommen. Wir sind hier in Ostfriesland, da kaufen die Leute doch gerne Bilder von Schiffen und Leuchttürmen oder Windmühlen.“ Sie hustete und presste mit schmerzverzerrtem Gesicht eine Hand gegen ihren Brustkorb.

Mit ein paar Rippenbrüchen und der Platzwunde am Kopf war sie billig davongekommen, fand Lükka.

„Aber Windmühlen und Schiffe haben ihm ja nicht gereicht“, fuhr Irmgard Thedinghausen fort. „Immer musste ich ihm die teuren Farben und Leinwände bestellen und er ist in seinem Atelier verschwunden und hat diese eigenartigen Sachen gemalt oder ist alleine mit dem Wohnmobil durch die Gegend gefahren, das wir doch eigentlich für uns beide angeschafft hatten.“

„Aber Sie sagen doch selbst, dass er auch viele Bilder verkauft hat“, wandte Lükka ein. „Konnte er damit sein Hobby nicht finanzieren?“

„Lassen Sie ihn das bloß nicht hören, dass Sie seine Malerei ein Hobby nennen.“ Das heisere Lachen der Frau mündete in den nächsten Hustenanfall. „Seine Kunst war ihm immer heilig, dahinter musste alles andere zurückstehen. Das Haus, der Garten ... und ich auch. Eine Zeitlang hat das Geld, das ihm die Aufträge gebracht haben, wirklich gereicht, um das Material zu kaufen und es blieb sogar noch etwas übrig. Aber in der letzten Zeit hat er kaum noch etwas verkauft und ich musste trotzdem immer noch das ganze Zeug für ihn kaufen. Wissen Sie“, sie sah Lükka an, „wie alt sind Sie? Dreißig? Als ich so jung war, habe ich gedacht, ich würde im Alter sorgenfrei das Leben genießen. Aber ich musste immer nebenher arbeiten, auch als die Kinder noch kleiner waren. Jetzt bin ich über fünfzig und stehe immer noch jeden Tag in der Praxis, sage: ‚Ja, Herr Doktor’ und wische den Patienten den Sabber aus dem Gesicht. Und trotzdem reicht das Geld hinten und vorne nicht.“

Thedinghausen hatte gesagt, seine Frau sei für alles Geschäftliche zuständig, erinnerte sich Lükka. Offenbar hatte er damit auch das Geldverdienen gemeint.

Irmgard Thedinghausen erzählte weiter und Lükka hörte zu, während ihr kleines Aufnahmegerät das Gespräch aufzeichnete.

Das Einzige, was Joachim Thedinghausen zum Lebensunterhalt beigesteuert hatte, waren die Honorare für Auftragsarbeiten wie die Bilder von Mühlen oder Booten. Und die waren in letzter Zeit immer weniger geworden, denn es hatte sich herumgesprochen, dass er längst nicht mehr so detailliert malen konnte wie früher.

Seiner Frau war natürlich aufgefallen, dass kaum noch Aufträge reinkamen, auch wenn sie nicht wusste, woran das lag. Sie hatte Angst, dass irgendwann überhaupt kein Geld mehr von ihm kommen würde, zumal das alte Haus dringend renoviert werden musste.

Irgendwann war ihr dann die Idee gekommen, die Bilder zu verbrennen und die Versicherungssumme zu kassieren, und sie hatte angefangen, immer mal wieder ein paar Flaschen Verdünnung mitzubestellen, wenn ihr Mann Farben und Leinwand brauchte. In verschiedenen Geschäften hatte sie außerdem Zeitschaltuhren gekauft. Aber vor dem entscheidenden Schritt, das Schlachthaus, in dem die Bilder hingen, in Brand zu setzen, war sie im letzten Moment immer zurückgeschreckt. Allzu leicht hätte ein Feuer auf das Wohnhaus übergreifen können, außerdem hätte die Hausratversicherung viel zu wenig bezahlt, weil sie die Bilder nicht extra versichert hatten.

Und dann war ihr Mann freudestrahlend mit der Nachricht angekommen, dass seine Arbeiten im Zollhaus ausgestellt werden sollten. Für den Aufbau der Ausstellung hatte er den Zollhausschlüssel für ein paar Tage ausgeliehen.

In diesem Moment hatte sie beschlossen, die einmalige Gelegenheit zu nutzen und einen Nachschlüssel anfertigen lassen.

„Es sollte doch gar kein so großes Feuer werden", sagte Irmgard Thedinghausen. „Gerade genug, um die Bilder zu zerstören, damit die Ausstellungsversicherung zahlen muss. Ich habe die Uhren extra so gestellt, dass der Brand ganz früh am Morgen ausbrechen sollte. – Und dann hieß es auf einmal in den Nachrichten, es seien Kinder bei dem Brand getötet worden. Wie hätte ich ahnen können, dass sie im Zollhaus waren?" Irmgard Thedinghausen rieb sich mit der Hand über die Augen. „Mein Mann wollte einfach nicht verstehen, dass wir das Geld brauchten. Haben Sie sich mal das Dach von unserem Haus angesehen? Das muss noch dieses Jahr neu gedeckt werden, wissen Sie, was das kostet? Aber er wurde wütend und ist auf mich losgegangen." Sie ließ sich erschöpft in die Kissen zurücksinken. „Er hat mich geschlagen und hatte auf einmal ein Messer in der Hand, ich konnte ihn nur mit Mühe abwehren. Ich muss ihn verletzt haben. Liegt er auch hier im Krankenhaus?"

Lükka schüttelte langsam den Kopf und holte tief Luft.

Irmgard Thedinghausen schluchzte noch immer, als Lükka Tammling die Tür hinter sich schloss und sich von dem uniformierten Kollegen verabschiedete, der auf dem Flur vor dem Krankenzimmer Wache hielt.

48.

Sie hatten Lükkas Kaninchen begnadigt und ihm Einzelhaft verordnet, bis seine Besitzerin es wieder abholen würde. Trotzdem waren sie alle herrlich satt und zufrieden. Wie verabredet hatten Roman und Lükka zusammen in seiner Küche ein fürstliches Mahl gekocht. Statt des Kaninchens hatten sie Auberginen genommen und empfanden das als vollwertigen Ersatz. Der Einzige, der von der Menuänderung enttäuscht schien, war Lars, der sich mit einem tiefen Seufzer auf dem kühlen Küchenboden ausgestreckt hatte und sich überhaupt nicht darum scherte, dass sie ihm beim Kochen und Tischdecken ab und zu auf den langen, buschigen Schwanz oder auf die Pfoten traten. Erst als sie nach dem Essen zu einem Spaziergang in der Abenddämmerung aufbrachen, erwachte er wieder zum Leben. Ausgelassen umtanzte der massige Hund Pia, rannte Roman vor die Füße und flitzte abwechselnd von Lükka zu Dixi, während sie alle zusammen gemächlich die Uferpromenade entlangschlenderten. Das Gewitter hatte die Luft erfrischt und von der unerträglichen Hitze nur eine angenehme sommerliche Wärme übrig gelassen.

Lükka, die sich das Rauchen in Romans Wohnung verkniffen hatte, fingerte jetzt eine Zigarette aus der Packung und Dixi ließ sofort sein Feuerzeug aufflammen.

„Was für ein Glück, dass ich nicht mit dem hier überprüft habe, ob sich im Gewächshaus Kohlendioxid gesammelt hatte", sagte er. „Dann wäre uns die ganze Chose um die Ohren geflogen. Wer konnte aber auch ahnen, dass die da drin einen Propangasbrenner angezündet hatte!"

„Deswegen roch das also so nach Campingkocher", meinte Roman. „Ich habe aber keine Flamme gesehen, es war alles stockdunkel."

„Der Brenner stand knapp über dem Boden, wahrscheinlich reichte der Sauerstoff dort unten schon nicht mehr aus. Du hast geatmet, die Pflanzen haben welchen verbraucht und der Brenner selbst natürlich auch. Und dann noch die CO_2-Flasche ..." Dixi schüttelte den Kopf. „Du bist ganz schön hart im Nehmen."

Lükka sah einem bläulichen Rauchkringel nach, der in der warmen Abendluft schwebte. „Es war ja wirklich verdammt kaltblütig, was die Thedinghausen da abgezogen hat. Erst erschlägt sie ihren Mann mit der Fleischeraxt, dann setzt sie Roman außer Gefecht, schafft beide mit der Sackkarre ins Gewächshaus, ehe sie auch noch das Schlachthaus sauber macht. Ich konnte es kaum glauben, was sie gestanden hat."

Pia hatte bisher geschwiegen. „Vielleicht war sie gar nicht so kaltblütig", sagte sie jetzt. „Manche Menschen funktionieren unter Schock phänomenal. – Warum hat sie ihn überhaupt umgebracht?"

„Thedinghausen hat ihr eröffnet, dass er wegen seiner Krankheit bald gar keine verkäuflichen Bilder mehr würde malen können, danach kam es zum Streit", erzählte Roman, der bei der zweiten Vernehmung dabeigewesen war. „Sie hat ihm vorgeworfen, er sei ein Versager, der nur noch Geld für Farben und Leinwände zum Fenster rauswarf und mit seinem Wohnmobil teuren Sprit verheizte, und ihm an den Kopf geworfen, dass sie seine geliebten Bilder verbrannt hat", erzählte Roman. „Sie behauptet, er sei vor Wut mit einem Messer auf sie losgegangen und sie hätte in Notwehr das Beil vom Haken genommen und damit zugeschlagen, um ihn sich vom Leib zu halten, sie hätte ihn nicht töten wollen. Als ich ins Schlachthaus kam, lebte er jedenfalls noch. Ich glaube, den tödlichen Schlag hat sie ihm erst versetzt, als sie eigentlich mich niederschlagen wollte und ich ausgewichen bin."

„Als ich ihr mitgeteilt habe, dass ihr Mann tot ist, wirkte sie fassungslos", sagte Lükka nachdenklich. „Und das, obwohl sie den Verletzten noch ins Gewächshaus hinübergeschafft hat und dich auch. Und dann hat sie die Flasche mit dem Kohlendioxid aufgedreht und den Propangasbrenner angezündet. Das passt doch irgendwie nicht zusammen. Sie muss doch gewollt haben, dass ihr beide sterbt."

„Muss nicht sein“, widersprach Dixi. „Vielleicht hat sie den Ofen wirklich nur angemacht, damit den beiden nicht zu kalt wird.“

„Wie fürsorglich“, spottete Roman. „Und das Kohlendioxid? War das auch nett gemeint?“

„Vermutlich war die Flasche schon offen“, sagte Dixi. „Meine Eltern ziehen alles Mögliche in Gewächshäusern – Was grinst ihr so? – Tomaten, Paprika und anderes gesundes Zeug, meine ich! Damit die Pflanzen schneller wachsen, begasen sie die auch mit CO_2.“

Roman nickte. „Wäre immerhin möglich“, gab er zu.

„Wer bekommt jetzt eigentlich das Geld von der Versicherung?“, wollte Pia wissen.

„Niemand“, meinte Lükka. „Ich habe mit Ingo Ferdinand gesprochen, dem Versicherungsberater. Der Zollhausverein war in letzter Zeit knapp bei Kasse und hat die Prämie nicht rechtzeitig bezahlt. Deshalb war die Ausstellung gar nicht versichert, als Irmgard Thedinghausen das Feuer im Zollhaus gelegt hat.“

Dixi schüttelte verständnislos den Kopf. „Und dafür sind jetzt zwei Menschen gestorben – drei, wenn du den Maler mitzählst. Was wird denn jetzt aus den überlebenden Kindern? Den Ältesten habt ihr immer noch nicht gefunden, oder?“

Roman schüttelte bedauernd den Kopf. „Keine Ahnung, wo der jetzt steckt. Als die Kollegen bei der Wohnung in der Friesenstraße ankamen, waren alle ausgeflogen. Entweder haben sie Wind davon bekommen, dass Meike Sieben mit ihrer Nachbarin gesprochen hat, oder sie hatten ohnehin vor, sich abzusetzen. Dabei müsste Chalid sich jetzt gar keine Sorgen mehr machen. Er hat sich bisher ja nichts zuschulden kommen lassen und das Ausländeramt sagt, im Moment müsste er auch keine Ausweisung mehr befürchten. Die politische Lage in seinem Herkunftsland ist ziemlich unübersichtlich – die religiöse Regierungspartei hat ein Verbotsverfahren am Hals und lässt reihenweise Regimekritiker verhaften. Wahrscheinlich gibt es da bald einen Militärputsch. In so einer brisanten Situation schicken sie keine Leute zurück, deren Angehörige schon als Regimegegner im Gefängnis sitzen. Chalid könnte also hier bleiben, seinen Schulabschluss machen und sich um seinen kleinen Bruder kümmern. Nur können wir ihm das leider nicht erzählen, solange wir ihn nicht gefunden haben."

Sie hatten das Ende der Promenade erreicht und machten sich auf den Rückweg. Der Hund schnüffelte ein ganzes Stück voraus an einem besonders interessanten Pfahl herum.

„Es ist wirklich ein Jammer", meinte Dixi mitfühlend. Dass die Bihal-Kinder für ihn vor kurzem noch Ölaugen und kleine Eselstreiber gewesen waren, schien er völlig vergessen zu haben.

Sie kamen an den Liegeplätzen vorbei und Roman erkannte das Boot, auf dem er damals eingeschlafen war und das Feuer bemerkt hatte. Keine zwei Wochen war das her, aber es kam ihm vor wie eine Ewigkeit.

„Wahrscheinlich ist Chalid zusammen mit diesem Karagozlu in die Extremistenszene abgetaucht", sagte Lükka. „Vielleicht ist er längst unterwegs in ein Schulungslager und lässt sich zum Gotteskrieger ausbilden."

Roman schüttelte den Kopf. „Nein", sagte er. „Ist er nicht."

„Warum bist du da so sicher?"

„Weil er uns gerade entgegenkommt!" Roman wies die Uferpromenade entlang und setzte zum Spurt an.

Der Junge mit den schwarzen Locken hatte ihn schon erkannt. Er blieb erschrocken stehen, dann wandte sich um und rannte los. Die Angst schien ihm Flügel zu verleihen, sein Vorsprung wuchs unaufhaltsam.

Roman blieb keuchend stehen. Er pfiff und griff in seine Hosentasche. „Lars, komm – wir spielen!" Als der Hund die Ohren spitzte, schaltete Roman die Taschenlampe ein und ließ den Lichtstrahl über den Boden flitzen. Der Eisbär stutzte kurz, dann sauste er voller Begeisterung los, dem Schein der Taschenlampe hinterher, donnerte die Uferpromenade entlang und bremste auch nicht ab, als Roman den Lichtkegel genau vor Chalids Füße lenkte.

***

Wolke de Witt

Jahrgang 1964, lebt in Ostfriesland. Nach einem Redaktionsvolontariat und jahrelangem Redakteursdasein bei verschiedenen Tageszeitungen in Niedersachsen war sie als freie Mitarbeiterin bei diversen Zeitungen, Zeitschriften und beim Internetmagazin TrekZone News tätig. Sie ist Mitglied der *Mörderischen Schwestern* und im *Syndikat*. Bisher veröffentlichte sie unter anderem die Kurzgeschichten „Alle meine Mädchen“ (in „Flossen höher!“, Leda 2004); „Der nächste Wurf“ (in „Wer hat hier das Sagen?“, Gipfelbuch 2005); „Nestbau in Weener“ (in: „Fiese Friesen“, Leda 2005); „Töwerwiehnacht“ (in: Inselkrimis“, Leda 2006); „Ketten“ (in: „Strandkorbgeschichten“, Leda 2006).

H. & P. Gerdes (Hrsg):
Flossen höher
Kriminelles zwischen
Fisch und Pfanne
978-3-934927-34-6
240 Seiten; 12,70 Euro

Peter Gerdes (Hrsg.)
Fiese Friesen
Kriminelles zwischen
Deich und Moor
ISBN 3-934927-58-0
256 Seiten; 12,70 Euro

Peter Gerdes (Hrsg):
Inselkrimis
Kriminelles zwischen
Strand und Düne
ISBN 3-934927-59-9
240 Seiten; 12,70 Euro

Maeve Carels
Zur ewigen Erinnerung
OstFrieslandkrimi
Jever
978-3-939689-08-9
400 Seiten; 9,90 Euro

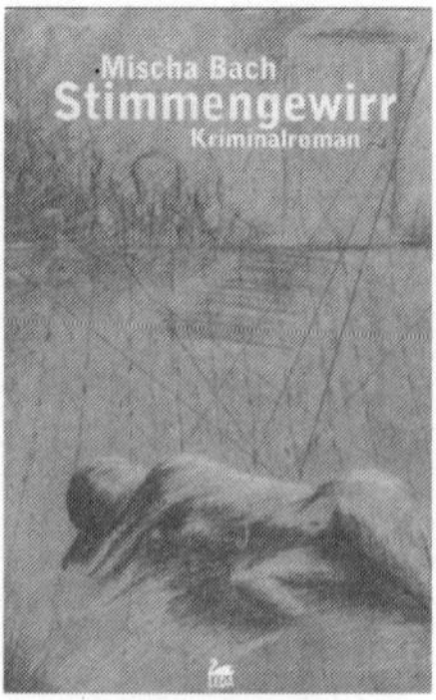

Mischa Bach:
Stimmengewirr
Kriminalroman
978-3-934927-79-7
352 Seiten
9,90 Euro

Richard Hey &
Uwe Friesel
Goldaugenmusik
Kriminalroman
978-3-934927-74-2
328 S.; 9,90 Euro

Peter Gerdes
Der siebte Schlüssel
Ostfrieslandkriminalroman
978-3-934927-99-5
ca 320 S.; 9,90 Euro

Peter Gerdes
Ebbe und Blut
Ostfrieslandkrimi
Taschenbuch
978-3-934927-56-8
224 Seiten, 9,90 Euro

Peter Gerdes
Der Tod läuft mit
Ostfrieslandkrimi
Taschenbuch
978-3-934927-86-5
192 Seiten; 8,90 Euro

Peter Gerdes
Fürchte die Dunkelheit
Kriminalroman
978-3-934927-60-5
11,90 Euro

Peter Gerdes
Ein anderes Blatt
Thors Hammer
2 Oldenburgkrimis
978-3-9939689-11-9
352 Seiten; 9,90 Euro

Peter Gerdes
Solo für Sopran
Inselkrimi – Langeoog
978-3-934927-63-6
208 Seiten
9,90 Euro

Regine Kölpin
Krähenflüstern
OstFrieslandkrimi
Wilhelmshaven
978-3-934927-95-7
224 Seiten; 8,90 Euro

Regine Kölpin
Spinnentanz
OstFrieslandkrimi
Wilhelmshaven
978-3-939689-13-3
8,90 Euro

Christiane Franke
Blutrote Tränen
OstFrieslandkrimi
Wilhelmshaven
978-3-934927-94-0
8,90 Euro

Ulrich Hefner
Die Wiege des Windes
Inselkrimi
978-3-934927-69-8
336 Seiten; 9,90 Euro

Ulrich Hefner
Das Haus in den Dünen
OstFrieslandkrimi
978-3-939689-07-2
9,90 Euro

Ulrich Hefner
Der Tod kommt in Schwarz-Lila
Inselkrimi
978-3-939689-04-1
392 Seiten; 9,90 Euro

Regula Venske
Juist married
oder Wohin mit der Schwiegermutter?
Inselkrimi
978--934927-85-8
224 Seiten;8,90 Euro

Tatjana Kruse
Wie klaut man eine Insel?
Ein Borkumkrimi
Inselkrimi
978-3-934927-96-4
176 Seiten; 8,90 Euro

Sandra Lüpkes
Die Sanddornkönigin
Der Brombeerpirat
2 Inselkrimis
978-939689-06-5
352 Seiten
9,90 Euro

Ulrike Barow
Endstation Baltrum
Inselkrimi
978-939689-09-6
208 Seiten; 8,90 Euro

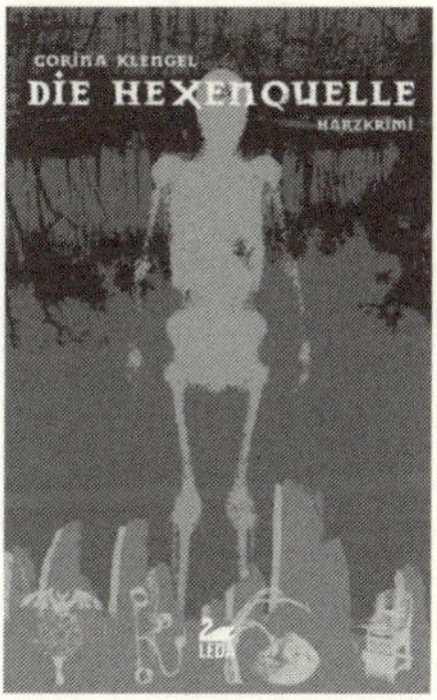

Corina C. Klengel
Die Hexenquelle
Harzkrimi
978-3-939689-12-6
ca 400 S.; 9,90 Euro

Sabine Prilop
Das Mühlengrab
Heidekrimi
978-3-939689-10-2
208 Seiten; 8,90 Euro